별의 계승자

INHERIT THE STARS

INHERIT THE STARS

별의 계승자

제임스 P. 호건 지음 **이동진** 옮김

아작

아버지를 추억하며

차례

프롤로그 9

1부 17

2부 57

3부 133

4부 169

5부 231

6부 289

에필로그 327

작품 해설 333

주요 장편소설 341

프롤로그

의식이 서서히 돌아오고 있었다.

하지만 그는 본능적으로 이를 거부했다. 무의식과 의식 사이를 연결하는 냉혹한 시간의 흐름을 의지의 힘으로 막음으로써 고통과 피로가 없는 망각의 세계로 돌아갈 수 있다는 듯이.

가슴을 파열시킬 듯이 뛰던 심장도 이제는 잠잠해졌다. 소진되는 체력과 함께 온몸의 땀구멍에서 강처럼 흘러나왔던 땀도 싸늘하게 식었다. 사지는 납덩이처럼 무거웠지만 헐떡이던 폐는 거의 규칙적인 리듬을 되찾았다. 밀폐된 헬멧 속에서 숨소리가 크게 들렸다.

그는 얼마나 많은 사람이 죽었는지 기억하려 했다. 죽은 자는 마침내 해방되었겠지만, 그에게 해방은 없었다. 얼마나 더 갈 수 있을까? 무엇을 위해? 고르다에 생존자가 있기는 한 것일까?

"고르다…? 고르다…?"

그의 방어의식은 더는 진실을 차단할 수 없었다.

"반드시 고르다에 가야 해."

그는 눈을 떴다. 깜박이지도 않는 몇십억의 별들이 그를 무심하게 내려다보고 있었다. 몸을 움직이려 했으나 그의 육체는 소중한 휴식의 마지막 한순간을 최대한 연장하려는 것처럼 반응하기를 거부했다. 그는 깊게 숨을 들이마신 뒤 온몸에서 느껴지는 고통에 이를 악물며 바위에서 몸을 일으켜 앉았다. 메스꺼움이 파도처럼 덮쳤다. 바이저(visor) 안에서 머리를 잠시 흔들자 메스꺼움은 가셨다.

그는 크게 신음소리를 냈다.

"좀 괜찮아졌는가, 병사여?" 헬멧 안의 스피커로부터 목소리가 깨끗하게 들렸다. "해가 기울었으니 움직여야 해."

그는 머리를 들어 앞에 놓인 그을린 바위와 잿빛 먼지로 덮인 악몽 같은 황무지를 천천히 훑어보았다.

"어디…." 목소리가 목에서 막혔다. 그는 침을 삼키고 입술을 핥은 뒤 다시 말했다. "어디에 있지?"

"자네 오른편, 바닥에 큰 바위 무더기가 있는 돌출된 작은 절벽을 지난 언덕 위."

고개를 돌리자 몇 초 뒤에 그는 검은 잉크빛 하늘에서 푸른 형체를 구분할 수 있었다. 흐릿해서 아주 멀리 있는 것처럼 보였다. 그는 눈을 다시 깜박이며 시야에 들어온 정보를 두뇌에서 처리하도록 노력했다. 푸른 형체는 중장비 전투복을 입은, 지칠 줄 모르는 코리엘의 모습으로 바뀌었다.

"보이는군." 그는 잠시 뒤에 말을 이었다. "별다른 일은?"

"언덕의 반대편은 완전히 평평해. 당분간은 편히 갈 수 있을 것 같지만, 그 앞에 다시 바위들이 많이 나오는군. 와서 보게."

그는 등 뒤의 바위에 손을 뻗어 붙들 수 있는 부분을 찾고 몸을 앞으로 밀듯이 체중을 다리에 실어 일어났다. 무릎이 떨렸다. 그는 얼굴을 찡그리며 남은 힘을 저항하는 다리에 집중하려고 노력했다. 이미 심장은 두방망이질치고 폐는 무거워졌다. 노력도 헛되이, 다시 등부터 바위 위로 쓰러졌다. 헐떡이는 숨은 코리엘의 무전기를 끽끽거리게 했다.

"끝났어…. 더는 움직일 수가 없군."

푸른 형체가 지평선에서 방향을 틀었다.

"오, 무슨 소리. 거의 다 왔네, 친구. 거의 다 왔어."

"아니, 안 돼…. 이제 끝이야."

코리엘은 잠시 기다리다 말했다. "지금 그쪽으로 내려가지."

"안 돼. 자네는 계속 가게. 누군가는 꼭 가야 해."

대답이 없었다.

"코리엘…?"

그는 코리엘이 서 있던 곳을 되돌아봤다. 그러나 이미 코리엘은 가로놓인 바위 뒤편으로 사라지고 교신은 끊겼다. 1, 2분 뒤에 근처 지면을 길게 덮은 몽우리돌 뒤에서 힘들이지 않고 도약해오는 코리엘의 모습이 나타났다. 붉은 옷을 입고 웅크리고 있는 그의 곁으로 가까이 오자 코리엘의 도약은 걸음으로 바뀌었다.

"힘내게, 병사여. 당장 일어나게. 우리를 의지하는 사람들이 있지 않은가."

저항할 겨를도 없이 그는 코리엘이 자신의 겨드랑이를 껴안아 들어 올리는 것을 느꼈다. 마치 코리엘의 지칠 줄 모르는 힘이 흘러들어오는 듯했다. 그러나 잠시 머리를 가누지 못해 코리엘의 견장에 바이저를 쓴 머리를 기대었다.

"좋아." 그는 마침내 말했다. "가도록 하지."

두 점은 몇 시간 동안 뱀이 지나간 흔적처럼 가느다란 발자국을 남기며, 시간에 따라 그림자가 길어지는 황야를 서쪽으로 가로질렀다. 그는 마치 고통과 피로를 넘어 아무것도 느끼지 못하는 무아지경에 이른 것처럼 행군했다. 스카이라인은 전혀 바뀌지 않는 듯했다. 곧 그는 그것을 더 이상 보지 않게 되었다. 대신 두드러진 몽우리돌이나 험한 바위를 지목하고 그곳에 이를 때까지의 발걸음을 세기 시작했다. "거리를 230보 줄였어." 그러고는 이를 반복했다. 바위는 천천히 뒤로 끊임없이 흘러갔다. 한 걸음 한 걸음이 모두 의지의 승리였다. 다음 한 걸음을 내딛는 데 온 신경을 집중해야 했다. 비틀거릴 때마다 코리엘이 팔을 붙잡았고, 넘어질 때마다 그를 일으켰다. 코리엘은 지치는 법이 없었다.

마침내 그들은 멈췄다. 그들이 서 있는 약 4백 제곱미터 넓이의 계곡 앞에는 절벽이 가로놓여 있었다. 그는 가까운 바위에 쓰러졌다. 코리엘은 몇 걸음 더 가서 지형을 살폈다. 그들 앞에 놓인 험한 바위산은 계곡의 벽면을 가로지르는 절벽에 가로막혀 있었다. 절벽의 바닥에서부터 바위 파편들이 15미터 정도 쌓여 그들이 서 있는 곳에서 멀지 않은 협곡 바닥으로 이어졌다. 코리엘은 팔을 뻗어 절벽 반대편을 가리켰다.

"고르다는 대략 저쪽이야." 그는 돌아보지 않고 말했다. "가장 빠른 길은 저쪽 산등성이를 넘어야 해. 평평한 길로 우회하면 너무 오래 걸릴 것이네. 어떻게 하겠나?"

그는 절망감으로 아무 말 없이 올려다봤다. 절벽 입구로 이어지는 무너져 내린 암석이 산처럼 느껴졌다. 건너편 산등성이에는 이글거리는 태양이 있었다. 이건 불가능해.

코리엘은 의심이 뿌리내릴 시간을 주지 않았다. 비틀거리고 미끄러지고 넘어지면서도 어떻게 해서든 절벽 입구까지 다다랐다. 그 앞에서 계곡은 좁게 왼쪽으로 꺾여 그들이 지금까지 온 계곡 바닥의 시야를 가렸다. 그들은 더 올라갔다. 주위에 널려 있는 바위들이 햇빛을 반사하여 바닥이 보이지 않는 구덩이 같은 그림자가 날카로운 칼날처럼 바위들 사이에 무수한 각을 이루고 있었다. 그의 뇌는 망막에 비친 만화경 같은 미친 흑백의 풍경에서 정확한 형태를 알아내려는 활동을 멈췄다. 패턴은 확산하거나 수축하고, 합쳐지다가 선회하기도 하면서 급격하게 시각을 어지럽혀 불쾌하게 했다.

그의 헬멧이 먼지 속으로 쿵 하고 처박히며 그는 바이저에 얼굴을 부딪쳤다. 코리엘은 그를 일으켜 세웠다.

"자넨 할 수 있어. 우린 곧 저 산등성이에서 고르다를 볼 수 있을 거야. 저기부터는 쭉 내리막이야."

그러나 붉은 우주복의 동료는 무릎이 꺾이며 천천히 쓰러졌다. 헬멧 속에서 그는 약하게 고개를 가로저었다. 이를 바라보며 코리엘은 무의식 속에서 이미 알고 있었던, 피할 수 없는 현실을 마침내 받아들일 수밖에 없었다. 그는 깊은숨을 쉬고 주변을 살폈다.

멀지 않은 곳에 그들이 지나친 아래쪽 바위벽 바닥을 가로지르는 1.5미터가량의 구덩이가 있었다. 잊힌 광산의 굴착 시공 흔적처럼 보였다. 코리엘은 걸음을 멈추고, 의식을 잃은 그의 백팩에 고정된 멜빵을 움켜잡고 구덩이까지 끌고 내려갔다. 구덩이는 안으로 3미터 정도의 깊이였다. 발걸음을 재촉하며 코리엘은 램프를 켜서 천장과 벽을 비췄다. 그를 가능한 한 편한 자세로 벽에 기대게 하고 짐에서 식량을 꺼내 쉽게 손에 닿을 수 있는 곳에 놓았다. 작업을 마쳤을 때쯤 바이저 안의 눈이 깜빡이며 떠졌다.

"여기서 잠시 쉬게." 코리엘의 목소리에서 평소의 거친 기운은 사라져 있었다. "자네가 알아채기도 전에 구조대가 고르다에서 오도록 하겠어."

붉은 우주복의 그는 힘없는 팔을 올리며 속삭였다. "자네…, 자네는 노력했네…. 아무도 할 수 없었던….”

코리엘은 장갑 낀 손을 꼭 쥐었다. “포기해선 안 돼. 조금만 더 버티게.” 헬멧 안에서 그의 무표정한 뺨이 젖었다. 그는 입구로 돌아가면서 마지막 인사를 했다. “잘 있게, 병사여.”

밖으로 나온 코리엘은 돌무더기를 만들어 구멍의 위치를 표시했다. 고르다로 향하는 길에도 그런 돌무더기로 표시할 생각이었다. 마침내 코리엘은 일어나서 반항적인 태도로 그를 둘러싼 황무지를 마주했다. 바위들이 조롱하며 소리 없이 웃는 것 같았다. 머리 위의 별들은 여전히 그대로였다. 코리엘은 여전히 높이 솟아 있는 험한 바위층으로 된 봉우리의 절벽을 노려봤다. 코리엘은 입술을 깨물었다.

“이제 우리 둘만 남은 건가?” 코리엘은 우주를 향해 소리쳤다. “좋아, 누가 이기는지 한번 해보자.”

코리엘은 천천히 움직이는 피스톤처럼 발을 움직이며 가파른 비탈을 오르기 시작했다.

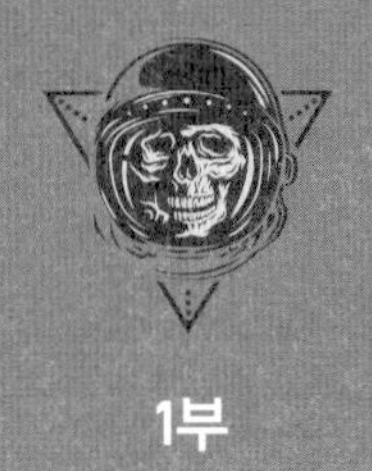

1부

1

거대한 은빛 어뢰 모양의 우주선은 부드럽지만 강한 바람 소리와 함께 천천히 상승하여, 각설탕이 어지럽게 뭉친 듯한 런던 중심부의 6백 미터 상공에서 머물렀다. 길이가 3백 미터에 이르는 기체는 꼬리 쪽을 향해 삼각날개를 펼치고 각각 날카로운 각도로 수직꼬리날개를 달고 있었다. 잠시 우주선은 공중에 머물며 마치 새로 찾은 자유의 공기를 음미하는 것 같았다. 우주선의 코끝이 북쪽을 향해 미끄러지듯 방향을 바꿨다. 마침내 소리가 커지면서 처음엔 눈에 띄지 않았으나 점점 속도를 올리며 앞으로, 그리고 위를 향해 움직이기 시작했다. 3천 미터 상공에 이르자 저궤도 스카이라이너는 전속력으로 엔진을 가동하며 우주의 끝자락을 향해 나아갔다.

객실의 31열에는, 미국 오리건 주 포틀랜드에 본사를 둔 IDCC(Intercontinental Data and Control Corporation)의 자회사로 영국의 버크셔 주 레딩에 있는 메타다인 핵공학장비사의 이론연구주임 빅터 헌트 박사가 앉아 있었다. 그는 선실 벽면 디스플레이 스크린에 비친 희미해져 가는 런던 시가의 모습을 멍하니 바라보며 최근 며칠 사이 일어난 일에 걸맞은 설명을 찾으려 했다.

그의 물질-반물질 소멸 실험은 잘 진행되어왔다. 포시스-스콧 전무는 헌트의 리포트를 아주 흥미롭게 주시해왔으며, 실험이 잘 진행되고 있다는 것도 알았다. 그랬기 때문에 그가 어느 날 아침 헌트를 사무실로 불러 모든 실험을 중단하고, 포틀랜드에 있는 IDCC 본사로 가능한 한 빨리 가달라고 부탁한 것은 이상한 일이었다. 전무의 목소리와 태도는 헌트의 지위에 대한 예우로 공손했지만, 거부할 수 있는 성질의 것은 아니었다.

헌트의 질문에 포시스-스콧 전무는 숨기는 기색도 없이 솔직하게, 자신도 어째서 그렇게 급하게 IDCC에 가야만 하는지는 알지 못한다고 말했다. 전날 저녁 IDCC 사장인 필릭스 볼랜이 화상전화로, '작동하는 스코프의 유일한 시제품과 설치팀을 즉시 미국으로 보내라'고 했다는 것이다. 덧붙여 볼랜 사장은 헌트 박사가 즉시 미국으로 와서 한동안 스코프와 관련된 어떤 프로젝트의 책임을 맡아야 한다고도 말했다. 전무는 자신이 아무런 권한 없는 이름뿐인 임원임을 자인하면서,

헌트를 위해 볼랜 사장의 화상전화를 책상 위의 스크린에 재생해 보였다. 더욱 이상한 점은 볼랜 사장도 아직 그 장치의 발명자인 헌트 박사가 왜 필요한지 명확히 말할 수 없는 것 같았다는 점이다.

트라이매그니스코프(Trimagniscope)는 헌트가 2년 동안 뉴트리노 물리학의 특정 분야에 관해 연구한 결과 개발된 장치이며, 아마도 회사가 수행한 일 중 가장 성공적인 성과라 할 만한 것이었다. 헌트는 뉴트리노 빔이 고체를 통과할 때 원자핵 근처에서 어떤 상호작용의 영향으로 통과한 빔에 측정 가능한 변화가 생긴다는 것을 입증했다. 그는 물체를 세 방향에서 동조 교차하는 뉴트리노 빔을 래스터 주사하여 실물과 구분할 수 없는 3차원 천연색 홀로그램을 구성하는 데 충분한 정보를 추출하는 방법을 확립했다. 그뿐만 아니라 빔은 물체 안을 주사하기 때문에 물체 내부도 표면처럼 손바닥을 들여다보듯 관찰할 수 있었다. 이 투시능력과 본래 이 방법에 동반된 고배율 기술이 합쳐지자 한때 어떤 장치로도 관찰할 수 없었던 여러 가지 것들을 손쉽게 볼 수 있게 되었다. 세포 내 양적 신진대사, 바이오닉스, 신경외과, 연금술, 결정학, 분자전자학, 공학관계 검사, 품질관리 등 응용방법은 무궁무진했다. 문의가 쇄도했고 주가는 급격히 상승했다. 이러한 트라이매그니스코프의 제1호기와 발명자를 지금 미국으로 옮겨, 주도면밀하게 세워진 생산계획과 판매예정을 바꾼다는 것은 회사에 치명적인 타격을 줄지도 모르는 일이었다. 이는 누구보다 볼랜 사장 자신이 가장 잘 알고 있을 것이다. 생각하면 생각할수록 헌트는 처음에는 말이 되는 것 같았던 설명들이 그렇지 않다는 것을 깨닫게 되곤 했다. 어쨌든 자신이 호출당한 일은 필릭스 볼랜 사장이나 IDCC의 범위를 한참 벗어난 일이라는 확신이 강해졌다.

기내 스피커에서 들리는 소리로 그의 사색은 중단되었다.

"승객 여러분 안녕하십니까. 저는 기장인 메이슨입니다. 브리티시에어웨이의 보잉 1017에 탑승해주셔서 감사드립니다. 저희는 현재 운항고도 83킬로미터, 시속 3,160노트로 순항 중입니다. 저희 항로는 정북 방향에서 서쪽으로 35도이며 우현 8킬로미터에 리버풀을 내려다보면서 해상으로 나가게 됩니다. 이제 자유롭게 자리에서 일어나셔도 됩니다. 바에는 음료와 가벼운 식사 거리가 준비되어 있습니다. 샌프란시스코에는 현지 시각으로 10시 38분, 지금부터 약 1시간 50분 뒤에 도착할 예정입니다. 1시간 35분 뒤에 하강하기 시작하며 하강 시에는 착석해주실 것을 부탁드립니다. 하강시간 10분 전, 그리고 5분 전에 다시 방송으로 알려드리도록 하겠습니다. 그러면 즐거운 여행되시기 바랍니다. 감사합니다."

기장이 방송을 끝내자 승객들은 화상전화 부스로 몰려갔다.

헌트 옆에는 메타다인 사의 실험공학 책임자인 롭 그레이가 무릎에 얹은 서류가방을 열고 있었다. 그는 뚜껑 내부에 장착된 스크린에 표시된 정보를 자세히 바라보았다.

"포틀랜드행 정기편은 도착 15분 뒤에 있어." 그레이가 말했다. "좀 빡빡한데…. 다음 편은 대략 네 시간 뒤야. 어떻게 할까?" 그는 눈썹을 올리고 곁눈질로 헌트를 바라보며 물었다.

헌트는 얼굴을 찌푸렸다. "샌프란시스코에서 네 시간이나 빈둥거릴 순 없어. 에이비스 제트기를 예약해. 직접 비행해서 가자."

"내 생각도 그래."

그레이는 스크린 밑의 미니 키보드를 두드려 화면에 색인을 띄워 잠시 참고하더니 다른 키를 눌러 전화번호부를 표시하도록 했다. 그는 번호를 하나 고르고 입속으로 그 번호를 되뇌며 키를 두드렸다. 스크린 아래쪽에 그 번호가 떠오르며 확인을 요구하는 문장이 나타났다. 그는 '예' 단추를 눌렀다. 화면은 몇 초간 공백이 되었다가 색채가 소용돌이치며 치약 광고에서나 볼 수 있는 빛나는 미소를 띤 백금색 머리의 여자로 바뀌었다.

"안녕하십니까. 저는 에이비스 샌프란시스코 시티 터미널 영업소의 수 파커입니다. 무엇을 도와드릴까요?"

그레이는 스크린 상단에 장착된 작은 카메라 옆의 마이크를 향해 말했다.

"안녕하세요, 수. 저는 그레이라고 합니다. 롭 그레이. 지금 샌프란시스코를 향해 비행 중이며 두 시간 뒤에 도착할 예정입니다. 에어카를 한 대 예약하고 싶은데요."

"알겠습니다. 거리는 어느 정도 되죠?"

"글쎄요. 한 8백 킬로미터 정도…." 그는 헌트 쪽을 바라봤다.

"천백 킬로미터로 잡는 게 좋을 거야." 헌트가 조언했다.

"최저 천백 킬로미터로 하고 싶은데요."

"문제없습니다, 그레이 씨. 기종은 스카이로버, 머큐리 3, 허니비, 옐로버드가 있습니다. 특별히 선호하는 기종이 있으신가요?"

"아니요, 아무거나 괜찮습니다."

"그럼 머큐리로 준비하도록 하겠습니다. 사용 기간은 얼마나 되십니까?"

"아직 정해지진 않았는데…."

"알겠습니다. 전자동 수직 이착륙기능의 완전자동 항법 및 비행 조종기를 희망하십니까?"

"네. 그게 좋겠군요."

"완전수동 조종면허를 가지고 계시죠?" 백금발의 여성은 화면에서 보이지 않는 곳에서 키를 두드리며 물었다.

"네."

"개인정보와 계좌정보를 부탁드립니다."

그레이는 대화를 나누며 지갑에서 카드를 꺼냈다. 그는 스크린 측면에 달린 슬롯에 카드를 삽입하고 키를 눌렀다.

금발의 여성은 자신의 스크린에 표시된 데이터를 보며 말했다. "네, 됐습니다. 다른 조종사도 계십니까?"

"한 명 있습니다. 빅터 헌트요."

"개인정보 부탁드립니다."

그레이는 헌트가 미리 준비한 카드를 받아 자신의 카드와 바꿨다. 형식적인 절차가 되풀이되었다. 스크린에서 여성의 얼굴이 사라지고 공란에 필요사항이 적힌 양식이 표시되었다.

"기재사항을 확인하신 뒤 승인해주시기 바랍니다." 화면에서 사라진 여성의 목소리가 스피커에서 들렸다. "요금은 오른편에 표시되어 있습니다."

그레이는 스크린을 훑어보고 웅얼거리며 기억해둔 숫자를 입력했다. 화면에 숫자는 표시되지 않았다. '승인'이라고 표시된 글상자에 '확인'이라는 글자가 나타났다. 여성이 여전히 미소를 띤 채 다시 나타났다.

"언제 받으시겠습니까, 그레이 씨?" 그녀가 물었다.

그레이는 헌트를 향해 몸을 돌렸다. "공항에서 먼저 점심을 먹을 거지?"

헌트는 얼굴을 찌푸렸다. "어젯밤에 파티가 있었어. 그래서 아무것도 들어가지 않을 것 같아." 헌트는 말라버린 입안을 적시면서 구역질 난다는 듯한 얼굴로 말했다. "나중에, 밤에 먹으러 나가자."

"11시 30분쯤으로 해주세요." 그레이가 여성에게 말했다.

"알겠습니다. 준비하도록 하겠습니다."

"고마워요, 수."

"감사합니다. 그럼, 안녕히."

"안녕히."

그레이는 스위치를 끄고 좌석 팔걸이에 있는 콘센트에서 전선을 뽑아 서류가방 뚜껑에 있는 공간에 감아 넣었다. 그러고는 가방을 닫고 좌석 아래에 내려놓으며 말했다. "다 됐어."

*

트라이매그니스코프는 헌트와 그레이의 협력으로 고안되고 실용화된, 메타다인 사가 자랑하는 광범위한 기술적 걸작 중 가장 최근의 성과였다. 헌트는 아이디어맨이었고, 조직에 속하면서도 프리랜서와 전혀 차이가 없는 신분이었다. 어떤 분야의 연구나 실험도 그의 연구 과정에서 필요한 것이라면 모두 수행할 수 있었다. 그의 직책은 오해받기 쉬웠다. 사실, 이론연구는 그 자신을 표현하는 부서명이었다. 그는 메타다인 사의 경영 직책 어디에도 속하지 않도록 주도면밀하게 자신의 지위를 확립했다. 헌트는 전무이사인 프랜시스 포시스-스콧 한 사람을 제외하고는 상사를 인정하지 않았으며 부하가 없는 것을 자랑으로 삼았다. 회사 조직도상 '이론연구' 부서는 '연구개발' 계열 근처에 다른 연결점도 없이 마치 덧붙여진 것처럼 그려져 있었다. 부서명 안에는 빅터 헌트 박사의 이름만 있을 뿐이었다. 이는 그가 원하는 바였다. 메타다인은 헌트에게 필요한 장치, 장비, 자금을 제공하고, 헌트는 회사에 우선 핵 내부구조 이론의 세계적 권위자에게 월급을 지급하고 있다는 명예와, 다음으로 (가장 중요한 부분이지만) 방사성 강하물처럼 끊임없이 솟아나는 그의 발상을 제공하였다. 헌트와 메타다인 사는 이상적인 공생관계를 유지했다.

그레이는 엔지니어였다. 그는 쏟아지는 헌트의 아이디어를 거르는 체였으며 날것인 아이디어로부터 응용, 개발, 실험을 통해 시장성 있는 제품 개발과 제품 개량으로 이어지는 보석과 같은 가능성을 찾아내는 천부적인 재능을 가지고 있었다. 헌트와 마찬가지로 그레이는 지뢰밭과 같은 부조리한 시대에서 살아남고 안전하게 빠져나와 독신으로 30대 중반을 맞이했다. 헌트와는 일에 대한 열정과 이를 보상하는 세속적인 쾌락에 대한 건전한 탐닉 그리고 주소록을 공유했다. 모든 면에서 둘은 아주 좋은 파트너였다.

그레이는 아랫입술을 깨물며 왼쪽 귓불을 문질렀다. 그는 일에 대한 얘기를 하려고 할 때면 언제나 아랫입술을 깨물며 왼쪽 귓불을 문지르는 버릇이 있었다.

“뭔가 알아냈어?” 그레이가 물었다.

“볼랜 사장과 관련된 이번 일 말이야?”

“응.”

헌트는 머리를 가로저으며 시가에 불을 붙였다. “두 손 들었어.”

“나도 생각해 봤는데…, 볼랜 사장이 스코프에 대해 미국

대기업 같은 대형 구매처를 찾아낸 건 아닐까? 그래서 엄청난 전시 같은 것을 준비해야 한다든가….”

헌트는 다시 머리를 가로저었다. “그렇진 않을 거야. 볼랜 사장은 메타다인의 생산계획을 바꾸면서까지 그런 일을 할 작자가 아니야. 게다가 이상하지 않아? 실물을 보여주려면 반대로 스코프가 있는 곳으로 데려오면 되는 일 아닌가?”

“음…, 그건 다른 것에도 해당하는 말이네. IDCC 사람을 특별훈련 시킬 것이란 생각도 했거든.”

“그래, 같은 이유로 말이 안 돼.”

“음….”

10킬로미터 정도 지난 뒤 다시 그레이는 입을 열었다. “경영권 이전은 어떨까? 스코프는 큰 사업이 되잖아. 볼랜 사장이 미국 본사에서 취급하고 싶은 것은 아닐까?”

헌트는 잠시 그 의견에 대해 곰곰이 생각했다. “내 생각엔 아닌 것 같아. 그런 책략을 쓰기에는 그가 포시스-스콧 전무를 너무 중요시하고 있어. 전무가 충분히 제 역할을 해줄 것이라는 걸 사장도 알고 있고. 게다가 이건 그의 방식도 아니야. 너무 비밀스러워.” 헌트는 잠시 말을 멈추고 연기를 내뿜었다. “어떻든 간에 겉으로 드러난 것보다 그 뒤에 뭔가 더 있는 것 같아. 내가 보기엔 볼랜 사장조차 무슨 일이 벌어지고 있는지 모르는 것 같고.”

“음….” 그레이는 잠시 더 생각했으나 추리를 계속 밀고 나가지는 않았다. 그는 C데크의 바로 향하는 승객의 파도를 쳐다봤다. "나도 속이 좀 안 좋은걸." 그는 고백했다. "빈달루 커리에 기네스 맥주 한 상자를 들이부은 느낌이야. 가서 커피나 한잔하자."

*

그보다 1천6백 킬로미터 상공의, 별들이 흩뿌려진 검은 벨벳과 같은 하늘에서는 통신위성 시리우스 14가 그 차갑고 전지전능한 전자 눈으로 아래의 얼룩진 지구표면을 가로지르는 스카이라이너의 질주과정을 추적했다. 끊임없이 안테나로 들어오는 바이너리 데이터 속에서 시리우스 14는 스카이라이너에 적재된 마스터컴퓨터 감마 9가 발하는 캘리포니아 지방의 최신 기상 상황에 대한 문의를 인식했다. 시리우스 14는 그 신호를 캐나다 로키 상공의 시리우스 12에, 시리우스 12는 이를 에드먼턴의 관측소에 전달했다. 메시지는 광섬유케이블을 통해 밴쿠버 관제센터에 전달되었고 그곳에서 마이크로웨이브로 시애틀 기상대로 보내졌다. 수천분의 1초 뒤에 앞선 전달과정을 거꾸로 거쳐 스카이라이너로 회신이 전달되었다. 감마 9는 기상정보를 처리하여 항로와 비행계획에 약간의 수정을 했고 응답 기록을 프레스트윅의 지상관제 센터로 보냈다.

2

이틀 동안 비가 내렸다.

우주과학부 공학자료국은 비에 젖어 몸을 움츠린 듯 우랄 산맥 안쪽에 있었다. 때때로 비치는 햇빛에 연구소 창이나 원자로의 알루미늄 돔이 반짝였다.

분석실의 자기 자리에서 발레리야 페트로코프는 그녀의 승인을 받기 위해 정기적으로 제출되는 보고서를 검토하고 있었다. 처음 두 가지는 고습 부식시험에 관한 아주 흔한 내용이었다. 그녀는 페이지를 넘기며 첨부된 그래프나 표를 훑어본 뒤 서명란에 사인하고 '결재'라고 적힌 서류함에 보고서를 던졌다. 사무적으로 세 번째 보고서의 첫 쪽을 읽기 시작한 그녀는 곧바로 곤혹스러운 표정을 지으며 시선을 멈췄다.

그리고 의자에서 몸을 일으킨 뒤 처음부터 한 줄 한 줄, 주의 깊게 다시 읽어나갔다. 마침내 그녀는 다시 처음으로 돌아가 보고서의 전체 내용을 검토하며 수식이 나올 때마다 책상이 있는 키보드를 이용해 직접 계산을 확인했다.

"이건 전대미문의 일이야!" 그녀는 소리쳤다.

오랜 시간 동안 미동도 하지 않은 채 그녀는 창에 흐르는 빗방울을 쳐다봤으나 보고서 내용에 마음을 뺏겨 그 광경이 눈에 들어오지 않았다. 마침내 그녀는 머리를 흔들며 키보드를 향해 앉은 다음 재빠르게 코드를 입력했다. 일련의 텐서 방정식이 사라지자 계단 아래에 있는 제어실의 콘솔을 향해 구부정하게 앉아 있는 조수의 옆모습이 나타났다. 조수는 정면으로 자세를 바꿨다.

"20분이면 시동할 수 있습니다." 그는 질문을 예상한 듯이 말했다. "플라스마는 현재 안정된 상태입니다."

"아니, 그것과는 상관없는 일이에요." 그녀는 평소보다 약간 빠른 어조로 대답했다. "당신의 보고서 2906에 관한 일이지. 지금 사본을 읽었어요."

"아, 네?" 조수는 약간 불안한 표정을 지었다.

"그러니까 니오븀-지르코늄 합금에서…." 그녀는 질문이라기보다는 사실을 설명하는 듯한 어조로 계속했다. "고열산화에 대해 지금과는 달리 내식성이 있으면서 융점이 높다는 것은 직접 실험해보기 전까지는 믿지 못하겠군요."

"그 일에 비하면 이 플라스마 용기는 시시하게 느껴지는군요." 조세프는 동의했다.

"니오븀을 함유하고 있음에도 불구하고 순수한 지르코늄보다 중성자포획단면적은 작다는 거죠?"

"거시적으로는 그렇습니다. 1제곱센티미터당 1밀리반(millibarn) 이하입니다."

"흥미롭군…." 그녀는 생각에 잠기며 말했다. 그러고서 더욱 활발하게 질문했다. "더욱이 실리콘, 카본, 질소 등과 같은 불순물을 포함한 알파상(alpha-phase) 지르코늄이면서 내식성이 뛰어나단 말이지?"

"고온의 이산화탄소, 불화물, 유기산, 차아염소산염 등 리스트에 있는 것은 모두 시험해봤습니다. 어떤 경우에도 처음에는 반응이 발생하지만 곧 불활성 방어층이 생겨서 반응을 저지합니다. 알맞은 단계에서 어떤 주기로 시약을 사용하면 깰 수 있을지도 모르지만 그러기 위해서는 완비된 처리시설이 필요합니다."

"그리고 미세구조 말인데…." 발레리야는 책상에 있는 보고서를 가리키며 말했다. "당신은 섬유질이라는 표현을 사용했군요."

"네, 그게 가장 근접한 묘사입니다. 주합금은 뭐랄까, 일종의 미정질 격자 주위에 형성되는 것 같습니다. 주로 실리콘과 카본입니다만, 국소적으로 티타늄과 마그네슘의 혼합물이 농축되는 것 같습니다. 아직 정량분석이 남아 있지만요. 어떻게 생각하세요?"

그녀는 잠시 어딘가 먼 곳을 바라보는 표정을 지었다. "솔직히 지금은 뭐라고 해야 할지 모르겠군." 그녀는 고백했다. "하지만 이 정보는 보기보다 훨씬 중요한 일인 듯하니까 한시라도 빨리 상층부에 보고하는 것이 좋겠어. 다만 그 전에 사실을 확인해야겠어요. 잠시 그곳 일은 니콜라이에게 맡기고 내 사무실로 와줘요. 자세하게 검토해봅시다."

3

IDCC의 포틀랜드 본사는 시에서 동쪽으로 약 64킬로미터, 북쪽의 애덤스 산과 남쪽의 후드 산에 둘러싸인 위치에 있었다. 먼 과거에 이 지역에 있었던 작은 내해는 캐스케이드 산맥을 침식하여 결국에는 태평양으로 흐르는 현재의 컬럼비아 강이 되었다.

15년 전 이곳은 정부의 본빌 핵공학 무기연구소였다. 이곳 미국의 과학자들은 제네바에 있는 유럽연방 연구소와 공동연구를 통해 핵공학 폭탄으로 응용 가능한 중간자역학이론을 발전시켰다. 이론에 따르면 핵융합보다 큰 핵출력을 내는 '깨끗한' 핵반응을 일으킬 수 있었다. 사하라 사막에 만든 구멍이 이를 증명했다.

역사적인 그 기간에 20세기로부터 물려받은 이데올로기와 인종차별의 긴장감은 우주시대의 도래와 첨단기술의 생활방식이 확산됨으로써 저하된 출산율에 의해 사라졌다. 전통적인 분쟁과 의심의 암초는 인종과 국가, 종파 그리고 교의 등이 피할 수 없는 하나의 거대한 조화롭고 세계화된 사회로 통합된 것처럼 서서히 사라져 갔다. 오래전에 사라진 정치가들의 불합리한 영토의식은 미숙했던 국가들이 성숙함에 따라 스스로 해결되었으며 초강대국들의 국방예산은 해가 지나면서 점진적으로 줄어들었다. 핵폭탄의 도래는 일어나게 되어 있는 일을 촉진했을 뿐이었다. 전 세계적인 동의로 비무장화는 현실이 되었다.

비무장화로 인한 막대한 잉여 자금 및 자원으로 활발해진 분야 중 하나는 바로 UN 태양계 탐사계획이었다. 이미 이 조직이 맡은 임무들의 목록은 길었다. 지구와 달, 화성, 금성 및 태양 궤도에 있는 인공위성에 대한 운용을 비롯하여 달과 화성의 모든 유인기지와 건물 및 금성 궤도 실험기지의 운영, 심우주 로봇탐사와 외행성들의 유인탐사 계획의 진행관리 등이 모두 포함되어 있었다. UN 태양계 탐사계획단은 세계 군비계획의 축소와 반비례로 규모를 확대하여 능력 있는 기술자나 인재들을 흡수했다. 내셔널리즘이 퇴조하고 각국의 정규군이 해산하자 신세대 젊은이들은 그 모험욕을 UN 우주군(UN Space Arm, UNSA)의 제복을 입는 것에서 구했다. 새로운 프런티어 개척을 위해 우주선이 태양계를 종횡무진으로 움직이는 흥분과 기대의 시대가 열린 것이다.

그런 이유로, 본빌의 핵무기연구소는 무용지물이 되었다. IDCC의 수뇌부가 이를 놓칠 리 없었다. 연구소의 장치와 설비의 대부분이 그대로 연구개발로 전용 가능하다고 본 IDCC는 설비시설까지 모두 포함하여 연구소를 매수하겠다고 정부에 제안하였다. 정부가 이를 인정하여 매각교섭이 이루어졌다. 그 뒤 몇 년 사이에 IDCC는 설비를 더욱 확장하여 건물의 외관을 개선하고 결국 최첨단 원자핵물리연구소를 만들면서 이곳을 본부로 삼게 되었다.

중간자역학이론에서 파생된 수학이론은 지금까지 알 수 없었던 세 가지 초우라늄원소의 존재를 예측했다. 그리고 아직 가설의 영역을 벗어나지 못했지만 이들을 각각 하이페리움(hyperium), 보네빌리움(bonnevillium), 제네비움(genevium)이라 명명했다. 이 이론은 또한 초우라늄 대결합에너지곡선에 볼 수 있는 '불연속점(glitch)'에서부터 각각의 원소는 한 번 형성되면 아주 안정된 상태가 된다고 예측했다. 그러나 이 물질이 지구상에서 자연 상태로는 발견되지 못하리라 여겼다. 수학이론상으로는 이 초우라늄원소가 형성되는 조건은 두 가지밖에 없었다. 즉 중간자역학이론에 의하면 핵폭탄이 폭발했을 때의 중심부 또는 초신성이 중성자성으로 변할 때의 대폭발이었다.

실제로 사하라 사막의 핵실험 뒤의 분진에서 미량의 하이페리움과 보네빌리움의 흔적이 검출되었다. 제네비움은 발견되지 않았다. 그럼에도 불구하고 그 이론의 첫 번째 예측은 많은 지지 속에 받아들여졌다. 두 번째 예측을 언젠가 미래의 과학자들이 입증할 수 있을지의 여부는 별개의 문제였다.

*

헌트와 그레이는 오후 3시가 조금 지나서 IDCC 본관 착륙장에 도착했고, 3시 30분에는 10층에 있는 볼랜 사장의 호화로운 사무실에서 탁자를 마주 보는 가죽제 안락의자에 앉아 있었다. 볼랜 사장은 왼쪽 벽에 마련된 티크제 바에서 세 개의 잔에 스카치위스키를 따랐다. 그는 방 가운데로 돌아와 두 영국인에게 잔을 건네고 책상을 돌아 자리에 앉았다.

"우선 건배를 하지." 볼랜 사장은 잔을 올렸다. 둘 다 잔을 들어 답했다. "그건 그렇고." 그는 말을 시작했다. "다시 보니 기쁘군. 여행은 어땠나? 어떻게 이렇게 일찍 도착할 수 있었지? 제트기를 빌렸나?" 볼랜 사장은 말하면서 책상 위의 시가 상자를 열어 두 사람에게 내밀었다. "피우겠나?"

"네. 여행은 좋았습니다. 감사합니다." 헌트가 대답했다. "에이비스 렌터기로 왔습니다." 헌트는 볼랜 사장 뒤편 창으로 펼쳐진, 저 멀리 컬럼비아 강 쪽으로 이어지는 소나무 언덕을 바라보았다. "멋진 경치군요."

"마음에 드나?"

"여기와 비교하면 버크셔가 시베리아처럼 느껴지는군요."

볼랜 사장은 그레이를 바라봤다. "그레이, 자넨 어떻게 지냈나?"

그레이는 양쪽 입꼬리를 아래로 내리면서 말했다. "끔찍합니다."

"어젯밤 어떤 아가씨네에서 파티가 있어서 말이죠." 헌트가 설명했다. "알코올 중 혈액농도가 극단적으로 낮아진 상태랍니다."

"재밌었겠군그래." 볼랜 사장이 이를 드러내며 웃었다. "포시스-스콧 전무도 같이 갔었나?"

"농담이시겠죠?"

"시골뜨기의 잔치판이란 말이지?" 그레이는 영국 상류 신사의 어투를 흉내 내며 말했다. "세상에, 이거야 원!"

그들은 웃었다. 헌트는 푸른 시가 연기 속에서 편안한 자세를 취했다.

"사장님은 어떤가요?" 헌트가 물었다. "여전히 잘 지내십니까?"

볼랜 사장은 양팔을 넓게 벌렸다. "아주 좋아."

"앤지는 제가 마지막에 봤던 때처럼 여전히 예쁜가요? 애들은 어때요?"

"모두 잘 지내네. 토미는 현재 대학생이야. 물리학과 우주항공공학을 전공하고 있어. 조니는 주말엔 대개 클럽 친구들과 하이킹을 간다네. 수지는 가족 동물원에 게르빌루스 쥐 한 쌍과 새끼 곰을 새 식구로 늘렸지."

"아직 책임감에 짓눌려 쓰러지지 않고 여전히 행복하게 잘 지내신다는 말이군요."

볼랜 사장은 어깨를 으쓱하고 진주색 이를 드러냈다. "내가 심장발작과 궤양으로 괴로워하는 것 같은가?"

헌트는 마호가니 책상 건너편에 편한 자세로 앉은 볼랜 사장을 쳐다봤다. 파란 눈에 검게 그을린 피부, 금발을 단정하게 깎은 볼랜 사장은 다른 다국적기업 사장들보다 열 살은 젊어 보였다.

한동안 마테다인 사의 사내 상황에 관한 이야기가 오갔다. 그리고 마침내 자연스럽게 얘기가 중단되었다. 헌트는 팔꿈치를 무릎에 기대어 앞으로 몸을 숙이고 유리잔에 담긴 호박색 액체를 좌우로 흔들며 그것을 응시하다가 얼굴을 들었다.

"스코프 말인데, 무슨 일이 벌어지고 있는 거죠?"

볼랜 사장은 이 질문을 기다리고 있었다. 그는 자세를 바로잡은 뒤 잠시 생각하는 것처럼 보이더니 마침내 말을 꺼냈다.

"내가 포시스-스콧 전무에게 걸었던 전화는 봤나?"

"네."

"그럼…." 볼랜 사장은 어떻게 말을 꺼내야 할지 망설이는 것 같았다. "…나도 자네들보다 많이 알고 있는 것은 아니야." 볼랜 사장은 허심탄회한 태도를 보이려고 양 손바닥을 책상 위에 얹는 자세를 취했다. 그러나 어차피 그들이 믿지 않을 것이라는 생각에 한숨이 새어 나왔고, 사실 그랬다.

"그러지 말고 말씀해주시죠." 헌트의 말이 그들의 의중을 말해주고 있었다.

"모르실 리 없잖습니까?" 그레이도 가세했다. "모두 사장님이 결정하신 일이잖아요."

"단도직입적으로 말하지." 볼랜 사장은 두 사람을 번갈아 보며 말했다. "세계적인 관점에서 우리들의 최대 고객이 누구라 생각하나? UNSA라는 건 비밀도 아니지. 달과의 통신시설부터 레이저통신 단말기나 로봇 탐사선에 이르기까지 UNSA의 일은 모두 우리가 도맡아 하고 있어. 차기 회계연도 중 우리 회사가 UNSA에서 얼마만큼의 계약을 딸 것 같나? 2억 달러라네. 2억 달러."

"그래서요?"

"그래서, 그… 그런 큰 고객께서 힘을 빌려달라는 요청을 해온 것이지. 거절할 수 있겠나? 처음부터 얘기하자면 이런 걸세. UNSA는 스코프의 납품처로서 아주 유망한 곳이지. 그래서 회사는 스코프의 성능이나 제품개발 상황 등에 대한 정보를 제공했던 거고. 그런데 어느 날, 포시스-스콧 전무에게 전화를 걸기 하루 전인데, 멀리 휴스턴에서 UNSA 소속 사람이 나를 만나러 왔네. 휴스턴의 사령부로부터 말이지. 그는 내 오랜 친구이고, 높은 자리에 있다네. 이 친구가 스코프로 이러저러한 일을 할 수 있는지 묻기에 가능하다고 대답했네. 그랬더니, 구체적인 예를 들며 이미 실용화된 모델이 있는가 묻더군. 그래서 제품은 아직 없지만 영국에서 시제품이 가동

중이라고 대답했지. 실물을 보고 싶다면 가서 볼 수 있도록 해주겠다고도 말이야. 하지만 그건 그가 원하는 것이 아니었어. 그 시제품과 기술자를 휴스턴으로 보내달라고 하더군. 돈은 얼마든지 지급할 용의가 있다면서 말이지. UNSA가 최우선으로 처리해야 할 계획이 있는데, 거기에 스코프가 필요하다는 걸세. 그 계획이 뭔지 물었더니 그 친구는 조개처럼 입을 다물고 극비사항이라고만 말하더군."

"이상한 일이군요." 헌트는 눈썹을 치켜세웠다. "그래서는 메타다인 사에 치명적인 일이 될 수도 있잖습니까."

"나도 그렇게 말했다네." 볼랜 사장은 양손을 들어 두 손 다 들었다는 몸짓을 했다. "생산계획과 유효성 예측에 관한 회계 문제를 말했지만, 그는 이 일은 무척 중요하기 때문에 합당한 이유가 없는 한 그런 문제들로는 돌아가지 않을 것이라고 말했고, 실제로 돌아가지 않았네." 볼랜 사장은 노골적으로 정직하게 덧붙였다. "나는 그를 몇 년 동안 알고 지냈어. 그가 지연에 따른 어떤 비용이든 UNSA가 다 보상하겠다고 말했을 때…." 볼랜 사장은 어쩔 수 없다는 태도를 이어갔다. "내가 어떻게 할 수 있었겠나? 우리 최고의 고객을 앗아갈 수도 있는 오랜 친구에게 뭐라고 말할 수 있겠어?"

헌트는 턱을 문지른 뒤 마지막 스카치를 입에 털어 넣고 생각에 잠긴 듯 시가를 빨았다.

"그게 다인가요?" 마침내 그가 물었다.

"그게 다라네. 나도 그 이상은 몰라. 자네가 영국을 떠난 동안 UNSA로부터 휴스턴 근처 생명공학연구소로 시제품 선적에 대한 안내를 받은 것을 제외하면 말이지. 그 일은 모레, 도착하는 날 시작하네. 이미 그곳에 설치 직원이 준비되어 있어."

"휴스턴이라… 우리도 그곳에 가야 한다는 뜻인가요?" 그레이가 물었다.

"그렇다네. 그레이." 볼랜 사장은 잠시 숨을 돌리며 코 옆면을 긁으면서 말했다. 그의 얼굴은 찌푸린 듯이 일그러졌다. "나는, 그… 나도 좀 당황스럽다네. 설치 직원에게 시간이 좀 필요한 상황이라, 자네들 두 사람이 당분간 그곳에서 할 일은 많지 않아. 먼저 며칠은 이곳에서 보내는 것이 어떤가? 예를 들어 우리 기술자들에게 스코프가 어떻게 작동하는지에 대한 토론회를 갖는다든가 하면서 말일세."

헌트는 조용히 속으로 웃었다. 볼랜 사장은 몇 달 동안 포시스-스콧 전무에 대해 불평했었다. 스코프의 가장 큰 잠재 시장은 미국이지만 실제로 모든 노하우는 메타다인에 한정되어 있었다. 미국 측 조직은 지금 가진 것보다 더 많은 정보와 지원을 필요로 했다.

"기회를 놓치는 법이 없으시군요." 헌트는 동의했다. "좋습니다."

볼랜 사장은 입이 찢어질 듯 크게 미소를 지었다.

"방금 말씀하신 UNSA 말씀인데요." 그레이가 화제를 다시 돌렸다. "구체적인 예를 알 수 있을까요?"

"구체적인 예라고?"

"스코프로 가능한 것들에 대해 구체적인 예를 들어 질문했다고 하셨잖습니까?"

"아, 그렇다네. 어디 보자, 인체 내부를 알고 싶다고 했다네. 골격, 조직, 혈관, 기타 등등. 부검 같은 것을 생각했던 것 같네. 그리고 책을 펴지 않고 스코프로 그 안의 내용을 읽을 수 있는지도 물었다네."

어처구니없는 일이었다. 헌트는 어리둥절해 하면서 볼랜 사장과 그레이를 번갈아 보았다.

"부검하는 데 스코프를 쓸 필요는 없잖습니까?" 믿기지 않는다는 말투로 그는 말했다.

"책 내용이 궁금하면 왜 책을 펴보지 않나요?" 그레이도 같은 투로 보조를 맞췄다.

볼랜 사장은 손바닥을 내보이며 말했다. "나도 그렇게 생각해. 정말 멍청한 일처럼 들리지."

"그리고 UNSA는 이를 위해 몇천 달러나 지불할 예정이고요?"

"몇백만 달러지."

헌트는 이마에 손을 얹고 분노에 차서 머리를 흔들었다. "스카치 한 잔 더 부탁합니다. 볼랜." 헌트는 한숨을 쉬었다.

4

일주일 뒤, 머큐리 3은 IDCC 본사 옥상에서 출발 준비를 하고 있었다. 조종석의 스크린에 나타난 질문에 헌트는 목적지를 휴스턴의 중심가에 있는 오션 호텔이라고 대답했다. 에어카의 기수에 격납된 DEC 미니컴퓨터는 포틀랜드 지역 교통관제센터 지하 어딘가에 설치된 IBM의 대형 컴퓨터를 호출하고 짧은 교신을 통해 솔트레이크시티, 산타페, 포트워스 경유의 비행계획을 표시했다. 승낙 신호를 보내자 몇 분 뒤, 에어카는 남동쪽으로 출발하여 전방에 있는 블루마운틴을 향해 고도를 높였다.

발진 뒤 잠시 헌트는 메타다인의 컴퓨터에 접속하여 남았던 일들을 정리했다. 그레이트 솔트레이크의 빛나는 호수가 전방 시야에 나타날 즈음, 그는 출발 전에 행했던 마지막 실험보고에 첨부할 수식의 계산을 끝내고 결론을 정리하기 시작했다. 한 시간 뒤 콜로라도 강 상공 6천 미터에 이르렀을 때 헌트는 MIT에 접속해서 대학 간행물을 검토했다. 산타페에서 급유한 뒤에는 수동조종으로 전환하여 점심을 먹기에 알맞은 장소를 찾아 시내 여기저기를 돌아다녔다. 오후 늦게 뉴멕시코 상공에서 IDCC의 호출을 받고는 두 시간에 걸쳐 스코프의 기술상 문제에 관해 토론했다. 해가 서쪽으로 기울어질 즈음, 포트워스를 뒤로하고 헌트는 느긋하게 범죄영화를 감상했다. 그레이는 옆에서 완전히 잠에 빠져들었다.

헌트는 비교적 흥미롭게 영화를 봤다. 악당의 정체가 밝혀지고 주인공이 방금, 죽음보다 가혹한 운명의 여주인공을 구한 뒤 감격의 눈물을 흘리는 그녀에게 사랑을 고백하자 오늘날의 윤리에 대한 메시지가 나왔다. 헌트는 모니터 조종 스위치에 손을 뻗어 주제음악이 흐르는 도중에 영상을 껐다. 그는 기지개를 켠 뒤 담배를 끄고 시트에서 몸을 일으켜 우주가 앞으로 어떻게 되는지 알아보려는 듯이 창밖을 쳐다봤다.

오른쪽 멀리 브라조스 강이 굽이치며 멕시코 만으로 흘러갔다. 흐릿하게 보이는 청회색 안개 속에서 강은 금실을 수놓은 것처럼 보였다. 이미 전방에는 무지개색으로 빛나는 휴스턴의 초고층 빌딩이 보이기 시작했다. 스카이라인을 이루는 높은 건물군은 차려자세로 밀집대형으로 서 있는 소대처럼 보였다. 아래로는 눈에 띄게 집들이 증가했다. 넓은 교외를 향해 개발이 진행된 새로운 시가가 어렴풋하게 윤곽을 드러내고 있었다. 여기저기 흩어져 있는 건물들, 돔이나 철골의 격자문양, 연료탱크 사이에 도로가 지나고 파이프라인이 굽이쳤다. 왼편 철강과 콘크리트의 구시가에서 베가 위성과 지구를 연결하는 거대한 페리 로켓이 발사대에 은빛 첨탑처럼 솟아올랐다. 우주시대의 메카가 된 도시의 수문장 역할을 베가 로켓이 맡은 듯한 광경이었다.

빅터 헌트는 눈 아래로 인간의 끊임없는 외부확장충동을 말해주며 사방팔방으로 발전해가는 토지를 바라봤다. 가슴 속 깊은 곳에서 막연한 불안감이 느껴졌다.

헌트는 템스 강 남쪽 초라한 이스트런던 끝의 뉴크로스에서 태어났다. 아버지는 생애 대부분을 파업과 길모퉁이의 펍에서 그들을 파업하게 만든 불평 거리를 토론하며 보냈다. 돈이나 불평 거리가 떨어지면 뎃퍼드 부두에서 일했다. 헌트의 어머니는 병 제작 공장에서 온종일 일하면서 매일 저녁 빙고게임에서 잃을 돈을 벌었다. 헌트는 축구와 서리 운하에 뛰어드는 것으로 시간 대부분을 보내며 지냈다. 그러다 그가 일주일 정도 우스터에 있는 숙부 집에서 지낸 적이 있었다. 컴퓨터를 제작하는 회사에서 매일 양복을 입고 일하는 숙부는 헌트에게 2진법 덧셈기의 배선법을 가르쳤다.

얼마 뒤 평소보다 사회가 불안해지자 헌트는 우스터의 숙부네 집에서 살게 되었다. 그곳에서 그는 서가를 가득 채운 낯선 기호와 도면으로 된 책들을 통해 어떤 일도 마법처럼 실현 가능한, 꿈에서도 보지 못했던 새로운 세계를 발견했다.

열여섯 살에 케임브리지 대학교에 입학한 헌트는 장학금을 받으며 수학, 물리학, 전자공학을 공부했다. 그는 하숙집으로 옮겨 생활하게 되었다. 룸메이트인 마이크는 보트 타기와 등산이 취미였으며 그의 아버지는 대기업의 영업담당 임원이었다. 숙부가 아프리카로 가게 되자 헌트는 마이크네 집의 둘째 아들로 입양되었다. 휴일에는 서리에 있는 집에서 보내거나 마이크의 친구들과 함께 등산했다. 처음에는 잉글랜드 북서부 호수지방의 언덕에서 시작하여 북웨일스, 스코틀랜드의 산을 올랐으며 나중에는 알프스도 올랐다. 한번은 아이거 봉에 도전하기도 했으나 악천후로 단념할 수밖에 없었다.

박사학위를 받은 뒤, 그는 몇 해 동안 대학에 남아 핵물리수학의 연구를 이어갔으며 그때 이미 그의 논문은 학계에서 널리 주목을 받고 있었다. 그러나 마침내 그는 자신의 취향에 맞는 충실한 삶을 위해서는 연구 수입에만 의존할 수 없다는 현실에 직면했다. 한때 정부의 열핵융합사업의 감독직을 맡기도 했으나 관료적인 사회에 잘 적응할 수 없었다. 그 뒤 세 군데 민간 기업에 취직을 시도했지만 연간 예산이나 매상 총이익, 주식수익률, 할인현금수지 등과 같은 것에 정말로 의미가 있다고 가장하는 그 게임에 냉소적인 혐오감을 느꼈다. 그래서 서른 살이 되었을 즈음 그는 항상 그래 왔던 것처럼 홀로 지낼 수밖에 없다는 확신을 하게 되었다. 헌트의 재능은 여러 학위와 업적, 각종 수상경력, 논문인용 등으로 자타가 공인한 것이었으나 그는 실업자로 지냈다.

한동안 과학학술지에 원고를 투고하여 집세를 벌며 지내던 그는 어느 날 메타다인 사의 연구개발 부장으로부터 프리랜서로서 회사에서 진행 중인 실험의 수학적인 해석에 대해 자문을 해달라는 의뢰를 받게 되었다. 그 뒤 이런 종류의 일이 끊이지 않자, 메타다인 사와의 관계는 더욱 깊어졌다. 마침내 그는 회사의 설비와 인재를 자신의 연구에 사용하는 것을 인정받는 조건으로 정식 사원이 되었고, 이론연구부가 탄생했다.

그러나 지금 와서 보면 뭔가 빠진 듯한 느낌이 들었다. 먼 옛날 소년 시절, 그는 자신의 내부에는 언제나 새로운 세계를 발견하려는 갈망이 있다는 것을 깨달아 알고 있었다. 그는 하늘을 향해 솟아 있는 베가 로켓을 바라봤다.

지상 어딘가에서 방출된 전자파가 코드로 변환되어 머큐리의 비행제어 프로세서에 경고메시지를 보내자 그의 사색은 중단되었다. 조종석 밖의 작은 날개가 기울어지자 에어카는 선회하여 고도 6백 미터에서 시 중심가로 이어지는 동쪽 진입로에 들어서기 위해 하강하기 시작했다.

5

아침 해가 창으로 들어와 높은 곳에서 휴스턴의 중심가를 내려다보는 바위산과 같은 윤곽이 뚜렷한 그의 얼굴을 비쳤다. 서먼 탱크와 같은 땅딸막한 몸은 카펫에 사각형 그림자를 그리고 있었다. 뭉툭한 손가락은 쉴 새 없이 창을 두드렸다. UNSA 항행통신국(Navigation and Communication Division, 나바컴) 본부장 그렉 콜드웰은 지금까지 일어난 일을 곰곰이 생각했다.

그의 예상대로 처음의 의혹과 흥분이 가라앉은 지금, 누구나 결정에 한몫을 차지하기 위해 경쟁을 했다. 사실 적지 않은 조직의 실력자들은 (예를 들어 시카고의 생물과학국이나 판버러의 우주의학연구소 등) 이번 프로젝트가 우주항법이나 통신과는 상관없는 일이며 나바컴이 주관한다는 것 자체가 말이 안 된다고 공공연하게 비난하고 있다. 콜드웰의 굳게 다문 입가가 살짝 미소를 떠올리듯 움직였다. 그래, 날카롭게 칼을 벼렸단 말이지? 그에겐 문제가 되지 않았다. 그는 싸울 준비가 되어 있다. 백전노장으로 20년 넘게 UNSA 최대 기관의 수장까지 오르면서 백병전에 관해서라면 콜드웰은 아직 한 방울도 피를 흘린 적이 없었다. 어쩌면 나바컴이 관여한 적이 없는 영역이며 나바컴뿐 아니라 UNSA가 감당할 만한 일이 아닐지도 모른다. 하지만 사태는 나바컴의 무릎에 떨어졌고 그곳에 머물 예정이었다. 누군가 도와주는 것은 괜찮지만, 프로젝트는 나바컴의 지휘 아래에 있어야 했다. 만약 이게 마음에 안 들면 바꿔보라지.

배후 데스크에 내장된 콘솔 차임이 울리면서 콜드웰의 생각은 중단되었다. 그는 몸을 돌려 스위치를 누르고 단단한 바리톤의 목소리로 대답했다. "콜드웰입니다."

비서인 린 갈런드가 스크린에서 인사했다. 그녀는 크고 지적인 갈색 눈과 붉은색의 긴 머리를 가진 여성이었다.

"리셉션으로부터 메시지입니다. IDCC로부터 두 분의 손님이 오셨다고 합니다. 헌트 박사와 그레이 씨입니다."

"바로 올려보내 줘요. 커피도 내주고. 린도 배석하는 게 좋겠습니다."

"알겠습니다."

*

10분 뒤 의례적인 인사를 나눈 그들은 자리에 앉았다. 콜드웰은 몇 초 동안 아무 말 없이 두 영국인을 바라봤다. 그는 입을 굳게 다물고 짙은 눈썹이 닿을 만큼 미간을 찌푸렸다. 그는 몸을 앞으로 숙이면서 책상 위에서 깍지 낀 손을 올렸다.

"약 3주 전에 달 탐사 기지 중 하나인 코페르니쿠스 3에서 열린 회의에 참석했습니다." 그가 말했다. "그 지역은 새 건축 프로그램을 위해 많은 굴착공사와 지역조사가 이뤄지고 있습니다. 회의는 지구에서 간 과학자와 월면 기지에서 온 엔지니어 관계자와 우주군 제복근무 부서가 참가하였습니다. 실은 해석하기 어려운 발견이 있었기 때문입니다."

그는 잠시 말을 멈추고 두 명을 번갈아 응시했다. 헌트와 그레이는 아무 말 없이 그를 바라봤다. 콜드웰은 말을 이었다. "조사단의 한 팀이 측정용 레이더를 설치하는 후보지 지도 작성에 참여했습니다. 정지작업이 진행 중인 장소에서 떨어진 곳에서 작업을 했습니다만…."

말을 하면서 콜드웰은 책상 한쪽에 마련된 키보드를 만졌다. 그는 고갯짓으로 먼 쪽 디스플레이가 늘어선 벽면을 가리켰다. 스크린 중 하나가 켜지면서 한 권의 파일 표지가 나타났다. 표지에는 '대외비'라는 붉은 글씨가 대각선으로 찍혀 있었다. 표지가 사라지자 화면에 기복이 심한 지역의 등고선이 나타났다. 화면 중앙에 느리게 점멸하는 점이 나타나고 콜드웰이 키보드에 있는 트랙볼을 조종하자 그 점은 지도를 가로지르며 움직였다. 광점은 넓은 계곡을 향해 급하게 경사가 진 절벽을 나타내는 등고선 중간에서 멈췄다. 갈라진 절벽은 계곡에서 갈라져 나와 오르막을 형성하고 있었다.

"이 지도가 문제의 지역을 나타내고 있습니다." 콜드웰 본부장은 계속 설명을 이어갔다. "커서는 갈라진 절벽인 왼쪽 협곡으로 이어지는 위치를 표시하고 있습니다. 조사단은 여기서 차에서 내려 이 '560'이라고 번호를 매긴 큰 바위산 위로 길을 내기 위해 도보로 경사를 올랐습니다." 콜드웰의 설명에 따라 점멸하는 커서는 조사단의 경로를 따라 가느다란 등고선 사이를 천천히 이동하여 합류점 약간 위 완곡부에서 작은 계곡을 건넜다. 커서는 계속 움직여 등고선 간격이 좁아지고 결국은 하나의 선이 된 부분에서 멈췄다.

"여기는 높이 약 18미터의 절벽입니다. 조사단은 이 지점에서 처음에 이상한 것을 발견했습니다…. 암벽 아랫부분에 구멍이 있었던 것입니다. 조사단을 지휘했던 하사는 동굴 같았다고 했습니다. 이상하다고 생각하지 않습니까?"

헌트는 눈썹을 치켜세우며 어깨를 으쓱했다. "달에서 그런 동굴은 안 생기지요?" 그는 간단하게 대답했다.

"그렇습니다."

화면은 그 일대의 사진으로 변했다. 조사단이 차에서 내린 위치에서 촬영된 것이 틀림없었다. 두 계곡이 합류하는 지점의 절벽에 동굴 입구가 보였다. 절벽은 지도에서 봤던 것보다 높았으며 그 앞에는 파편들이 경사를 이루고 있었다. 배경에는 정상이 평평한 암석 대지가 솟아 있었다. 지도에서 560이라고 표시된 지역이 아마 여기인 듯했다. 콜드웰은 두 사람이 등고선 지도에 표시된 지형과 실제 모습을 일치시켜 이해하는 것을 기다린 다음 화면을 바꿨다. 높은 곳에서 계곡 입구를 바라본 사진이었다. 사진은 만곡부 너머까지 이어졌다. "이것은 동영상 기록의 정지 화상입니다." 콜드웰은 말했다. "동영상 전체를 다 볼 필요는 없으니까요." 이어지는 화면의 마지막은 입구 1.5미터 정도의, 암벽에 뚫린 동굴이었다.

"이런 종류의 동굴이 달에 전혀 없는 것은 아닙니다." 콜드웰은 말했다. "그러나 조사대에게 자세히 조사할 생각이 들게 했을 만큼, 쉽게 볼 수 있는 것도 아니죠. 안은 엉망이었습니다. 낙반이 여러 차례 일어난 듯 동굴은 파편과 먼지로 파묻혀서 공간이 거의 없었습니다. 처음 보기에는 말이죠." 새 사진이 그가 말한 광경을 보여주었다. "그러나 좀 더 자세히 조사하자 정말로 놀랄 만한 것과 마주치게 되었습니다. 밑에서 시체가 나온 것입니다."

다시 화면이 바뀌어 앞의 사진과 같은 각도에서 찍은 동굴 내부의 사진이 나타났다. 그러나 이번에는 발굴 작업의 중간 단계가 분명한, 반쯤 제거된 암석 파편과 먼지 속에서 인간의 상반신이 드러나 있었다. 시체는 회색빛 먼지 속에서 흐릿하게 진홍빛으로 보이는 우주복을 입고 있었다. 헬멧은 손상되지 않았으나 촬영용 조명이 바이저에 반사되어 안을 볼 수 없었다. 콜드웰은 다시 말을 잇기 전에 두 사람에게 눈앞에 벌어진 사실에 대해 충분히 생각할 시간을 주었다.

"이것이 그 시체입니다. 질문하시기 전에 예상되는 문의 사항에 대해 먼저 대답을 해드리죠. 먼저 대답은 '아니오'입니다. 우리는 그가 누구인지, 누구였는지 모릅니다. 그래서 찰리라고 부르기로 했죠. 두 번째 대답도 '아니오'입니다. 우리는 사인(死因)이 무엇인지 알지 못합니다. 세 번째도 '아니오'입니다. 그가 어디에서 왔는지도 알지 못합니다." 본부장은 곤혹스러운 표정으로 미심쩍다는 듯이 눈썹을 올린 헌트의 얼굴을 보았다.

"사고는 일어날 수 있고 그 원인을 알아내기도 쉽지 않다는 것은 압니다만…." 헌트는 말했다. "그러나 신원을 알 수 없다는 것은, 그러니까 신분증명서 같은 것이라도 휴대했겠죠. 그런 것이 없다고 해도 UN 월면 기지에 속한 인물이 틀림없을 테니 행방불명이 된 사람을 찾아보면 되지 않겠습니까?"

처음으로 콜드웰의 얼굴에 잠시 미소가 스쳐 지나갔다.

"물론 모든 기지를 조사했습니다, 헌트 박사님. 결과는 없었습니다. 그런데 이것은 단지 시작에 불과했습니다. 시체를 연구소에 운반하여 자세히 조사한 결과, 전문가들이 설명할 수 없는 이상한 사실들이 드러났습니다. 게다가 시체를 이곳으로 옮겨 더 많은 조사를 했습니다만 상황은 나아지지 않고 있습니다. 사실, 우리가 새로운 것을 발견할수록 더욱더 사태는 꼬이고 있죠."

"이곳으로 옮겼다고요? 그렇다면…."

"네, 그렇습니다. 찰리를 선적하여 지구로 가져온 것이죠. 지금 여기에서 몇 킬로미터 떨어진 웨스트우드 생물학연구소에 있습니다. 나중에 그곳으로 가서 보게 될 것입니다."

실내를 지배한 침묵은 실제보다 꽤 길게 느껴졌다. 헌트와 그레이는 새로운 사실들을 정리하려고 노력했다. 마침내 그레이가 말했다.

"누군가가 어떤 이유로 그를 죽인 것은 아닐까요?"

"아뇨, 그레이 씨. 그럴 가능성은 없습니다." 콜드웰은 잠시 기다린 뒤 말을 이었다. "지금까지 제가 알아낸 정보로부터 몇 가지 확신을 가지고 말씀드릴 수 있는 부분이 있습니다. 첫째로 찰리는 지금까지 건설된 어느 기지에도 속한 인간이 아닙니다. 아니 그보다도…." 콜드웰의 목소리가 떨리며 속도가 느려졌다. "그는 현재 우리가 알고 있는 세계의 어느 나라에도 속하지 않은 사람입니다. 사실, 지구에 속했다고 확신할 수도 없습니다."

콜드웰은 헌트와 그레이의 얼굴을 번갈아 보았다. 두 사람의 눈에는 그의 말에 대한 의혹이 드러나 있었다. 완벽한 침묵이 실내를 감쌌다. 불안감이 그들의 신경을 찢는 소리가 들리는 듯했다.

콜드웰의 손가락이 키보드를 두드렸다.

스크린에 기괴한 사람의 모습이 나타났다. 뼈가 드러난 얼굴의 피부는 고대 양피지처럼 검고 주름투성이이었으며 말라 있었다. 드러난 이가 비웃는 듯한 느낌을 주었다. 두 눈이 있던 자리는 텅 비어 말라비틀어진 눈꺼풀 사이로 허공을 바라보는 듯했다.

콜드웰은 긴장된 공기 속에서 냉기가 서린 목소리로 속삭이듯 말했다.

"찰리는 5만 년 전에 죽었습니다."

2부

6

빅터 헌트 박사는 우주군의 제트기 아래로 지나가는 휴스턴 교외의 조감도를 멍하니 바라보고 있었다. 콜드웰의 이야기를 처음 들었을 때의 충격은 이미 진정되었지만, 이것이 도대체 무엇을 의미하는가에 대해 생각을 정리하려고 했다.

찰리가 살았던 연대에 대해서는 의심의 여지가 없었다. 모든 생물은 방사성 탄소동위원소 및 기타 어떤 종류의 원소를 일정한 비율로 체내에 흡수한다. 생물이 살아 있는 동안 그 동위원소는 일정한 비율을 유지한다. 그러나 생물이 죽어서 흡수가 끊기면 방사성 동위원소는 예측 가능한 패턴으로 붕괴한다. 그 붕괴구조는 매우 신뢰성이 높은 유효한 연대측정 척도가 된다. 동위원소의 붕괴는 말하자면 생물이 죽는 순간부터 작동하는 시계이다. 잔류하는 동위원소의 분석으로 얻어지는 수치를 통해 그 시계가 얼마 동안 작동했는지 계산하는 것이 가능하다. 그와 같은 실험이 찰리에게 여러 번 행해졌고, 모든 결과는 오차범위 안에서 일치했다.

일부에서는 이 실험방법이 찰리가 섭취한 음식 및 호흡했던 대기의 구성이 현재 지구인과 같다는 전제 아래에서만 유효하다고 지적했다. 찰리는 지구인이 아닐지도 모르기 때문에 이 전제는 성립하지 않는다는 것이다. 그러나 이 논의는 오래 못 가서 해결되었다. 찰리의 백팩에서 발견된 각종 장치의 기능들에 대해 아직 불명확한 점이 많았지만, 그중 하나는 소형 원자력 발전기라는 것이 판명되었다. 우라늄 253 펠릿도 쉽게 찾을 수 있었고, 자연붕괴 분석에 의해 이전 수치만큼 정확하지는 않지만 독립된 제2의 대답이 나왔다. 찰리의 백팩에 있던 발전기는 약 5만 년 전에 만들어졌다는 결론이 나온 것이다. 이 결과는 앞선 분석에서 얻은 숫자를 뒷받침할 뿐 아니라 찰리가 살았던 자연환경에서는 음식도 대기도 현재의 지구와 큰 차이가 없다는 것을 의미했다.

그렇다면… 헌트는 자문했다. 찰리의 종족은 어딘가에서 인간형 진화를 했다. 이 '어딘가'가 지구 또는 지구 이외의 장소라는 것은 자명하다. 초보적인 논리원칙에서 그 이외의 가능성은 없다. 헌트는 기억을 더듬어 몇 세기에 걸친 이 분야의 눈부신 연구 노력에도 불구하고 현재 확립된 이론으로는 설명하지 못하는 것들이 남아 있지는 않은지, 지구상 생물진화를 설명하는 이론에 대해 알고 있는 모든 것을 떠올려 보았다. 수십 억 년이라는 시간은 상상을 초월하는 기간이다. 불확실성의 심연 어딘가에서 현생 인류가 등장하기 훨씬 이전에 진화의 과정을 경험하고 멸망한 다른 인류가 존재했을지도 모른다는 생각은 너무나도 터무니없게 느껴졌다.

한편 찰리가 달에서 발견되었다는 사실은 매우 발달한 기술 문명을 가진 사회가 있었다는 것을 의미한다. 우주항해기술을 개발하는 과정에서 당연히 고도의 과학기술이 뒷받침된, 지역적으로도 넓은 범위에 걸친 문명사회가 번영했을 것이다. 그들은 기계를 만들고 건물을 짓고 도시를 형성하며 대량의 철을 사용했을 것이다. 그 발전했던 흔적을 보여주는 기념비를 과거 몇 세기 동안 이루어져 온 고고학적 발굴을 통해서도 흔적조차 발견할 수 없었다는 것은 어떻게 설명해야 할 것인가. 현실에서 그런 발견은 전혀 없었다. 물론 이것은 모두 부정적인 증거로부터 도출된 결론이다. 하지만 편견에 사로잡히는 일이 드문 헌트의 사고로서도 인류 이전에 다른 문명을 상정한다는 것은 도저히 현실적이라 할 수 없었다.

그러면 찰리는 지구 밖에서 왔다고 해야 한다. 달이 그 대상이 아닌 것은 확실하다. 달은 너무 작아 국지적으로 생명이 발생하기에 충분할 만큼 장기간 대기를 유지할 수 없다. 문명까지 발달한다는 것은 말이 안 된다. 무엇보다 찰리의 우주복이 인류와 마찬가지로 그도 달세계의 주민이 아니라는 것을 말해주고 있다.

남은 것은 다른 행성이다. 그러나 여기서 문제가 되는 것은 아무리 봐도 찰리가 인류의 모습을 하고 있다는 것이다. 콜드웰은 세부적으로 언급하는 것을 피하면서도 무엇보다도 그 점을 강조했다. 헌트는 자연계의 진화는 오랜 시간 속에서 발생하는 우발적인 발생학상의 변이와 자연도태로 설명된다는 것을 알고 있다. 지금까지 확립된 이론은, 우주의 동떨어진 곳에서 따로 진화한 두 종류의 생물이 최종적으로 같은 모습을 하는 일은 있을 수 없다는 것이다. 그러므로 만약 찰리가 다른 행성의 주민이라면 지금까지 인류가 구축한 과학이론 체계는 소리 내어 무너져 내릴 것이다. 그렇다고 해도 찰리가 지구인이라고 생각하긴 힘들다. 다른 행성에서 왔다는 것도 불가능하다. 따라서 찰리의 존재는 있을 수 없음에도 불구하고, 현실적으로 그는 존재한다.

헌트는 문제의 크기와 심각성을 깨닫고 휘파람을 불었다. 이 문제는 모든 과학영역이 몇십 년에 걸쳐 논쟁에 불타오를 만큼 엄청난 충격을 내포하고 있었다.

*

웨스트우드 생물연구소에서 콜드웰, 린 갈런드, 헌트와 그레이 일행은 크리스천 단체커 교수를 만났다. 화상전화를 통해 콜드웰로부터 소개받은 두 명의 영국인은 교수의 얼굴을 잘 알고 있었다. 실험실로 향하는 도중 단체커는 찰리에 대해 새로운 설명을 추가했다.

연대를 생각하면 시체의 보존 상태는 아주 양호했다. 이는 시체가 발견된 환경 덕택이었다. 세균이 없는 완전한 진공상태에 더해 온도가 이례적으로 낮게 유지되었다. 달에서 낮의 열기는 시체를 둘러싼 많은 암석에 의해 차단되었고, 이 때문에 부드러운 조직이 박테리아로 파괴되는 것을 막을 수 있었다. 우주복에는 파손이 없었다. 이러한 사실로부터 연구소 내에서는 사인이 생명유지장치의 고장에 따라 온도가 급격하게 내려갔기 때문이라는 견해가 유력했다. 시체는 단기간에 냉동되어 그 결과 갑자기 신진대사가 정지되었다고 추측했다. 체액의 동결로 발생한 얼음 결정은 광범위하게 세포막을 파괴했다. 그 뒤 시간이 흐름에 따라 가벼운 물질은 표면에서 승화하여 결국 검게 건조되어 미라화한 것이다. 가장 큰 변화가 있던 부분은 수용액으로 구성된 안구였다. 안구는 완전히 수축하여 안와 바닥에서 흔적을 찾을 수 있었다.

가장 큰 문제는 손만 대면 부서질 만큼 시체가 약한 상태라는 점이며 이 때문에 정밀한 실험을 하려 해도 불가능했다. 지구로 운반하는 과정과 우주복 제거 과정에서 이미 시체는 돌이킬 수 없는 손상을 입었다. 시체가 딱딱하게 동결되지 않았다면 피해는 더 컸을 것이다. 여기서 누군가가 IDCC의 필릭스 볼랜 사장과 영국에서 개발된 물체 내부를 투시하는 장치를 생각해냈다. 그래서 콜드웰이 포틀랜드를 방문하게 된 것이다.

첫 번째 실험실은 어두웠다. 연구원들은 유리 테이블에 몇 대의 쌍동형 현미경을 설치하고 밑에서 조명을 쏘아 사진의 투명도를 조사했다. 단체커는 몇 점의 플레이트를 들고 헌트 일행을 안내하여 안쪽 벽면으로 향했다. 그는 처음에 3장의 플레이트를 눈높이에 있는 스크린에 고정하고 불을 켠 뒤 기대로 충만한 사람들 사이로 돌아갔다. 플레이트는 정면 및 좌우 양쪽에서 촬영된 두개골의 X선 사진이었다. 실험실의 어둠을 배경으로 다섯 명의 심각한 얼굴 표정이 드러났다. 그들은 말없이 화면을 주시했다. 잠시 뜸을 들인 뒤 단체커는 한 발짝 앞으로 나와 일행을 돌아보았다.

"이것이 누구인지는 말씀드릴 필요도 없겠지요." 그는 딱딱하고 공식적인 태도로 말했다. "이 두개골은 세부에 이르기까지 인간과 똑같습니다. 적어도 X선 사진으로 보면 말이죠." 단체커는 테이블에서 자를 집어 사진의 턱선에 댔다. "치아의 구성을 보십시오…. 양쪽 앞니 두 개와 송곳니 한 개, 앞어금니 두 개, 어금니 세 개입니다. 이 형태는 현재의 유인원, 물론 인간을 포함하여 진화의 초기 단계에서 확립된 것입니다. 예를 들어 광비원류(신세계원숭이)의 경우 이의 수는 각각 2, 1, 3, 3입니다."

"설명하실 필요도 없어 보이는군요." 헌트가 말을 끊었다. "사진을 보면 유인원이나 원숭이가 아닌 것은 알 수 있으니까요."

"그렇습니다, 헌트 박사님." 단체커는 고개를 끄덕이며 대답했다. "퇴화한 송곳니는 윗니와 겹치지 않고 특징적인 뾰족함을 가지고 있습니다. 모두 인간의 것입니다. 마찬가지로 얼굴 하반부는 평평하고 눈두덩의 돌기도 없습니다. 이마는 높고 턱은 가는 편이며 뇌가 있는 머리는 둥글죠. 모두 현재의 인간이 조상에게 받은 특징입니다. 여기서 중요한 것은 이러한 세부 특징 모두가, 이 시체가 외견만 단순히 인간을 닮은 것이 아니라 인간이 틀림없음을 말해준다는 점입니다."

단체커는 플레이트를 뺐다. 스크린의 빛이 실내를 비췄다. 현미경을 보던 연구원 중 한 명이 낮게 투덜거리는 것을 듣고 단체커는 서둘러 스위치를 껐다. 그리고 새로 3장의 플레이트를 설치하고 다시 불을 켰다. 상반신과 팔, 그리고 다리 사진이었다.

"마찬가지로 몸통도 우리 인간과 전혀 차이가 없습니다. 갈비뼈 구조도 같습니다…. 넓은 가슴과 발달한 쇄골…, 골반의 배치도 정상입니다. 인간의 골격 중 가장 큰 특징을 보이는 것은 다리입니다. 이 다리로 인간은 다른 동물이 흉내 낼 수 없는 큰 보폭으로 힘찬 걸음을 걸을 수 있습니다. 인체 구조를 잘 안다면 이 사진의 다리 어디를 보더라도 완전히 인간의 것이라는 걸 알 수 있습니다."

"말씀하신 대로군요." 헌트는 시인하며 고개를 흔들었다. "특별한 점이 없군요."

"가장 중요한 점은 말이죠, 헌트 박사님. 특이한 점이 없다는 사실입니다."

단체커는 스크린의 불을 끄고 플레이트를 떼어냈다. 출구로 향하면서 콜드웰은 헌트 쪽을 돌아보았다.

“이런 일이 흔한 일은 아닙니다.” 그는 목소리를 낮추면서 말했다. “그러니까… 아무래도 이례적인 행동이 필요해집니다. 이 점 이해하시겠죠?“

헌트는 끄덕였다.

복도를 지나 짧은 계단을 오른 뒤 또다시 복도를 지나자 붉은 글씨로 커다랗게 ‘무균실’이라고 적힌 이중문 앞에 다다랐다. 그들은 첫 번째 문으로 들어가서 외과수술용 마스크와 모자, 가운, 장갑에 오버슈즈를 착용하고 다음 문을 열고 들어갔다.

첫 번째 구역에서는 피부와 다른 조직의 실험을 하고 있었다. 사망 뒤 현재에 이르기까지의 오랜 시간 동안 손상되었다고 여겨지는 물질을 부가함으로써 시료는 비교적 본래 모습에 가까운 상태로 회복된 것처럼 보였다. 현재까지의 실험 결과를 종합해보면 찰리는 신체구조뿐만 아니라 화학적으로도 인간과 동일한 것으로 나타났다. 다만 몇 종류의 알려지지 않은 효소가 발견되었을 뿐이다. 컴퓨터의 동태분석 결과 이 효소는 현대인의 음식재료에 포함되지 않은 단백질의 소화를 돕는 역할을 하는 것으로 추정되었다. 단체커는 ‘시대는 변한다’라는 애매한 근거로 이 특이성을 무시하려는 경향이 있어, 헌트는 신경이 쓰였다.

다음 실험실에서는 우주복을 비롯하여 시체와 함께 발견

된 각종 장치와 도구들에 대한 연구가 진행되고 있었다. 분석을 위해 헬멧이 제일 처음 공개되었다. 후두부에서 정수리 부분까지는 검게 코팅된 금속으로 되어 있으며 이마 부분 아래부터 양쪽 귀까지는 투명한 바이저로 되어 있었다. 단체커는 목 쪽에 손을 넣어 헬멧을 들어 올려 헌트에게 보여주었다. 안면부를 통해 고무장갑을 낀 단체커의 손가락이 확실히 보였다. "이것을 봐주십시오."

단체커는 옆 실험대에서 강력한 크세논 섬광등을 들어 올리면서 말했다. 그가 안면부에 빛을 쏘이자 바로 그 부분이 검게 변했다. 빛에 따라 생긴 검은 원 주변을 통해 안을 보자 헬멧 안의 밝기는 거의 차이가 없었다. 단체커가 섬광등을 흔드는 데 따라서 검은 원은 바이저 위를 이동했다.

"눈부심 방지 기능이군요." 그레이가 말했다.

"바이저는 자체편광 크리스털로 되어 있습니다." 단체커는 설명했다. "투사광의 세기에 따라 선형적으로 직접 반응합니다. 감마선도 차단하죠."

헌트는 헬멧을 건네받고 자세히 살펴봤다. 그는 외부의 미세한 곡면에 거의 관심이 없었다. 안을 보자 정수리 부분에 뭔가 떼어낸 흔적으로 보이는 홈이 있었고, 가느다란 와이어와 잭이 몇 개 보였다.

"그 홈에는 완벽하게 정비된 소통 통신기가 부착되어 있었습니다." 그가 흥미를 보이자 단체커가 설명했다. "양면의 그릴 속에 스피커가 있고 마이크는 이마 바로 위에 달려 있습니다." 그는 헬멧 안에 손을 넣고 위쪽에서 접이식 쌍안 망원경을 끄집어 내렸다. 망원경은 눈 위치에서 소리를 내며 자리를 잡았다. "비디오도 내장되어 있습니다." 단체커가 설명했다. "가슴 부위 패널로 조작할 수 있으며 헬멧 전면부의 작은 구멍에 카메라가 내장되어 있습니다."

헌트는 계속 헬멧을 만지면서 아무 말 없이 다양한 각도에서 관찰했다. 2주일 전, 그는 메타다인의 자기 책상에서 잡무를 정리했다. 그가 아무리 상상력이 풍부하다고 해도, 가까운 장래에 인류의 역사 전체는 아니라 하더라도 금세기 최대의 충격적인 발견이라 할 만한 것을 손 위에 올리고 있을 거라는 생각은 꿈에도 하지 못했다. 예민한 그의 두뇌로서도 눈앞에 있는 사실을 쉽게 받아들일 수 없었다.

"여기 내장되었다는 전자부품을 볼 수 있을까요?" 잠시 뒤 헌트가 말했다.

"오늘은 어렵습니다." 콜드웰이 대답했다. "전자기기는 다른 곳에서 조사하고 있습니다. 백팩의 내용물도 대부분 그쪽에 가 있습니다. 지금 말할 수 있는 것은 이들이 분자회로에 관해 높은 기술을 가지고 있다는 정도입니다."

"백팩은 소형 정밀기기의 걸작입니다." 단체커가 다른 실험실로 그들을 안내하면서 말했다. "모든 장치 및 가열용 동력원은 원자력으로 판명되었습니다. 덧붙여서 물의 순환장치, 생명유지장치, 비상용 전원장치와 통신시스템, 산소액화장치… 이 모든 것이 이 백팩 하나에 들어가 있으니까요." 그는 내용물을 제거한 백팩 케이스를 들어 올려 일행에게 보이고 다시 제자리에 놓았다. "이 외에 다른 장치들도 있습니다만, 아직 그 장치의 목적이 무엇인지 알아내지 못했습니다. 여러분 뒤에 개인 물품이 있습니다."

단체커는 시체와 함께 발견된 각종 물품을 박물관의 전시물처럼 나열한 또 하나의 작업대로 이동했다.

"펜입니다. 현재 사용되는 압력식 볼펜과 큰 차이가 없습니다. 끝을 돌려 색을 바꿀 수 있습니다." 그는 몇 개의 금속 파편이 경첩부로 주머니칼처럼 수납 가능한 도구를 손에 들었다. "이것은 아마 일종의 열쇠라고 생각됩니다. 표면에 자기코드가 기록되어 있으니까요."

한쪽에는 종이뭉치 같은 것이 정리되어 있었는데, 일부에는 겨우 알아볼 수 있는 기호 같은 것이 있었다. 그 옆에는 포켓 크기의 책이 있었다. 모두 1센티미터를 조금 넘는 얇은 두께였다.

"남은 물건들을 모은 것입니다." 단체커는 작업대를 둘러보며 말했다. "문서는 일종의 플라스틱 섬유로 되어 있습니다. 군데군데 인쇄된 문자와 손으로 적은 문자를 볼 수 있습니다만, 물론 내용은 모릅니다. 상태가 나쁘므로 살짝만 건드려도 분해될 우려가 있습니다." 그는 헌트를 향해 고개를 끄덕였다. "트라이매그니스코프를 통해 우리가 알아낼 수 있는 만큼 알아내야 할 영역 중 하나입니다. 위험을 무릅쓰기 전에 말이죠." 그는 나머지 물건들을 가리키며 자세한 설명

없이 간단하게만 말했다. "펜 크기의 토치램프, 이것은 일종의 소형 화염발사기라고 생각합니다. 나이프, 펜 크기의 전동 드릴, 손잡이에 다른 구경의 날이 세트로 들어 있습니다. 식량 및 음료 용기는 튜브로 헬멧 아랫부분까지 연결되어 있습니다. 이것은 포켓폴더로 지갑과 비슷한 것으로 생각하지만 역시 열어보기엔 너무 약해진 상태입니다. 여분의 속옷과 개인용 위생용품, 무엇에 쓰이는지 아직 모르는 금속 파편 등이 있고, 그 밖에 몇 가지 전자기기들도 들어 있습니다만, 역시 통신기기와 같이 다른 곳으로 옮겼습니다."

출구로 돌아가는 도중 일행은 낮은 작업대에 올려진, 등신대 인형에 입힌 진홍색 우주복 근처에서 멈췄다. 얼핏 보기에 체형은 평균적인 인간과 미묘하게 다른 듯했다. 땅딸막했으며 165센티미터의 인간치고는 사지가 짧았다. 하지만 우주복이 몸에 딱 맞게 설계된 것은 아니므로 확신할 수는 없었다. 헌트는 부츠의 밑창이 놀랄 정도로 두껍다는 것을 발견했다.

"스프링 장치입니다." 단체커가 그의 시선을 보고 대답했다.

"뭐라고요?"

"정말 독창적입니다. 이 밑창 소재는 기계적인 특성이 가해지는 압력에 따라 변화합니다. 보통 속도로 걸을 때는 바닥이 부드러운 상태를 유지합니다. 그러나 점프와 같은 강한 충격을 받으면 강력한 스프링과 같은 특성을 갖습니다. 달에서 캥거루처럼 뛰어다니는 데 아주 이상적인 장치이죠. 일반 관성이 작용하는 가운데 체중이 가벼워지는 점을 이용하는 것이니까요."

"그러면 여러분," 지금까지의 일을 사뭇 만족스럽게 지켜보던 콜드웰이 말했다. "마침내 여러분들이 기다리던 때가 온 것 같군요. 찰리를 만나러 가봅시다."

그들은 엘리베이터를 타고 연구소 지하로 내려갔다. 흰 타일에 흰 조명이 된 어두침침한 복도를 지나자 커다란 철제문이 나타났다. 단체커가 벽에 있는 유리판에 엄지를 대자 지문을 인식하고 소리 없이 문이 옆으로 열렸다. 동시에 백열등의 밝은 빛이 방에서 흘러나왔다.

방은 추웠다. 벽면의 대부분은 제어판이나 분석 장치, 그리고 빛나는 계기들이 늘어선 유리 캐비닛이 차지하고 있었다. 모든 것이 연녹색으로 되어 있어 수술실과 같은 청결한 인상을 주었다. 그 위에 커다란 유리관이 덮여 있고 그 안에 시신이 있었다. 단체커는 아무 말 없이 일행을 인도하여 방을 가로질렀다. 그가 걸을 때마다 고무재질의 바닥에 오버슈즈가 끽끽 소리를 냈다. 그들은 수술대 주위를 둘러싸고 아무 말 없이 경외하듯 앞에 놓여 있는 찰리를 바라보았다.

시신은 가슴 아래부터 발끝까지 시트가 덮여 있었다. 병실과 같은 이런 분위기에서는 이날 아침, 콜드웰의 사무실에서 화면으로 본 광경에서 받았던 충격도 완화된 듯했고, 순수하게 과학적인 호기심만 남아 있었다. 헌트는 손만 뻗으면 닿을 수 있는 거리에서 역사의 여명기 이전에 발달했던 문명사회에서 살다 죽은 자를 볼 수 있다는 사실에 압도당했다. 그는 이 이상한 상대가 살았던 시대나 그 삶에 대한 상상으로 유의미한 질문이나 의견을 생각해보지도 못한 채, 시간 가는 줄 모르고 말없이 쳐다보기만 했다. 단체커가 다시 설명을 시작하자 그도 다시 현실 세계로 돌아왔다.

"…물론 아직 이 단계에서는 단순히 개체에 국한된 유전적 변이인지 개체가 속한 종의 일반적인 특징인지 말할 수 없으나, 안와 및 두개골 특정 부분에 따르면 이 개체는 신체의 크기에 비해 상대적으로 우리보다 눈이 큽니다. 이를 통해 현재 우리가 보는 밝은 태양광에 적응하지 않았음을 알 수 있습니다. 또한 이 콧구멍의 길이를 봐주십시오. 오랜 시간 동안 수축된 것을 고려하면 공기를 통과하면서 덥혀줄 만큼 상당히 깁니다. 이를 통해 그가 상대적으로 추운 기후에서 살았다는 것을 알 수 있습니다. 이와 같은 특징은 현대 이누이트족에게서도 볼 수 있습니다."

단체커는 팔을 흔들어서 시체의 신장을 가리켰다. "또한 땅딸막한 체격도 추운 환경을 뒷받침해주고 있습니다. 둥근 물체는 길쭉한 것에 비해 단위 용적당 표면적이 작아집니다. 즉 그만큼 발열량이 적습니다. 이는 이누이트족의 땅딸막한 체형과 흑인의 사지가 긴 체형을 비교하면 잘 알 수 있을 것입니다. 찰리가 생존했던 시절, 지구는 홍적세 빙하기 마지막 한랭시대로 접어들 때였습니다. 당시 지구상의 생물은 약 100만 년의 시간을 통해 추위에 적응했습니다. 또한, 빙하기는 그 당시 태양과 행성들이 우주먼지 속을 통과했기 때문에 지구로 오는 태양의 복사열이 감소해서 발생한 것으로 추측하고 있습니다. 예를 들어 빙하기는 거의 2억5천만 년 주기로 발생하고 있습니다. 이는 우리 은하계의 회전 주기와 같습니다. 단순한 우연의 일치는 아닐 것입니다. 그러므로 시체에서 볼 수 있는 추운 환경과 적은 일조량에 적응한 특징 및 연대측정으로 알아낸 나이 등이 모두 합치하고 있습니다."

헌트는 미심쩍어하면서 단체커를 바라봤다. "그럼 당신은 이미 찰리가 지구인이라고 확신하고 있는 겁니까?" 그는 약간 놀란 어조로 말했다. "아직 이르지 않을까요?"

단체커는 무시하듯 머리를 들고 짜증스럽게 눈썹을 치켜세웠다. "이는 아주 명백합니다, 헌트 박사님." 그는 덜떨어진 학생을 대하는 교수 같은 말투로 말했다. "지금까지 본 것들을 생각해보십시오. 치아, 두개골, 골격, 기관의 형태 및 배치. 저는 그가 인간과 친척 관계임을 강조하는 목적으로 일부러 그 특징들을 지적했습니다. 우리와 같은 조상에서 나왔다는 것은 의문의 여지가 없습니다." 단체커는 얼굴 앞에서 손을 앞뒤로 흔들었다. "달리 의심의 여지가 없습니다. 찰리는 현대인 및 지구상의 모든 영장류와 같은 계통에서 진화했음이 틀림없습니다."

그레이는 반신반의하는 듯이 말했다. "저는 잘 모르겠습니다. 헌트 박사님의 말에도 일리가 있는 것 같은데요. 즉 그가 지구에서 살았다면 이전에 이와 관련된 것을 발견했어야 하는 것 아닙니까?"

단체커는 일부러 냉담하게 한숨을 쉬었다. "제 말을 의심하는 것은 자유입니다. 그러나 생물학자 및 인류학자로서 방금 말씀드린 사실을 뒷받침할 풍부한 증거를 가지고 있습니다."

헌트가 납득하지 못하는 표정으로 말을 하려고 할 때 콜드웰이 끼어들었다.

"여러분, 진정하시죠. 지난 몇 주 동안 이와 관련하여 충분히 많은 논쟁을 했을 거라 생각하지 않으시나요?"

"이제 슬슬 점심을 먹으러 갈 시간 같습니다." 린 갈런드가 알맞은 때에 끼어들었다.

단체커는 갑자기 방향을 바꿔 방금 일어난 일을 마음속에서 지우려는 듯 체모의 밀도나 피하지방의 두께 등과 같은 숫자를 나열하면서 출구 쪽으로 걸어갔다. 헌트는 따라가기 전에 잠시 멈춰 수술대 위의 시체를 보다가 그레이와 눈이 마주쳤다. 그레이의 입가가 씰룩거렸다. 헌트는 희미하게나마 어깨를 으쓱해 보였다. 아직 수술대 옆에 서 있던 콜드웰은 이 짧고 은밀한 대화를 놓치지 않았다. 그는 단체커와 이 영국인들을 번갈아 보며 생각에 잠긴 듯이 눈을 가늘게 떴다. 그리고 마침내 일행보다 몇 걸음 뒤에서 천천히 고개를 끄덕이며 희미한 미소를 지었다.

소리 없이 문이 닫히고 방은 다시 어두워졌다.

7

헌트는 팔을 뻗고 등을 의자 쪽으로 붙여 스트레칭을 하면서 연구실 천장을 향해 크게 하품했다. 잠시 그 자세를 유지하다가 큰 숨을 내쉬면서 몸을 일으키고는, 손등으로 눈을 비비고 다시 콘솔 쪽으로 가 옆에 있는 90센티미터 크기의 유리 실린더 측면을 바라봤다.

트라이매그니스코프 튜브에 나타난 이미지는 3주 전 휴스턴에 도착한 첫날, 단체커가 보여준 시체에서 발견된 수첩을 확대한 것이었다. 수첩 원본은 연구실의 스캐너모듈 안에 놓여 있었다. 스코프는 선택된 페이지 경계면의 농담의 변화를 읽도록 조정되어, 트럼프를 섞을 때 두 부분으로 나눈 것처럼 수첩의 윗부분을 제거한 아랫부분의 영상만을 보냈다. 오래되고 보존 상태도 좋지 않았기 때문에 영상의 화질은 다소 떨어졌고, 군데군데 불완전한 부분이 남아 있었다. 이 영상을 TV 카메라로 광학적으로 촬영하고 이를 신호로 변환하여 나바컴의 복합 컴퓨터에 입력했다. 입력된 정보는 패턴 인식과 통계분석 기법으로 처리되어 결손 부분이 보완되고 확대되어 출력되었다.

헌트는 콘솔에 있는 작은 모니터들을 보았다. 각각의 모니터에는 페이지의 자세한 부분이 표시되어 있었다. 그는 키보드를 두드렸다.

"5번 모니터의 해상도가 낮아." 헌트가 말했다. "커서가 표시하는 좌표는…, X는 1200에서 1380, Y는 990에서… 음, 1075야."

몇 미터 떨어진 다른 곳에서 스크린과 제어판에 둘러싸여 콘솔 앞에 앉아 있던 롭 그레이가 일련의 숫자가 나타나자 의견을 물었다. "Z 모드가 선형으로 시야를 지나고 있어. 그 블록을 상승시킬까?"

"그렇게 해줘."

"Z 스텝 200에서 210으로… 증폭 포인트 1… 스텝 0.5초."

"잠깐." 헌트가 외쳤다.

그레이가 키를 눌렀다. "어때?"

헌트는 수정된 화면을 잠시 응시했다. "피사체의 중앙은 이걸로 깨끗해졌군." 마침내 그가 말했다. "작업판에 있는 것은 수정이 40퍼센트 정도 진행되었어. 하지만 여전히 주변부가 처리되지 않네. 센터 포인트의 단면을 보여줘."

"어느 스크린에 보낼까?"

"아… 7번으로."

"알았어."

그들이 작업하고 있는 특정 부분의 페이지 단면을 나타내는 곡선이 헌트의 콘솔에 나타났다. 그는 잠시 그것을 보다가 말했다. "보간법을 시도해보지. 경계는 Y -5부터 35퍼센트로 해주게."

"파라미터 세팅…보간법 시행… 시행 완료." 그레이가 복창했다. "스캔 프로그램과 합칠게."

영상이 다시 미묘하게 변했다. 화면은 눈에 띄게 선명해졌다.

"모서리 부분이 여전히 선명하지 않아." 헌트가 말했다. "4분의 1과 4분의 3지점을 10 정도 더 가중해보자. 그래도 안 된다면 전부 등신대 주파대역으로 분석할 수밖에 없겠어."

"포인트 250, 포인트 750, +10." 그레이는 키를 조작하면서 복창했다. "합쳤어. 어때?"

헌트의 모니터에 나타난 페이지에는 마법처럼 문자 같은 형상이 나타났다. 헌트는 만족스러운 듯이 끄덕였다. "좋았어. 이것으로 고정해줘. 오케이. 이걸로 한 쪽을 끝냈어. 위 오른쪽에 흐트러진 부분이 또 있는데. 다음은 저걸 해보자."

*

스코프가 설치 완료된 이후부터 그들은 매일 이런 작업을 반복했다. 첫 주에는 시신의 단층사진을 찍으며 보냈다. 냉동상태로 찰리를 유지해야 한다는 의학 관계자의 주장을 받아들여 불편한 전열복을 입고 작업해야 하는 불편함이 있었지만, 기념할 만한 작업을 한다는 만족감이 있었다. 결과는 결코 극적이지 않았다. 찰리는 겉모습뿐 아니라 몸의 내부도 놀랄 정도로, 아니 시점에 따라서는 당연하게도 인간과 같았다. 2주째에는 시체와 함께 발견된 소지품, 특히 종이뭉치와 수첩에 초점을 두고 검사했다. 흥미로운 조사결과가 나왔다.

문서에 있는 기호로부터 먼저 숫자가 판독되었다. 나바컴 본부에 소집된 암호전문가들은 10진법이 아닌 12진법을 사용하고 수 단위를 왼쪽에 작게 표시하는 수학체계를 밝혀냈다. 수 이외의 기호해독은 어려웠다. 각국의 대학과 연구소의 언어학자들이 휴스턴과 연결되었고 컴퓨터의 도움을 통해 이 월인(月人)의 언어해독에 힘을 썼다. 발견된 장소에 따라 찰리의 종족은 월인이라 불리게 되었다. 학자들의 노력은 큰 성과를 얻었다고 말하기는 어려웠으며, 월인어가 37개의 알파벳으로 구성되며 오른쪽에서 왼쪽 순으로 적고 대문자에 해당하는 글자가 있다는 것이 겨우 밝혀졌을 뿐이었다.

그래도 짧은 기간의 성과치고는 나쁘지 않았다. 관계자의 대부분은 스코프가 없다면 이만큼의 성과는 도저히 얻을 수 없다는 것을 알았기 때문에, 두 영국인의 이름은 본부 내외에 잘 알려졌다. 스코프는 UNSA의 기술자들 사이에서 많은 관심을 끌었고 이 장치의 공동개발자 두 사람을 직접 만나 스코프의 원리나 구조에 대해 더욱 자세히 알아보고자 하는 사람들이 매일 밤 오션 호텔로 몰렸다. 곧 오션 호텔은 근무시간의 전문가적 신중함이나 회의주의적 시각에서 벗어나 찰리의 비밀에 대해 누구나 참여할 수 있는 자유토론장으로 변했다.

콜드웰은 당연히 그 자리에서 누가 어떤 발언을 하고 어떻게 받아들여지고 있는지 알고 있었다. 린 갈런드가 매일 밤 토론에 참가하여 가장 괜찮았던 의견을 핫라인으로 연결한 것처럼 본부에 보고했기 때문이다. 하지만 이는 그녀의 일이었으므로 크게 신경 쓰는 사람은 없었다. 그녀가 나바컴에 근무하는 다른 여성과 함께 참석해서 토론장에 기분전환의 파티 분위기까지 더해지자, 누구도 이에 대해 문제 삼지 않았다. 시외에서 온 다른 기술자들도 이 흐름을 즐겼으나 그 때문에 지역적으로 대인관계에 긴장감을 가진 사람도 한두 명 생겼다.

*

헌트는 마지막으로 키보드를 두드리고 의자에 기대어 완성된 페이지 이미지를 검사했다.

"나쁘지 않아." 그가 말했다. "이 정도면 더 이상의 수정은 필요 없겠어."

"잘됐군." 그레이가 동의했다. 그는 담배에 불을 붙이고 헌트에게 묻지도 않고 담뱃갑을 건넸다. "광학 인코딩 종료." 스크린을 보며 그가 덧붙였다. "이걸로 67페이지 완성했어." 그레이는 일어서서 탱크 안의 더 좋은 영상을 보기 위해 헌트의 콘솔 옆으로 갔다. 그는 말없이 잠시 그것을 바라봤다.

"숫자가 나열된 것을 보면…." 마침내 그레이는 당연한 사실을 평했다. "이것은 뭔가에 대한 표 같은데?"

"그렇겠지…." 헌트는 건성으로 대답했다.

"행과 열, 가는 줄과 굵은 줄… 거리의 일람표… 와이어 게이지… 무슨 시간표 같은 것일 수도 있겠어."

헌트는 대답하지 않고 가끔 스크린에 담배 연기를 내뿜으면서 고개를 좌우로 기울였다.

"아주 큰 수는 없어." 잠시 후에 그가 말했다. "두 자리를 넘는 수가 없어. 12진법이라면 얼마가 되지? 최대 143이겠군." 그는 잠시 생각에 잠긴 뒤 말을 이었다. "이 최대 숫자가 의미하는 건 뭘까?"

"월인 수와 10진법 변환표가 어딘가에 있을 거야. 조사해 볼까?"

"아니. 점심시간도 거의 다 됐으니 지금은 관두자. 오늘 밤 오션 호텔에서 맥주 한잔하면서 생각해보는 것도 괜찮겠지."

"1하고 2는 알 수 있어." 그레이가 말했다. "그리고 3…, 음… 이 큰 상자의 우측 열을 봐. 작은 순서부터 나열되어 있어.”

“네 말이 맞아. 그리고 같은 패턴이 계속 반복되어 있어. 어떤 주기적인 배열인데.” 헌트는 미간을 좁히며 생각에 잠겼다. “또 다른 것도 있어. 측면 아래에 알파벳 군이 보여? 같은 군을 일정한 간격으로 모든 페이지에서 볼 수 있어.” 헌트는 잠시 말을 멈추고 턱을 비볐다.

그레이는 10초 정도 기다렸다. “감이 잡혀?”

“모르겠어. 1부터 하나씩 순서대로 수가 증가하는 집합의 주기가 있고 알파벳의 표시가 반복되는 군마다 있고…, 전체 패턴이 더 큰 그룹 안에서 반복되고 더 큰 그룹에서도 똑같이 반복되는…, 연속성을 가진 법칙이 있는데….”

헌트의 중얼거림은 린 갈런드가 헌트의 등 뒤에 있는 문을 열고 들어오면서 중단되었다.

“여러분 안녕하세요. 오늘은 어떤 것을 보여주실 건가요?” 그녀는 두 사람 사이에 끼어들어 스크린을 보았다. “표군요! 놀랍네요. 어디에서 나온 거죠? 수첩?”

“안녕.” 그레이는 싱긋 웃으면서 말했다. “맞아요. 수첩에서 나왔어요.” 그는 스캐너 쪽으로 고개를 끄덕였다.

“어서 와요.” 헌트가 마침내 영상에서 눈을 떼면서 대답했다. “무슨 일인가요?”

린은 바로 대답하지 않고 영상을 계속 쳐다봤다. “이게 뭔지 알아냈어요?”

“아직은요. 지금 그 이야기를 하는데 당신이 들어온 거고.”

헌트가 대답했다.

린은 행진하듯 연구소를 가로질러 상체를 숙이고 스캐너 안을 들여다보았다. 갈색의 매끄러운 다리와 얇은 치마 아래로 당당하게 솟은 둔부에 두 영국인 과학자는 기쁜 듯이 시선을 교환했다. 그녀는 돌아와서 다시 영상을 봤다.

"제 의견으론 이건 달력이에요." 그녀는 반론의 여지가 없다는 듯이 말했다.

그레이는 웃었다. "달력이라…. 확신하는 것 같은데요. 뭐랄까, 절대로 틀리는 일이 없는 여자의 직감이라는 건가요?" 그가 놀리듯이 말했다.

린은 턱을 내밀고 양손을 허리에 얹어 도전하듯이 그레이와 마주섰다. "영국인 아저씨, 저도 의견을 말할 권리는 있죠? 그래서 제가 생각한 의견을 말한 거예요."

"알았어요. 알았어." 그레이는 양손을 올려 보였다. "여기서 독립전쟁을 하는 것은 그만두죠. 연구실 일지에도 그렇게 기록하고. '린의 의견은….'"

"맙소사!" 헌트의 목소리가 그레이의 말을 끊었다. "린이 맞아! 그녀가 말한 대로야!"

그레이는 의아해하며 스크린을 돌아봤다. "어째서…?"

"잘 봐. 이 큰 숫자 그룹은 월에 해당하지. 그리고 이 안에서 반복되는 알파벳 표시는 주, 각각의 수가 일이야. 생각해보면 어떤 방식의 달력이라도 일과 년은 기본적인 단위가 되거든. 무슨 말인지 알겠어?"

그레이는 반신반의하는 듯했다. "글쎄. 잘 모르겠는데." 그는 천천히 말했다. "우리의 1년과는 다른걸. 365일보다 많은 수가 있어. 게다가 월인지 아닌지 모르겠지만 이 그룹도 열두 개 이상 있잖아."

"그렇지. 흥미롭지 않아?"

"저 아직 여기 있거든요?" 등 뒤에서 작은 목소리가 들렸다. 두 사람은 반쯤 돌아보며 린이 대화에 참여할 수 있도록 했다.

"미안해요." 헌트가 말했다. "내가 잠시 흥분했었나 보네요." 그는 머리를 잠시 흔들면서 믿기지 않는다는 표정으로 린을 바라봤다. "어떻게 달력일 거란 생각을 하게 되었죠?"

린은 어깨를 으쓱하고 입을 삐죽 내밀었다. "솔직히 저도 잘 몰라요. 하지만 저 수첩은 일지 같은 것이잖아요. 제가 봤던 일지에는 모두 달력이 있었고, 그래서 틀림없이 달력일 거라고 생각한 거죠."

헌트는 한숨을 내쉬었다. "과학적 방법으로는 감당할 수 없다는 건가. 어쨌든, 가능성을 고려해봐야겠어. 나중에 모두 종합해보자." 그는 린을 되돌아봤다. "아니, 더 좋은 방법이 있군요. 당신이 해봐요. 이건 당신 발견이니까."

린이 의심스러운 듯이 눈살을 찌푸렸다. "저보고 어떻게 하라는 거죠?"

"저기 마스터 콘솔에 앉아봐요. 좋아요. 자, 그럼 컨트롤 키보드를 켜고… 그 빨간 단추를 누르면 됩니다."

"이제 뭘 하면 되죠?"

"이렇게 쳐봐요. 'FC, DACCO 7 / PCH. P 67/HCU.1.' 기능 조종 모드, 데이터 호출 프로그램, 제7 서브시스템 선택, '프로젝트 찰리 제1권' 67페이지 광학판, 하드카피 1부 출력이란 뜻이죠."

"그런가요? 멋져요!"

헌트가 다시 한 번 천천히 말하는 것을 들으면서 린이 명령어를 입력했다. 그러자 바로 스캐너 옆의 출력장치가 우웅 소리를 내기 시작했다. 몇 초 뒤 프린터에서 광택 있는 종이가 출력되었다. 그레이가 집으러 갔다.

"완벽하군." 헌트가 말했다.

"이제는 저도 스코프의 전문가군요." 린이 밝은 목소리로 말했다.

헌트는 출력물을 훑어보고 고개를 끄덕이더니 콘솔 위에 있던 폴더에 끼워 넣었다.

"집에 가져가서 숙제라도 하시려고요?" 그녀가 물었다.

"호텔의 벽지가 마음에 안 들어서 말이죠."

"버킹엄에 있는 헌트 박사의 아파트 침실 벽은 상대성이론으로 도배를 했죠." 그레이가 비밀을 몰래 알려준다는 듯한 어조로 말했다. "그리고 주방 쪽은 파동역학 이론이고."

린은 호기심 가득한 표정으로 두 사람을 번갈아 보았다. "그거 아세요? 두 분 모두 미쳤어요. 지금까지 예의를 차리느라 말하지 못했지만, 누군가는 말해줘야 해요."

헌트가 짐짓 엄숙한 표정으로 그녀를 보며 말했다. "린, 우리가 미쳤다는 것을 말해주려고 일부러 여기에 온 건 아니겠죠?"

"네, 맞아요. 말씀하신 대로예요. 사실은 웨스트우드에 가야 했는데, 어쨌든 두 분께서 흥미 있어 하실 만한 뉴스가 오늘 아침에 들어왔어요. 콜드웰 본부장께서 러시아 쪽 연구자에게서 들은 건데요. 그쪽 공학재료 실험소에서 아주 흥미로운 합금을 실험했다고 해요. 지금까지 전혀 알려지지 않은 특성을 가진 것이라더군요. 그 합금은 달에 있는 비의 바다(Mare Imbrium) 부근에서 발굴되었고 연대측정 결과 약 5만 년 전의 것이라고 하는군요. 어때요? 재밌죠?" 린이 말했다.

그레이는 휘파람을 불었다.

"다른 것들이 나오는 것도 시간문제겠군요." 헌트는 고개를 끄덕이며 말했다. "좀 더 자세한 내용을 알고 있어요?"

린은 고개를 흔들었다. "아쉽지만 없어요. 하지만 오늘 밤 오션 호텔에 가면 더 자세한 얘기를 들을 수 있겠죠. 한스가 온다면 그에게 물어보세요. 이번 일에 대해 콜드웰이랑 얘기를 나눈 것 같으니까요."

"콜드웰은 어떻게 지내요?" 헌트가 물었다. "최근에 미소를 보이려는 노력은 하고 있고?"

"짓궂으시군요." 린이 헌트에게 다시 다가서며 말했다. "콜드웰 본부장님은 잘 지내요. 그냥 바쁠 뿐이죠. 이번 일이 있기 전엔 그에게 걱정거리가 없었을 거라 생각하세요?"

헌트는 논쟁할 생각이 없었다. 몇 주 동안 그는 콜드웰이 지구 전체에서 폭넓은 분야의 인재를 모았다는 사실을 목격해왔다. 본부장의 조직력이나 반대의견을 제거하는 능력에는 감탄하지 않을 수 없었다. 한편 이와 별도로 이전부터 헌트의 가슴에는 개인적인 의혹이 맴돌고 있었다.

"본부 전체는 어떤가요?" 헌트는 아무런 뜻이 없는 것처럼 물었으나, 그녀의 날카로운 감각을 피해가지는 못했다.

그녀는 아무도 알아차리지 못할 정도로 가늘게 눈을 뜨고 말했다. "어떤 일이 벌어지고 있는지 다 보셨잖아요? 어떻게 진행되고 있는 것 같아요?"

헌트는 그녀의 의도적인 반문을 피하려 했다. "나와는 관계없는 일이죠. 안 그런가요? 우리는 단지 기계를 돌보는 사람에 불과하니까."

"아뇨. 그렇지 않아요. 전 정말로 어떻게 생각하시는지 알고 싶어요."

헌트는 일부러 큰 동작으로 담배를 비벼 끄고는 얼굴을 찌푸리고 이마를 긁적였다.

"박사님도 의견을 가질 권리가 있잖아요?" 린이 계속 물었다. "헌법이 보장해요. 그러니 어떻게 생각하시는지 말씀해주세요."

질문과 그녀의 갈색 눈동자를 피할 길이 없었다.

"발견되는 정보에 대해서는 부족하지 않아요." 헌트는 마침내 한발 물러서며 대답했다. "모두 잘 해내고 있어요…."

그는 뭔가 더 할 말이 있는 듯 말끝을 흐렸다.

"그러면 뭐가 문제인가요?"

헌트는 한숨을 쉬었다. "하지만… 그 정보를 해석하는 것이 문제죠. 너무 교조적이라고나 할까…, 융통성이 없어요. 지금껏 자신들이 생각해왔던 것에서 벗어나려고 하질 않아요. 시야가 너무 좁지요. 자신이 믿고 있는 것 이외의 가능성을 완강히 거부하고 있어요."

"예를 들면요?"

"글쎄… 단체커 교수를 들 수 있죠. 그는 아마도 평생 전통적인 진화론만 받아들였을 거예요. 그래서 찰리는 지구인이어야만 하고 그 이외의 가능성을 인정하지 않아요. 확립된 이론은 올바른 것이어야 하며 움직일 수 없죠. 그래서 모든 것을 이론에 맞도록 해석해야만 하는 거고."

"그럼 그가 틀렸다는 건가요? 찰리가 다른 곳에서 왔다는 건가요?"

"글쎄, 그건 나도 모르겠어요. 그가 맞을지도 모르고. 나는 그가 내린 결론이 아니라 그 과정이 마음에 안 들어요. 이 문제를 해결하려면 좀 더 유연해져야 하는데."

린은 헌트의 말로 확신하게 되었다는 듯이 고개를 끄덕였다. "그런 식으로 말씀하실 줄 알았어요." 깊게 생각한 듯이 그녀가 말했다. "콜드웰 본부장이 들으면 흥미로워 하겠군요. 비슷한 생각을 했거든요."

헌트는 그녀가 대화 도중에 우연히 질문한 것이 아니라고 느꼈다. 그는 꽤 오랫동안 그녀를 바라봤다. "콜드웰이 왜 흥미로워 한다는 거죠?"

"놀라셨죠? 콜드웰은 두 분에 대해서 잘 알고 있어요. 콜드웰은 다른 사람이 어떻게 생각하고 있는지 흥미 있어 해요. 그는 사람에 대해서는 천재적이에요. 사람을 움직이게 하는 것이 무엇인지 알고 있죠. 그의 일 중 아주 큰 부분을 차지하고 있으니까요."

"사람 문제가 그의 일이란 말이죠." 헌트가 말했다. "그럼 왜 고치려고 하지 않는 거죠?"

린은 태도를 바꾸고 그리 심각한 이야기는 아니며 당분간 알아야 할 것은 알아냈다는 듯한 태도를 보였다. "오, 콜드웰 본부장은 때가 되었다고 느끼면 그럴 거예요. 그는 타이밍에 대해서도 잘 알고 있으니까요." 그녀는 이야기를 끝내려고 했다. "어쨌든, 이제 점심시간이네요." 린은 일어나서 양쪽 남자의 팔짱을 꼈다. "미친 영국신사 두 분께서 불쌍한 식민지 소녀에게 한잔 사주시는 건 어떠세요?"

8

나바컴 본부 대회의실에서 열린 진행 회의는 이미 두 시간이 지났다. 중앙의 커다란 테이블 주위에는 스물네 명 정도의 학자와 기술자들이 앉거나 대자로 몸을 펴고 기대 있거나 했다. 테이블 위에는 자료나 서류, 꽁초가 쌓인 재떨이, 반쯤 마신 유리잔들이 널려 있었다.

지금까지 흥미로운 내용은 없었다. 발언자가 차례로 자신의 영역에서 행해진 실험의 최신 결과를 보고했으나 이를 종합하면 찰리의 순환계, 호흡계, 신경계, 내분비계, 임파선, 소화기, 기타 생각할 수 있는 조직과 구조는 현재 테이블을 둘러싸고 있는 자들과 차이가 없다는 것이었다. 골격도 몸의 화학구성도 현대인과 같았다. 혈액형도 특수하지 않았다. 두

뇌의 체적과 발달 정도는 일반적인 호모 사피엔스의 범위 안이었다. 또한 대뇌반구의 상태로부터 찰리가 오른손잡이라는 것도 판명되었다. 생식세포가 가진 유전정보도 분석되었다. 현대의 평균적인 여성에서 추출된 유전정보와 찰리의 것을 컴퓨터 시뮬레이션으로 조합한 결과, 그 자손은 아무 이상 없이 완벽한 비율로 양쪽 부모의 유전형질을 이어받는다는 것을 알 수 있었다.

헌트는 비공식적인 초청연구원이라는 입장 때문에 회의 중에 발언을 삼가며 수동적으로 방청하기만 했고 왜 자신이 초대되었는지 의아해했다. 헌트의 이름이 나온 것은 회의 개최에 앞서 콜드웰의 인사말 중 트라이매그니스코프의 도움은 값을 매길 수 없을 만큼 크다고 감사를 표했을 때뿐이었다. 이에 대해 테이블을 둘러싼 사람들이 찬동하는 웅성거림이 있었을 뿐, 장치의 개발자는 잊힌 존재처럼 여겨졌다.

헌트에게 회의에 대해 알린 것은 린 갈런드였다. "월요일에 회의가 있어요. 콜드웰은 당신이 출석해서 스코프에 관한 질문에 대답해주기를 원하고 있어요."

그래서 헌트는 이곳에 있게 되었다. 그러나 회의가 시작한 이후 누구도 스코프에 대해 자세히 알고자 질문하는 사람은 없었으며 오로지 스코프로부터 얻어진 데이터를 요구할 뿐이었다. 헌트는 무언가 다른 동기가 작용하고 있는 것이 아닐까 하는 느낌이 들었다.

컴퓨터에 의해 수치화된 찰리의 성생활에 대해 논의가 있은 뒤, 헌트 반대편에 앉은 텍사스에서 온 고생물학자의 발언으로 월인이 화성에서 진화한 것은 아닌가 하는 내용의 토론이 진행되었다. 화성은 행성의 진화과정에서 지구보다 훨씬 후기 단계에 있으므로 지구보다 일찍 지적생명체가 생겼을 가능성이 있다는 것이 그 고생물학자의 논거였다. 반론이 불을 뿜었다. 화성탐사는 1970년대에 이미 시작했다. UNSA는 오랫동안 위성탐사와 유인기지에 의한 조사를 계속해 오고 있다. 그런데도 월인 문명의 흔적조차 발견하지 못하고 있다. 답변: 달 탐사의 역사는 화성보다 훨씬 길지만, 월인의 흔적이 이제 처음 발견되었다. 그러므로 화성에서도 곧 흔적을 발견할 수 있을 것이다. 반론: 그들이 화성에서 왔다면 그들의 문명은 화성에서 발달했을 것이다. 달에서의 작은 흔적보다 그 배후인 문명사회는 훨씬 큰 유적이 있을 것이다. 그러므로 그것이 사실이라면 화성에서 먼저 발견이 있어야 한다. 답변: 화성 표면의 침식률을 고려해보라. 대부분 지워지거나 묻혔을 것이다. 적어도 지구상에 아무 흔적도 없다는 것을 이걸로 설명할 수 있다. 그것은 문제를 다른 무대로 옮겼을 뿐 아무것도 해결하지 못한다고 누군가가 지적했다. 월인이 화성에서 왔다고 하더라도 진화론의 근간을 뒤흔든다는 점에서는 변함이 없지 않은가.

논쟁은 끝이 나지 않았다.

헌트는 웨스트우드에서 롭 그레이가 얼마나 일을 진척시켰는지 궁금했다. 일상적인 자료 수집 외에 그들은 기술 지도를 하게 되었다. 일주일 정도 전에 콜드웰이 나바컴 기술자 네 명을 트라이매그니스코프의 오퍼레이터로 훈련해주기를 바란다는 말을 이었다. 오퍼레이터를 양성하면 주야로 스코프를 가동할 수 있어 연구의 생산성도 오르기 때문이라고 설명하였지만, 헌트는 이해할 수 없었다. 나바컴은 조만간 스코프를 몇 대 도입하게 되므로 기회가 있을 때 기술자를 육성하려 한다는 설명도 역시 이해하기 어려웠다.

어쩌면 콜드웰은 나바컴을 기술적으로 독립한 스코프 설비를 자랑하는 연구기관으로 만들려는 것일지도 모른다. 그렇지만 무엇 때문에? 포시스-스콧 전무 및 권위 있는 누군가가 헌트를 영국으로 돌려보내라고 압력을 행사하고 있는 것일까? 만약 기술 지도가 그를 영국으로 돌려보내기 위한 절차라면 스코프가 휴스턴에 남겨지는 것은 당연한 순서다. 즉 영국에 돌아가면 바로 시제품 2호기를 완성해야 하는 일을 맡게 될 것이다. 대단한 거래가 되겠군그래.

마침내 회의는 결론을 내렸다. 화성기원설은 문제를 해결하기보다 더 혼란스럽게 만드는 추측에 불과하다고. 테이블을 둘러싼 연구자들은 마지막으로 '증거 결여'를 선언하고 비망록에 '검토 끝'이라는 묘비명을 남긴 채 논의를 끝냈다.

다음으로 암호연구가가 찰리의 개인 문서에서 볼 수 있는 문자의 조합과 패턴, 그 빈도에 대해서 보고했다. 이미 해독팀은 찰리의 개인적인 문서, 지갑 안에 있던 서류, 수첩 중 한 권의 내용에 대해 예비정리를 끝내고 두 번째 수첩까지 반쯤 끝낸 상태였다. 표가 여러 개 있었으나 무엇을 의미하는지는 아직 불명확했다. 일정한 규칙으로 조립된 기호와 문자의 열은 수학공식으로 추측하였다. 표제와 본문이 들어맞는 페이지도 있었다. 어떤 특정 기호의 조합이 빈번하게 나오는가 하면 아주 드물게 나오는 것도 있었다. 어떤 부분에 집중해서 나타나는 조합이 있는 반면에 전체적으로 골고루 나오는 것도 있었고 표나 통계로 보이는 것도 여럿 있었다. 보고자의 열의와는 달리 회의장 분위기는 무거워졌으며 질문도 적었다. 그 암호학자가 유능하다는 것은 다들 알고 있었지만 모두 그만 끝내기를 바라고 있었다.

보고가 길어지자 마침내 회의 내내 침묵을 지켜왔던 단체커가 인내심에 한계를 드러내고 발언할 기회를 얻었다. 그는 자리에서 일어나 옷깃을 잡고 목청을 가다듬었다. "이미 우리는 현실과 동떨어진 제안에 대한 검토로 허용된 시간을 낭비하고 있습니다. 그 제안은 이미 보신 바와 같이 잘못된 것으로 드러났습니다." 단체커는 자신감 있게 말하면서 몸을 좌우로 움직여 테이블의 끝에서 끝까지 둘러보았다. "여러분, 우리는 더 이상 시간 낭비가 허락되지 않는 상황에 와 있습니다. 지금부터 앞에 있는 유효한 가능성만을 추구하는 데 전념해야 합니다. 저는 아무 주저 없이 우리가 월인이라고 부르는 종족이 여러분처럼 지구에서 기원했다고 단언할 수 있습니다. 우주에서 온 방문자나 항성 간 여행자라는 판타지는 잊어버립시다. 월인은 단순하게 바로 이곳, 지구에서 발달하고 우리가 아직 모르는 이유로 멸망한 문명의 소산입니다. 생각해보십시오. 이 생각에 이상한 점이 있습니까? 문명의 흥망성쇠는 우리가 아는 짧은 역사 속에서도 전형적으로 볼 수 있습니다. 더 이전 시대에도 같은 패턴이 반복되었을 것이라는 점은 의문의 여지가 없습니다. 제 결론은 상호 모순되지 않는 풍부한 다면적 사실과 자연과학 각 영역의 확고한 원칙에서 얻은 것입니다. 새로운 이론의 창안과 해석, 가설 같은 것은 필요 없습니다. 의문의 여지가 없는 사실과 확립된 이론의 응용에 의해 곧바로 결론을 이끌어낼 수 있습니다." 그는 말을 멈추고 좌중을 돌아보며 발언을 유도했다.

아무도 발언하지 않았다. 그들은 이미 그의 주장을 알고 있었다. 그런데도 단체커는 다시 반복하려는 것처럼 보였다. 확실히 그는 명확한 사실을 연구자의 지성에 호소하는 것만으로는 불충분하다고 생각했다. 그러므로 그는 모두가 찬성하거나 아니면 정신이 이상해질 때까지 자기의 생각을 집요하게 반복하는 수밖에 없다고 판단한 것 같았다.

헌트는 의자 등받이에 기댄 채 책상 위의 담배 상자에서 한 개비를 꺼내고는 메모용지 위에 펜을 던졌다. 헌트는 단체커의 교조적인 태도에 여전히 경계를 풀지 않고 있었다. 그렇다고 해서 단체커 교수가 학계에서 뛰어난 업적을 이룩한 몇 안 되는 학자라는 것을 모르는 바가 아니었다. 더군다나 현재의 논쟁에 대해 헌트는 문외한이었다. 단체커에 대한 헌트의 혐오는 다른 곳에 있었다. 헌트는 있는 사실을 그대로 받아들이고 이성을 통해 자신을 속일 생각은 없었다. 게다가 단체커의 모든 부분이 마음에 들지 않았다. 단체커는 너무 말랐다. 그의 옷은 너무 고풍스러웠다. 그는 옷을 빨래건조대에 걸어놓은 것처럼 입고 있다. 시대착오적인 금테안경은 우스꽝스러웠다. 그의 말은 너무 격식을 차린다. 아마도 지금껏 웃어본 일이라곤 없을 것이다. 게다가 피부로 진공팩을 한 듯한 머리 하며….

"반복해서 죄송합니다만…." 단체커는 말을 이었다. "호모 사피엔스, 즉 현 인류는 척추동물문에 속해 있습니다. 한때 이 지구상을 거닐고, 기어 다니고, 날아다녔거나 헤엄쳤던 모든 포유류, 어류, 조류, 양서류, 파충류도 척추동물입니다. 모든 척추동물은 하나의 기본적으로 공통된 구조로 되어 있습니다. 얼핏 보기에도 여러 종과 구분되는 특이한 적응, 외견상의 특색에도 불구하고 이 공통된 구조는 몇백만 년에 걸쳐 변하지 않았습니다.

척추동물의 기본적인 구조란 골격, 연골 그리고 척수입니다. 척추동물에는 두 쌍의 부속지가 있으며 이것이 아주 발달한 것이 있는가 하면, 꼬리뼈와 같이 퇴화한 것도 있습니다. 심장은 배 쪽에 위치하고 두 개 이상의 소실로 구성되어 있습니다. 순환기는 헤모글로빈을 포함한 적혈구로 구성된 혈액이 흐릅니다. 등 쪽의 신경색은 등을 따라 뻗어 다섯 개의 부분으로 구성된 뇌로 이어집니다. 척추동물은 또한 체강(體腔)에 생명유지에 필요한 내장과 대부분의 소화기관이 들어가 있습니다. 이 기본적인 구조는 모든 척추동물에 공통되며, 따라서 모든 척추동물은 이른바 친척이라 할 수 있습니다."

단체커는 말을 끊고 이 결론은 너무 명백해서 다시 요약할 필요가 없다는 태도로 좌중을 둘러봤다. "다시 말해 찰리의 신체구조는 이미 멸종했거나 현존하거나 앞으로 출현할 종을 포함하여 100만 종이 넘는 지구의 동물과 직접적인 혈연관계가 있음을 보여주고 있습니다. 이뿐 아니라 지구의 각종 척추동물은 우리 인류와 찰리를 포함하여 끊임없이 이어진 중간 화석을 통해 척추동물의 공통된 조상으로 거슬러 올라갈 수 있습니다." 단체커의 목소리는 최고조에 달했다. "즉 약 3억 년 전 고생대 데본기의 바다에 출현한 등뼈를 가진 최초의 물고기로부터 공통된 기본구조를 물려받은 것입니다." 단체커는 잠시 멈추고 사람들이 자신의 말뜻을 받아들이는 것을 기다린 뒤 계속했다. "찰리는 모든 면에서 저나 여러분과 같은 인간입니다. 그렇다면 찰리가 우리와 같은 척추동물의 유산을 이어받았다는 사실, 즉 우리와 같은 조상에서 나왔다는 것에 의문의 여지는 없을 것입니다. 따라서 찰리의 조상이 우리와 같다면 태어난 장소도 같다는 것 또한 의심할 여지가 없습니다. 찰리의 고향은 이 지구라는 행성인 것입니다."

단체커는 자리에 앉아 잔에 물을 따랐다.

종이 넘기는 소리와 물 잔이 땡그랑거리는 소리에 가끔 중단되면서도 사람들의 속삭임과 중얼거리는 왁자지껄한 소리가 끊임없이 들렸다. 여기저기서 사람들의 뭉친 팔다리를 풀며 편한 자세로 바꾸느라 의자가 삐걱거리는 소리가 났다. 한 테이블 끝에 앉은 어떤 야금학자는 그녀 옆에 있는 남자에게 몸짓으로 뭔가 말했다. 그 남자는 어깨를 으쓱하며 빈 손바닥을 보이고는 단체커를 향해 고개를 끄덕여 보였다. 그녀는 단체커를 향해 방향을 바꾸고 말했다.

"단체커 교수님…. 교수님…." 그녀의 목소리가 주변을 조용하게 만들었다. 단체커는 그녀를 쳐다봤다. "우리는 잠시 논쟁을 했습니다. 교수님께서 한 말씀 해주셨으면 합니다. 어째서 찰리가 다른 곳에서 병행하여 진화했다는 것이 불가능한가요?"

"저도 그 점이 궁금합니다." 다른 목소리도 나왔다.

단체커는 대답을 하기 전에 잠시 눈살을 찌푸렸다. "불가능합니다. 여러분이 놓치고 있는 부분이 있는 것 같군요. 진화는 기본적으로 우연이 겹쳐서 생기는 것이라는 점입니다. 오늘날의 모든 생체기관은 몇백만 년 동안 돌연변이가 유전자의 탈선이나 이종교배로 순전히 우연히 일어난 일이라는 말입니다. 그 돌연변이가 태어난 환경에 따라 어떤 종류가 살아남아 재생산을 할지 아니면 멸종될지 결정됩니다. 따라서 새로운 특징 중 더욱 개량된 것은 선택되는 반면 다른 것들은 즉시 근절되거나 교배를 통해 희석됩니다.

어떤 사람들은 여전히 이런 원리를 받아들이기 어려워합니다만 제 생각엔, 여기서 나오는 시간의 범위나 수가 일상에서 다루는 범위를 벗어나기 때문에 구체적으로 파악하는 능력이 부족해서 그런 것 같습니다. 우리는 몇백만 년 동안, 몇십억의 몇십억 개의 조합이 겹쳐진 존재라는 것을 기억해야 합니다.

체스 게임은 처음 시작할 때 단지 스무 개의 움직임만을 선택할 수 있습니다. 그다음에는 매번 선택의 가짓수가 제한되지만 단지 10수만 지나도 이론적으로 체스판 위에서 말을 움직이는 경우의 수는 천문학적 범위로 늘어납니다. 그러니 각각 움직임마다 수십억의 선택이 가능한 게임이 수십억 수 계속되면 그 순열의 조합은 얼마나 될지 상상해보십시오. 이것이 진화라는 게임입니다. 이런 진화가 우주의 각각 다른 곳에서 진행되다가 마지막에 같은 결과가 나온다는 것은 도저히 믿을 수 없는 일입니다. 우연과 통계의 법칙은 표본 수가 충분히 크면 확실히 유효합니다. 예를 들어 열역학 법칙은, 말하자면 기체분자가 움직일 가능성에 관해 기술한 것에 불과하지만, 다루고 있는 표본이 아주 많으므로 가정에서 도출된 법칙은 그대로 움직일 수 없는 사실로 받아들일 수 있습니다. 아직 반대되는 현상이 목격된 일은 없습니다. 말씀하신 대로 평행한 개별진화 계통이 있었을 가능성은 주전자에서 불로 열이 이동하거나 이 방에 있는 공기분자가 한쪽으로 한순간에 움직여서 우리 몸이 파열하는 일이 일어날 가능성보다 더 낮습니다. 수학적으로 말해 평행진화론의 가능성이 전혀 없는 것은 아닙니다만, 너무나 낮으므로 이 가능성에 대해 더는 생각할 필요는 없습니다."

한 젊은 전자공학 엔지니어가 논쟁에 참여했다.

"신의 존재는 어떨까요?" 그가 물었다. "아니면 적어도 우리가 아직 이해하지 못하고 있는 힘이나 원칙 같은 것이 인도한다는 건 어떻습니까? 다른 장소, 다른 계통에서 같은 형태가 나오는 것은 불가능한가요?"

단체커는 머리를 흔들고 자비를 베푸는 듯한 미소를 지었다. "우리는 과학자이지 신비주의자가 아닙니다." 그가 대답했다. "과학적 수단의 기초적인 원칙 중 하나는 관찰된 사실을 이미 확립된 이론으로 충분히 설명할 수 있으면, 새로운 발상에 의한 가설은 고려의 대상이 되기 힘들다는 것입니다. 우주 전체를 관장하는 초월적인 힘 같은 것은 몇십 년간의 조사, 연구에 의해 명확히 밝힐 수 없었습니다. 지금까지 관찰된 사실은 제가 대략 설명해드린 바와 같이 기존의 이론으로 충분히 설명할 수 있으므로 여기서 새롭게 새로운 원인을 찾거나 생각해낼 필요는 없습니다. 초월적인 힘이라든가 섭리가 있다는 생각은 관찰자의 왜곡된 의식 속에 있지, 관찰대상이 되는 사실 안에 있는 것이 아닙니다."

"하지만, 만약 찰리가 다른 곳에서 왔다고 판명된다면…." 전자공학자는 다시 물었다. "그럴 경우라면 어떻게 설명하실 겁니까?"

단체커가 대답했다. "아, 그것은 전혀 다른 이야기입니다. 만일 어떤 다른 수단으로 찰리가 다른 세계에서 진화했다는 것이 증명된다면, 우리는 관찰된 확실한 사실로서 평행진화가 있었다는 것을 인정해야만 할 것입니다. 현재의 이론 틀 안에서 이를 설명할 수 없으므로 우리의 이론은 실로 조잡하고 부적절한 것이 될 것입니다. 그때 가서 처음으로 우리는 지금까지 생각하지 못했던 다른 요인을 새롭게 해명해야 할 것입니다. 그렇게 되면 초월적인 의지도 정당한 평가를 받을지 모릅니다. 그러나 현재의 시점에서 그런 생각을 도입하는 것은 마차를 말 앞에 다는 것과 같습니다. 그러므로 그럴 경우 우리는 가장 기본적인 과학법칙에 반하는 죄를 범하게 될 것입니다."

누군가가 다른 각도에서 단체커의 방어를 깨뜨리려 시도했다. "평행이 아닌 수렴을 했다고 생각하면 어떻습니까? 자연선택이 작용한 결과 각각의 진화계통이 결국 최적화된 결과 같은 형태로 된 예도 있지 않을까요? 다시 말해 시작은 다르지만 결국은 같은 최선의 디자인으로 귀결한 것입니다. 예를 들어…." 그는 구체적인 사례를 찾았다. "상어는 어류지만 돌고래는 포유류입니다. 둘은 다른 조상에서 왔지만, 최종적으로 비슷한 모습을 하게 되었습니다."

단체커는 또다시 단호하게 고개를 저었다. "이상형, 최선의 종착점이라는 생각은 버리셔야 합니다." 그가 말했다. "자신도 모르게 섭리를 전제로 한 함정에 빠지셨군요. 인간의 형태는 우리가 생각하는 것과 달리 완벽과는 거리가 멉니다. 자연은 최선의 해결책을 내놓는 것이 아니라 모든 수단을 시도하고 있습니다. 유일한 판정 기준은 살아남아서 자손을 남기기에 충분한가 하는 점입니다. 살아남은 종보다 훨씬, 대단히 많은 종이 이에 실패하여 멸종했습니다. 이 근본적인 사실을 간과하면 미리 정해진 완성된 형태를 향해 진화가 일어난다는 생각에 빠지기 쉽습니다. 그러나 이는 인간과 같이 특별히 성공적인 진화계통에는 무수히 도태된 분기점들이 있다는 것을 잊었기 때문에 그렇습니다.

완벽성이라는 생각은 잊으십시오. 자연에서의 발전이라고 하는 것은 단순히 어떤 일을 수행하는 데 충분하기만 하면 되는 것입니다. 대부분 다른 대안을 고려해볼 수 있고, 심지어 그것이 더 뛰어난 예도 있습니다.

예를 들어 인간의 아래턱 첫 어금니의 뾰족한 패턴을 보십시오. 어금니는 다섯 개의 뾰족한 부분과 복잡한 봉우리와 홈으로 구성되어 음식을 으깰 수 있습니다. 그러나 이 형태가 달리 고려해볼 수 있는 모습보다 더 뛰어나다고는 결코 말할 수 없습니다. 그런데도 인류 선조의 진화과정 어느 시점에서 돌연변이로서 이 어금니의 형태가 발생하고 이후 쭉 이어져 오고 있습니다. 이 형태는 고릴라나 침팬지 등의 유인원에게서도 볼 수 있습니다. 즉 인간과 유인원은 공통의 선조로부터 완전히 우연에 의해 만들어진 어금니 형태를 이어받았다고 할 수 있습니다.

찰리의 치아는 어디로 보나 인간과 같은 형태를 보입니다. 인간의 적응은 완벽성과 거리가 멉니다. 내장의 배치 등은 수평적으로 구성된 것을 이어받았기 때문에 직립보행 자세와 맞지 않는 등 개선의 여지가 있습니다. 예를 들어 호흡기를 봐도 노폐물이나 오염물질은 인후부에 고여 본래 체외로 배출되어야 할 것이 체내로 배출됩니다. 이것이 네 발 달린 동물에게 볼 수 없는 기관지나 폐 질환의 최대 원인입니다. 이를 보더라도 완벽하다고는 할 수 없지 않습니까?"

단체커는 유리컵의 물을 마시고 방에 있는 사람들의 마음에 호소하는 듯한 몸짓을 보였다. "그러므로 이상적인 형태로 수렴한다는 생각은 사실이 아닙니다. 찰리는 인간의 발달한 부분과 마찬가지로 결함과 불완전성도 가지고 있습니다. 여러분이 탐구되지 않은 가능성을 남겨서는 안 된다는 훌륭한 전통에 따라 이런 질문을 해주신 데 감사드립니다. 그러나 아쉽게도 이 생각은 버려야 합니다."

그가 말을 맺자 침묵이 방을 둘러쌌다. 연구자들은 생각에 잠겨 테이블을 향해 시선을 내리거나 벽 또는 천장을 응시했다.

콜드웰은 양손을 테이블에 올려놓고 일동을 둘러본 뒤 더 이상의 발언이 없는 것을 확인했다. "진화는 당분간 현상유지인 듯하군요." 그는 투덜거리는 듯이 말했다. "감사합니다. 교수님."

단체커는 쳐다보지도 않고 고개를 끄덕였다.

"그런데," 콜드웰은 말을 이었다. "이 회의의 목적은 다른 사람의 의견을 듣는 것뿐만 아니라 모두에게 자유롭게 발언할 기회를 드리는 것이기도 합니다. 지금까지 아직 발언하지 않은 분들이 있습니다. 특히 새로 오신 한두 분께서 말이죠."

헌트는 콜드웰이 자신을 똑바로 바라보는 것을 깨닫고 당황했다.

"예를 들면 여러분이 이미 잘 아시는, 영국에서 오신 헌트 박사님이 계시죠. 박사님, 다른 의견 있으신가요?"

콜드웰의 옆에 앉은 린 갈런드는 커다랗게 미소 짓는 것을 감추려고도 하지 않았다. 헌트는 깊게 담배를 한 모금 피면서 시간을 벌고 생각을 정리했다. 자연스러운 태도로 길게 연기를 내뿜고 재떨이에 재를 떠는 사이 그는 머릿속에서 마치 지하 컴퓨터의 연산장치를 통과하는 2진법 신호의 정확성과 같이 모든 조각을 완벽하게 맞췄다. 린의 계속되는 질문과 오션 호텔의 방문, 자신의 회의 참가 등, 콜드웰은 촉매 역할을 할 사람을 찾아왔던 것이다.

연구원들의 기대에 찬 얼굴을 둘러본 뒤 헌트는 입을 열었다. "지금까지의 발언은 대략 이제까지 인정된 비교해부학 및 진화론의 원칙을 재확인하는 것이었습니다. 오해를 막기 위해 말씀드리면, 이에 대해 질문을 할 의도는 없습니다. 하지만 교수님의 발언을 요약하자면 찰리는 우리와 같은 조상에서 나왔기 때문에 우리와 마찬가지로 지구상에서 진화한 인종이 틀림없다는 것입니다."

"맞습니다." 단체커가 끼어들며 답했다.

"좋습니다." 헌트가 대답했다. "이는 여러분의 문제이며 제 문제는 아닙니다만, 의견을 물어보셨기 때문에 다른 각도의 결론을 말씀드리고자 합니다. 찰리가 지구에서 진화했다면 그 문명도 지구에서 시작했을 것입니다. 지금까지 알려진 사실로부터 유추해보면 그 문명은 우리만큼 발달했거나 한두 분야에 있어서는 약간 앞서 있습니다. 그렇다면 그들의 흔적을 끊임없이 발견했어야 하지만 그렇지 못합니다. 어째서일까요?"

모두 일제히 단체커 쪽을 돌아봤다.

단체커는 한숨을 쉬며 싫증 난다는 듯이 말했다. "생각할 수 있는 유일한 결론은 남겨진 유적들의 풍화, 침식작용이라는 자연의 힘으로 사라졌다는 것이겠죠. 몇 가지 가능성을 들 수 있습니다. 문명의 흔적을 하나도 남기지 않을 정도의 대규모 천재지변이 있었거나 현재의 바다에 잠긴 지역에서 번영했다거나 하는 경우 말이죠. 향후 조사가 진행되면 반드시 이 문제는 해결될 것이 틀림없습니다."

"그 정도로 대규모의 천재지변이, 그렇게 최근에 있었다면 이미 우리는 그 사실을 알았겠죠." 헌트가 지적했다. "당시 육지였던 곳은 지금도 대부분 육지입니다. 그러므로 바다에 잠겼다는 것도 이해하기 힘듭니다. 덧붙여 현재 우리 사회를 보면 알 수 있듯이 문명은 한정된 지역이 아닌 전 지구적인 규모로 확산합니다. 같은 시대 원시인의 삶을 전해주는 뼈나 창, 곤봉 등이 발견되지만 현 사회와 차이가 없는 문명의 흔적을 보이는 유물은 아직 발견되지 않습니다. 나사, 와이어, 플라스틱 워셔 어느 하나 발견되지 않고 있습니다. 제 생각엔 이는 말이 안 되는 것 같습니다."

헌트의 논평이 끝나자 더 큰 웅성거림이 일었다.

"교수님?" 콜드웰이 중립적인 목소리로 발언을 구했다.

단체커는 얼굴을 찌푸리며 말했다. "네, 말씀하신 대로입니다. 동의합니다. 아주 놀라운 일이지요. 그러나 어떤 대안을 제시하시겠습니까?" 그의 목소리는 비꼬는 듯했다. "인간과 모든 동물이 우주 저편에서 노아의 방주를 타고 지구에 왔나요?" 그는 웃었다. "그렇다면 1억 년 전의 화석이 그 생각을 부정할 것입니다."

"교착상태군요." 며칠 전 슈투트가르트에서 온 비교해부학자 숀 교수가 말했다.

"그런 듯합니다." 콜드웰도 동의했다.

그러나 단체커는 계속했다. "헌트 박사님, 제 질문에 대답해주실 수 있습니까?" 그는 도발했다. "정확하게 어디서 온 인종이라고 생각하십니까?"

"특별히 어디라고 말씀드릴 수는 없습니다." 헌트는 침착하게 대답했다. "제가 제안하고 싶은 것은 지금 단계에서는 좀 더 열린 마음으로 접근해야 한다는 것입니다. 무엇보다 찰리는 이제 막 발견된 상태입니다. 모든 것이 밝혀지기까지는 몇 년이나 걸릴 것입니다. 그사이에 현재 알려진 것 이상으로 풍부한 사실들이 밝혀질 것입니다. 최종 결론을 예단하기엔 너무 이른 것 같습니다. 꾸준히 각종 자료를 모아 찰리가 어떤 세계에서 왔는지 밝혀 나가야 할 것입니다. 찰리는 역시 지구인이었다는 결론이 날지도 모릅니다만, 그렇지 않을 수도 있습니다."

콜드웰은 거듭해서 헌트에게 발언을 요구했다. "그럼 우리는 향후 어떤 방침에 따라서 조사를 계속해야 할까요?"

헌트는 이것이 새로운 사실을 발표하라는 뜻인지 판단하기 힘들었으나 위험을 무릅쓰기로 했다. "여러분, 이것을 자세히 봐주시기 바랍니다." 그는 폴더에서 한 장의 종이를 뽑아 테이블 중앙에 놓았다. 거기엔 월인의 숫자가 배열된 복잡한 표가 있었다.

"이것이 뭡니까?" 누군가가 물었다.

"수첩 중 한 권에 있는 내용입니다." 헌트가 대답했다. "수첩은 아무래도 우리의 일지에 해당하는 것이라고 봐도 좋을 것 같습니다. 그리고 이것은…." 그는 종이를 가리켰다. "아마 달력인 듯합니다."

그는 린 갈런드가 그를 향해 살짝 윙크하는 것을 깨닫고 그 역시 윙크로 답했다.

"달력이라고요?"

"어떻게 알아냈죠?"

"보기엔 뭐가 뭔지 모르겠는데."

단체커는 엄한 시선을 종이에 보냈다. "달력이라는 것을 증명할 수 있습니까?" 그는 도전하듯 물었다.

"아뇨. 증명할 수는 없습니다. 하지만 저는 여기에 배열된 숫자의 패턴을 분석했습니다. 이를 통해 말할 수 있는 것은 이 표가 단순 증가하는 수열로 구성되며 그중에 집합과 부분 집합의 반복을 볼 수 있다는 점입니다. 또한 일련의 알파벳이 식별할 수 있게 붙어 있고, 수첩 각 페이지의 머리글에 대응하는 집합을 이루고 있습니다. 즉 우리가 사용하는 달력과 아주 유사한 배열입니다." 헌트가 말했다.

"흠, 어떤 색인표라고 보는 것이 더 좋지 않을까요." 단체커가 다시 물었다.

"그럴지도 모릅니다." 헌트는 동의했다. "좀 더 기다려 보면 알게 되겠죠. 문자와 문장 해독이 진행되면 다른 자료와 조합하여 내용을 자세히 알 수 있게 될 테니까요. 이 역시 좀 더 열린 마음으로 다뤄야 할 문제입니다. 교수님은 찰리가 지구에서 왔다고 하셨습니다. 저도 그럴지도 모른다고 답했습니다. 교수님은 또 이것이 달력이 아니라고 말씀하십니다. 저는 이것이 틀림없이 달력이라고 말하는 것이 아니라, 그렇게 생각하지 않을 이유도 없다고 말하는 것뿐입니다. 굳이 말씀드린다면 제 생각에 교수님의 태도는 너무 유연하지 못해서 선입견 없이 문제를 평가하지 못하고 있습니다. 교수님께서는 이미 답은 이러해야 한다고 결론을 짓고 있습니다."

"찬성이오! 옳소!" 테이블 끝에서 외치는 소리가 들렸다.

단체커는 눈에 띄게 얼굴빛이 변했으나, 콜드웰이 그가 대답하기 전에 말했다. "이 숫자를 분석했다고 하셨죠?"

"네." 헌트가 답했다.

"좋습니다. 그럼 이것이 달력이라고 가정하고 달리 뭔가 더 알아낸 것이 있습니까?" 콜드웰이 계속 물었다.

헌트는 테이블 쪽으로 몸을 기울이고 펜으로 시트를 가리켰다. "우선 두 가지 전제가 있습니다. 하나는 어떤 행성이든 자연이 준 시간의 단위는 하루, 즉 행성이 지축을 중심으로 1회전 하는 시간…."

"회전을 한다면 말이죠." 누군가가 덧붙였다.

헌트가 끄덕이며 말했다. "그것이 바로 두 번째 전제입니다. 우리가 아는 한 천체가 회전하지 않는, 또는 자전주기와 공전주기가 일치한다는 것과 같은 내용입니다만, 유일한 케이스는 작은 천체가 그보다 훨씬 크고 무거운 천체의 궤도를 가깝게 돌기 때문에 항상 인력의 조석효과의 영향을 받는 경우입니다. 지구의 달이 그렇죠. 그러나 행성 크기의 천체에서 그런 일이 일어난다면 그 행성의 궤도는 모성과 아주 가까우므로 지구에 필적할 만한 생명을 유지할 수 없을 것입니다."

"이치에 맞는군요." 콜드웰이 말하면서 테이블을 둘러봤다. 여러 사람이 고개를 끄덕였다. "그럼 그 전제를 통해 무엇을 알 수 있죠?"

"좋습니다." 헌트가 계속했다. "행성이 자전하고 하루가 자연의 시간 단위라고 가정하고, 이것이 태양의 주위를 한 바퀴 도는 시간을 나타낸다고 보면 1년이 1,700일이라는 결론이 나옵니다."

"무척 길군요." 누군가가 과감히 말했다.

"우리의 시각으로 본다면 그렇습니다. 적어도 년/일의 비율은 아주 높습니다. 이것은 궤도가 극히 크거나 자전주기가 아주 짧다는 것을 의미합니다. 둘 다 해당할지도 모릅니다. 그래서 이 큰 숫자의 그룹으로 봐주십시오…. 알파벳의 하나는 대문자로 꼬리표가 달려 있습니다. 다 합치면 47개입니다. 대부분이 36개의 숫자로 되어 있습니다만 그중 아홉 개의 그룹은 37입니다. 제1, 제6, 제12, 제18, 제24, 제30, 제36, 제42 그리고 제47 그룹입니다. 얼핏 보기에 이상한 느낌입니다만 그러나 지구의 달력도 시스템을 모르고 보면 이상하게 느껴질 것입니다. 즉 아무래도 이것은 달력으로 기능하도록 조정되었다고 생각할 수 있습니다."

"우리가 쓰는 달력처럼 말이죠?" 누군가 물었다.

"그렇습니다." 헌트가 답했다. "지구에서 길고 짧은 달을 둬서 1년에 맞도록 조정한 것처럼 말이죠. 행성의 공전주기와 위성 간에는 단순한 상관관계가 성립하지 않기 때문에 이런 조정이 필요하게 됩니다. 제 생각에 이것이 어느 행성의 달력이라면 36개의 그룹과 37그룹이 불규칙적으로 섞인 것을 설명하기 위해서는 지구의 달력이 불규칙한 이유와 같기 때문이라는 점, 즉 그 행성에는 달이 있었다는 말이 됩니다."

"그럼 이 그룹이 월을 나타내는 것이군요." 콜드웰이 말했다.

"이것이 달력이라고 한다면… 그렇게 됩니다. 이 월이라고 생각되는 숫자 그룹은 세 개의 하위 그룹으로 구성됩니다. 말하자면 주에 해당합니다. 이것은 보통 12일을 한 주로 합니다만 긴 달에 해당하는 아홉 개의 달에는 가운데, 즉 두 번째 주가 13일이 됩니다." 헌트가 동의하며 말했다.

단체커는 오랫동안 표를 바라봤다. 그 얼굴에는 믿지 못하겠다는 불쾌감이 드러났다. "당신은 이것을 엄밀히 과학이론으로서 이 자리에 제출하는 것입니까?" 단체커는 긴장된 목소리로 물었다.

"물론 아닙니다." 헌트는 말했다. "이것은 어디까지나 가정입니다. 하지만 이 가정에 의해 향후 조사와 연구 방향에 대한 지침을 줄 수 있다고 생각합니다. 예를 들어, 이 알파벳으로 구분된 숫자의 그룹입니다만, 이것은 어학조사반이 다른 정보원에서 얻는 자료… 서류의 일자나 의료나 기구의 제조일 등의 숫자와 부합할지도 모릅니다. 아니면 전혀 다른 방향에서 이 행성의 월일을 알아낼 수 있을지도 모릅니다. 여기서 1년이 1,700일이 된다면 단순한 우연의 일치는 아니겠죠."

"또 다른 건 없습니까?" 콜드웰이 물었다.

"네. 이 숫자 패턴을 컴퓨터로 상관관계 분석을 해보면 숨겨진 중층적 주기성을 발견할 수 있을지도 모릅니다. 우리가 다 아는 바와 같이, 하나 이상의 달을 가지고 있을 가능성도 있습니다. 또한 일련의 곡선을 분석함으로써 행성과 위성 간의 질량비율과 궤도반경 사이의 가능한 관계를 알아낼 수 있을 것입니다." 헌트가 조심스럽게 말을 이었다. "더 나아가 이를 조사하여 그중 하나의 곡선을 분리해내는 것까지 가능할지도 모릅니다. 이를 통해 지구와 달의 관계를 더 잘 알게 되겠죠. 물론 그렇게 되지 않을 가능성도 있습니다."

"터무니없군!" 단체커가 외쳤다.

"편견이 없다고요?" 헌트가 대답했다.

"그 외에도 해볼 가치가 있는 것들이 있습니다." 숀이 끼어들었다. "이 달력은, 달력이라고 가정할 경우, 한 달이 며칠, 일 년이 몇 달인지와 같은 상대적인 것만 알 수 있고 절대치는 알 수 없습니다. 아직 초기 단계입니다만 현재 저희가 진행하고 있는 화학분석으로 찰리의 신진대사 주기와 효소작용의 양적 모델을 구축하는 작업이 진전을 보이고 있습니다. 혈액 및 조직의 노폐물과 독소 축적 속도를 계산할 수 있게 되면 그 결과를 통해 자연 상태에서 찰리의 수면 시간과 깨어 있는 시간을 알아낼 수 있습니다. 이 방법으로 하루의 길이를 알게 되면 다른 숫자들도 밝혀질 것입니다."

"그걸 알아내면 행성의 궤도 주기도 알 수 있겠군요." 누군가가 말했다. "하지만 행성의 질량을 알아낼 수는 없을까요?"

"찰리의 골격과 근육구조를 통해 체중과 힘의 비율을 구하여 알 수 있지 않을까요?" 다른 누군가가 바로 답했다.

"그 결과를 통해 행성과 태양 간의 거리를 계산할 수 있겠네요." 또 다른 인물이 말했다.

"우리의 태양과 같다면 말이죠."

"행성의 질량은 찰리의 장비 중 유리와 크리스털을 통해 알 수 있습니다. 결정구조를 보면 냉각됐을 때의 중력장 크기를 알 수 있잖습니까."

"밀도는 어떻게 알아낼까요?"

"행성의 반지름을 알아야 할 텐데요."

"찰리는 인간과 거의 차이가 없으므로 행성 표면의 인력은 지구와 거의 같을 겁니다."

"일리가 있군요. 알아내 봅시다."

"이것이 달력이라는 것을 증명하는 것이 먼저입니다."

당장 논의가 뜨거워졌다. 헌트는 적어도 회의를 활기 있게 만들어서 연구원들의 의욕을 고취했다는 점에서 만족감을 느끼고 추이를 지켜보았다.

단체커는 시종 무표정이었다. 논의가 잠잠해지자 그는 다시 일어나서 테이블 중앙에 놓인 종이를 경멸하듯이 가리켰다. "허튼소리에 불과합니다!" 그는 내뱉듯이 말했다. "증거는 이미 다 있습니다. 이처럼…," 단체커는 자료로 두툼한 자신의 파일을 표 옆에 밀어놓았다. "전 세계의 도서관, 데이터뱅크, 기록보관소에서 제가 모은 자료입니다. 이것들은 찰리가 지구에서 왔다는 것을 보여주고 있습니다!"

"문명의 흔적은 어디에 있나요?" 헌트가 요구했다. "우주의 거대한 청소차가 다 치워버린 것인가요?"

단체커의 조롱에 대한 헌트의 대답에 테이블 주변에서 웃음이 터졌다. 단체커의 얼굴빛이 변하고 뭔가 모욕적인 말을 내뱉으려는 것처럼 보였다. 콜드웰이 자중하라는 듯이 손을 들었지만, 숀이 조용하고 담담한 목소리로 끼어들면서 이 상황을 해결했다. "여러분, 순수한 가정으로서 대립하는 의견에 대해 공정하게 모두 고려하는 것으로 결론을 내리는 것은 어떨까요. 단체커 교수의 의견을 고려하면 우리는 월인이 우리와 같은 선조에서 진화했다고 생각해야 합니다. 헌트 박사의 의견을 고려하면 월인은 다른 행성에서 진화했다고 생각해야 합니다. 이 대립하는 생각을 어떻게 합쳐야 하는지 우리는 아직 알 수 없습니다."

9

진행 회의를 한 뒤 몇 주 동안에 헌트는 트라이매그니스코프를 보는 일이 줄어들었다. 콜드웰은 헌트가 자기 일에서 벗어나 UNSA의 연구조사기관을 방문하여 '최전선에서 무슨 일이 벌어지고 있는지' 알게 하거나 나바컴의 사령부에 들러 '흥미 있는 사람'을 만나도록 격려했다. 헌트는 천성적으로 월인 조사에 대해 호기심이 컸으므로 이런 상황은 환영할 만한 것이었다. 그는 휴스턴과 그 주변 기관에서 연구에 종사하는 기술자나 과학자들과 아주 친한 사이가 되었으며 연구조사의 진행 상황이나 직면한 문제들에 대해 자세히 알게 되었다. 마침내 그는 모든 영역에서의 활동사항을 전체적으로 보게 되었고, 적어도 연구조사의 전체적이고 포괄적인 그림을 그릴 수 있게 되었다. 그리고 그와 같이 전체상을 시야에 둘 수 있는 사람은 기관 내부에서도 극히 제한된 특권과 지위를 가진 사람들뿐이라는 것을 발견했다.

여러 분야에서 성과는 계속되었다. 찰리의 골격에서 도출된 체격을 근거로 구조역학적 계산을 통해 얻은 월인의 고향 표면 중력치는 헬멧 바이저의 크리스털 및 기타 융해된 기기를 시험하여 얻은 수치와 허용 오차범위 안에서 일치했다. 찰리 행성의 표면 중력장은 지구와 별 차이가 없으며 굳이 말하자면 약간 강한 정도였으나 대략적인 근사치 영역을 벗어나지 않는 것이었다. 또한 찰리의 체격이나 근력이 월인족의 평균과 비교하여 강한지 약한지 비교할 방법이 없었다. 따라서 문제의 행성이 지구인지 아닌지에 대해 중력치로는 판단할 수 없어서 여전히 의혹은 해결되지 않았다.

언어학조사팀은 찰리 소지품의 표식이나 서류의 표제, 메모 등에서 헌트가 예측했던 대로 달력의 표제어와 부합하는 월인어의 단어를 몇 개인가 발견했다. 그 자체로는 아무것도 증명해주지 못했지만, 이 단어가 날짜를 표시하는 것이라는 생각에는 한층 신빙성이 더해졌다.

그러는 동안 생각지도 않은 곳에서 달력과 연결되는 새로운 재료가 나타났다. 월면 기지 티코 3 부근 정지작업 현장에서 금속구조물 조각이 발견된 것이다. 그곳은 특정 목적을 위해 세워진 시설의 폐허인 듯했다. 발굴이 진행됨에 따라 놀랍게도 열네 구의 유해가 묻힌 것을 발견했다. 더 정확히 말하자면 남녀 합쳐 적어도 열네 명의 식별할 수 있는 인체 각 부분의 단편을 발견한 것이다. 물론 어떤 것도 찰리의 보존 상태와는 비교할 수 없었다. 모두 문자 그대로 시체였다. 타버린 우주복 잔해 속에 탄화된 뼈가 흩어져 있던 것이다. 외견이 지구인과 똑같은 모습일 뿐 아니라 사고에 취약한 점도 지구인과 차이가 없었다. 유물 속에서 손목장치가 발견되기 전까지는 결국 이 발견도 새로운 정보를 주지 못할 것으로 생각했었다. 그 장치는 띠 부분을 제외하면 담뱃갑 정도의 크기였으며 표면에는 초소형 전자 디스플레이 스크린으로 생각되는 창이 네 개 있었다. 형태와 크기로 판단해볼 때 아무래도 그 창은 영상보다는 문자를 표시하도록 설계된 것 같았다. 정밀시계인 크로노미터이거나 계산기 또는 계수기, 아니면 이 모든 기능을 갖춘 장치로 생각할 수 있을 것 같았다. 그 외에도 다른 기능이 있을지 몰랐다.

그 장치는 티코 3에서 먼저 검사를 받은 뒤 다른 발굴품과 함께 지구로 운반되었다. 몇 군데를 전전한 뒤 최종적으로 찰리의 백팩 및 내용물을 조사하고 있는 휴스턴 부근의 나바컴 연구소로 전달되었다. 약간의 예비 검사를 한 뒤 장치의 케이스는 안전하게 제거되었지만, 내부의 복잡한 분자회로에 대한 조사에서는 의미 있는 결과를 얻지 못했다. 더 이상의 성과가 없자 나바컴의 기술자는 최종 수단으로 장치의 몇 군데에 낮은 전압을 걸어서 어떤 결과가 나오는지 알아보기로 했다. 결과적으로 일련의 접점에 특정 2진법의 신호를 입력하자 화면에 월인 문자가 나타났다. 이 문자가 의미하는 것이 무엇인지 아무도 이해할 수 없었으나 어느 날 우연히 연구소를 방문했던 헌트가 이를 보고 그중 하나의 알파벳 군이 달력에 있는 월이라는 것을 깨달았다. 이로써 이 장치의 기능 중 적어도 하나는 수첩의 숫자표와 밀접한 관계가 있다는 것이 판명되었다. 이것이 시간 경과에 대한 기록으로 연결되는지는 바로 판단할 수 없었지만, 어쨌든 알 수 없던 것들이 점차 윤곽을 보이기 시작했다는 것만은 사실이었다.

언어학팀은 눈에 띄지는 않았지만 꾸준하게 월인 언어를 해석하기 위해 노력했다. 세계적인 전문가들이 여럿 참가하였고, 주로 원거리 데이터 링크를 통해 연구가 진행되었지만 어떤 이는 휴스턴으로 옮겨 오기도 했다. 해독 작업의 첫 단계로 그들은 단어나 글자의 출현 빈도와 조합을 통계적으로 축적하여 보통 사람이 보기엔 아무 의미 없는 듯한 무수한 표를 만들어냈다. 이후에는 컴퓨터 화면상에서 진행되는 직관과 추리게임이었다. 누군가가 어떤 의미 있는 문자조합을 발견하면 이를 통해 새로운 추론이 생기고, 더 나아가 다른 패턴을 발견하게 되는 식으로 진행되었다. 그들은 명사, 형용사, 동사, 부사 등 품사로 추측되는 단어를 분류하여 리스트를 작성했다. 해석이 진행됨에 따라 어미 활용을 가진 발달한 언어라면 당연히 있어야 할 형용사구나 부사구와 같은 구문도 밝혀졌다. 그들은 복수나 동사 시제와 같은 변화형이나 어순을 지배하는 법칙에 대해 어렴풋하게 알아내기 시작했다. 이러한 노력을 토대로 점차 월인어의 초보적인 문법체계가 밝혀지기 시작했으며 언어학자들은 조금만 더 나아가면 한 예문을 영어로 번역하는 작업도 가능할 것이라는 희망찬 기대와 자신감을 느끼고 있었다.

수학팀도 언어학팀에 뒤지지 않는 두뇌를 모아 연구를 진행했고, 상당히 흥미 있는 성과를 올리고 있었다. 일지 일부에는 많은 표가 실려 있었는데 아마도 수첩 끝에 있는 유용한 참고용 정보에 해당하는 것으로 추측하고 있었다. 그중 한 페이지는 세로로 구분된 양쪽에 숫자와 언어가 나열되어 상호 검색할 수 있게 되어 있었다. 연구원 중 한 명이 그중 어떤 수는 10진법으로 환산하면 1836이 된다는 것을 발견했다. 이는 양자와 전자의 질량비이며 우주 어디에서나 동일한 물리학상의 기본 정수였다. 또한 그 페이지는 온스에서 그램, 그램에서 파운드와 같이 서로 다른 단위량을 환산하는 일람표와 같이 월인의 도량형 환산표가 아닌가 하는 견해가 유력했다. 만약 그렇다면 그들은 월인의 도량형 체계를 알 수 있는 기록을 발견한 것이 된다. 문제는 단순히 우연히 같은 숫자일지도 모르는 1836을 양자와 전자의 질량비를 나타낸 것이라고 가정한 상태에서 얻은 결론이라는 점이었다. 이 가정이 확고한 사실로 인정받기 위해서는 제2의 정보원이 필요했다.

어느 날 오후 헌트는 수학자들과 대화하는 기회를 가졌는데, 그들이 화학자와 해부학자 쪽에서 개별적으로 행성의 표면 중력을 산출한 것을 모르고 있다는 사실에 놀랐다. 헌트가 그 사실을 말하자 수학자들은 바로 그 중대한 의미를 이해했다. 만약 월인이 지구의 습관과 마찬가지로 그들의 행성에서도 질량과 무게를 같은 단위로 표시한다면 수첩의 일람표로부터 월인의 무게 단위를 알 수 있게 된다. 게다가 그들은 이미 무게를 정확히 산출할 수 있는 재료를 가지고 있었다. 즉 찰리 본인이었다. 이미 표면 중력값을 구했다. 찰리의 체중을 킬로그램으로 환산한 값은 쉽게 알 수 있었다. 다만 문제 해결을 위해 필요한 정보가 하나 빠져 있었다. 그것은 킬로그램을 월인의 무게 단위로 환산하는 계수였다. 헌트는 찰리의 소지품 중 신분증명서나 건강관리 카드 등 그의 체중을 월인 단위로 기록한 것이 분명히 있을 것이라 생각했다. 그렇게 되면 그 숫자가 나머지 알아야 할 것들도 같이 알려줄 터였다. 여기까지 이야기가 진행되었을 때, 수학팀의 팀장은 흥분하며 급하게 언어팀장과 대화하기 위해 자리를 떴다. 언어학팀은 참고되는 사실이 판명되면 반드시 수학팀에 연락할 것을 약속했다. 아직은 아무것도 밝혀진 것이 없었다.

다른 소그룹은 나바컴의 최상층에 틀어박혀 현재까지 수첩에서 발견한 가장 흥미로운 자료와 씨름하고 있었다. 그것은 두 번째 수첩의 마지막 스무 페이지에 걸쳐 실려 있는 지도였다. 지도는 확실히 척도가 작았으며 상당히 넓은 면적 및 육지의 모습을 보여주고 있었다. 그러나 지구와 비슷한 지형은 아니었다. 바다와 대륙, 하천, 소호, 도서 등 각종 지질학적인 모습들이 일목요연하게 묘사되었으나 5만 년이라는 세월을 고려해도 (그래 봤자 극지의 빙원 크기 외에 그사이 지표면의 변화는 거의 없었다) 그 지도는 지구의 것으로 보기 힘들었다.

각각의 지도에는 경위선에 해당하는 격자선이 있었으며 선과 선 사이는 10진법으로 48단위로 구분되어 있었다. 이는 구 표면에서의 위치를 나타내는 좌표인 이상, 숫자를 월인이 원주를 분할하는 데 사용한 도수로 해석할 수밖에 없었다. 네 번째와 일곱 번째 지도에 이를 해명하는 열쇠가 있었다. 경도의 기점이 되는 0도선이 표시되어 있던 것이다. 동경 528과 서경 48이 동일지점이기 때문에 원주는 507월인도로 분할된다는 것이 판명되었다. 지도의 도법은 월인의 12진법 표기와 오른쪽에서 왼쪽으로 가로쓰기를 하는 습성을 잘 고려한 것이었다. 다음 단계는 전체 행성 표면의 비율과 지도를 합쳐 전체 구를 복원하는 것이었다.

이미 행성 표면의 전체적인 윤곽은 나와 있었다. 남북 양극의 대빙원은 홍적세 빙하시대에 지구를 덮었던 것으로 여겨진 것보다 훨씬 넓은 범위를 덮었으며, 곳에 따라 지구로 말하면 적도에서 남북 20도의 위치까지 이르렀다. 적도 부근의 바다는 해안선과 얼음으로 막혀 있었다. 점이나 기호들이 얼음이 없는 육지에 흩어져 있었고 간혹 빙원에 있는 것은 마을이나 도시로 보였다.

헌트가 초대되어 지도를 보러 가자 해석을 담당했던 과학자들은 여백에 표시된 축적을 그에게 보여줬다. 이 눈금을 미터 단위로 환산하는 방법만 알아낸다면 행성의 지름을 구할 수 있었다. 그런데 지도 해석을 담당한 사람들은 누구도 수학팀이 도량형 환산표라 생각하는 표에 대해 알지 못했다. 표 중에는 길이나 거리의 단위를 다룬 것도 있을 것이다. 만약 그런 환산표가 있다면, 그리고 찰리의 기록에서 그의 신장을 나타내는 항목이 발견되면 그의 키를 실측함으로써 1월인 미터가 지구의 몇 미터에 해당하는지 쉽게 알 수 있을 것이다. 이미 행성의 표면 중력값은 산출되었기 때문에 질량이나 밀도도 바로 알아낼 수 있게 될 터였다.

이 모든 것이 굉장히 흥분될 만한 일이었으나 그 발견들은 다른 세계가 있었음을 말해주고 있었다. 하지만 찰리나 월인족이 그곳에서 기원했다는 것을 증명하는 것은 아니었다. 런던 시가지 지도를 주머니에 가지고 있다고 해서 그 사람이 런던 사람이라는 것을 증명하는 것이 아닌 것처럼 말이다. 그러므로 찰리를 실측한 값과 지도나 표의 값을 연결해서 생각하는 것은 그릇된 것일 수도 있었다. 일지가 지도에 표시된 세계의 것이라고 해도 만약 찰리가 다른 세계의 주민이라면 지도나 표에서 연역된 도량형은 찰리의 개인적인 기록에 나타난 것과 다른 것일지도 몰랐다. 찰리가 사는 세계는 지도에 표시된 세계와 전혀 다른 도량형을 가지고 있을 수도 있기 때문이다. 사태는 더욱 혼란스러웠다.

결국 지도가 묘사하는 세계가 지구가 아니라는 것을 증명할 수 있는 사람은 아무도 없었다. 지구와는 전혀 닮지 않은 지형이었으며 현재의 대륙 배치를 이 지도로부터 도출하려는 시도는 번번이 실패했다. 그러나 중력은 지구와 거의 같았다. 어쩌면 과거 5만 년 사이 지구에는 생각했던 것보다 훨씬 급격한 변화가 있었던 것은 아닐까. 더욱이 단체커의 이론은 여전히 설득력을 가지고 있었고 반론하기 위해서는 대단히 많은 설명이 필요했다. 아무튼 이 시점에서 조사에 관여한 과학자들은 어떤 일에도 더는 놀라지 않게 되었다.

*

"메시지를 받고 바로 왔습니다." 린 갈런드의 안내를 받고 콜드웰의 사무실에 들어서자 헌트가 말했다. 콜드웰은 책상 맞은편 자리를 턱으로 가리켰다. 헌트가 자리에 앉자 콜드웰은 문가에서 선 채로 있는 린에게 살짝 시선을 보냈다.

"이제 됐어요." 그가 말하자 그녀는 문을 닫고 나갔다.

콜드웰은 책상을 손가락으로 두드리면서 잠시 무표정하게 헌트를 바라봤다. "몇 개월 동안 여기에서 일어난 일들을 알게 되었죠? 어떻습니까, 감상은?"

헌트는 어깨를 들썩였다. 답은 명확했다. "마음에 들었습니다. 흥분되는 일이 주변에서 일어나니까요."

"당신은 흥분되는 일이 일어나는 것을 좋아하시죠." 본부장은 고개를 끄덕이고 뭔가 생각하는 듯 한참 동안 잠자코 있었다. "지금까지 봐온 것은 이곳 일부에 불과합니다. UNSA

의 규모가 어느 정도인지 대부분 사람은 모릅니다. 연구소, 실험장치, 로켓 발사기지…. 여기서 보고 있는 것은 말하자면 후방활동이라 할 수 있습니다. 우리의 주된 일은 전선에 있습니다." 콜드웰은 벽을 가득 채운 사진들을 가리켰다. "현재 화성의 사막에 탐사대가 가 있습니다. 금성의 구름에는 탐사선을 날리고 있죠. 목성의 위성들에도 각각 탐사대가 착륙해 있습니다. 캘리포니아의 심우주 부대가 개발 중인 우주선과 비교하면 금성이나 목성 파견단의 우주선은 보트에 불과하죠. 로봇을 태운 광자우주선으로 첫 항성 점프를 감행할 예정인데 전장이 약 11킬로미터입니다. 상상이나 되나요? 11킬로미터라고요."

헌트는 가능하면 상대의 기대에 맞는 반응을 하려고 했으나 도대체 콜드웰이 무엇을 기대하고 있는지 종잡을 수 없었다. 그는 아무 이유 없이 무언가를 말하는 사람은 아니었다. 무슨 의도로 이런 이야기를 하는지 헌트는 알 수 없었다.

"이건 시작에 불과합니다." 콜드웰은 계속 말했다. "로봇 다음엔 유인우주선을 보낼 예정입니다. 그다음은 누가 알겠습니까? 인간은 이제껏 이렇게 큰 규모의 일을 착수한 적이 없으니까요. 미합중국, 유럽연합, 캐나다, 러시아 그리고 호주가 참가하고 있습니다. 이런 일들이 시작된다면 도대체 그 종착역은 어디가 될까요?"

휴스턴에 온 이후 처음으로 헌트는 이 미국인의 목소리에 감정이 담긴 것을 느꼈다. 여전히 상대방의 의도를 모른 채 그는 천천히 고개를 끄덕이며 물었다. "저에게 UNSA를 홍보하기 위해 부르신 것은 아니겠죠?"

"물론입니다." 콜드웰이 대답했다. "당신을 부른 것은 심각한 이야기를 할 때가 되었기 때문입니다. 저는 당신 머릿속의 톱니가 어떻게 움직이는지 충분히 알고 있습니다. 당신은 방금 말한 일들을 이룬 사람들과 같은 것을 가지고 있습니다." 콜드웰은 의자에 등을 기대고 헌트의 시선을 똑바로 응시했다. "저는 당신이 IDCC를 그만두고 이곳에 들어와 주기를 바라고 있습니다."

이 말에 헌트는 오른손 훅을 얻어맞은 듯한 충격을 받았다. "뭐라고요…! 나바컴으로 오라는 말씀입니까!"

"맞습니다. 쓸데없는 게임은 생략합시다. 당신은 우리가 필요로 하는 사람입니다. 그리고 우리는 당신이 필요로 하는 것을 제공할 수 있습니다. 자세한 설명은 필요 없겠죠."

처음의 놀라움은 1초도 지속되지 않았다. 이미 헌트의 머릿속 컴퓨터는 회전을 마치고 답을 내놓았다. 콜드웰은 이미 몇 주 전부터 이를 위한 조치를 취해왔고 그를 시험했다. 나바컴의 기술자들에게 스코프 운영법을 교육하게 한 것도 이를 위해서였다. 이런 생각을 언제부터 했던 것일까. 헌트는 이미 이 인터뷰의 결과가 어떻게 될지 알고 있었다. 그러나 게임의 규칙이 필요했다. 결론이 나기까지 필요한 질문이 있고 대답이 제시되어야 한다. 헌트는 무의식적으로 담뱃갑을 향해 손을 뻗었다. 그러나 콜드웰이 먼저 자신의 담뱃갑을 건넸다.

"당신은 제게 필요한 것이 뭔지 확신하고 계시는군요." 헌트가 하바나를 집으며 말했다. "이렇게 말하는 저 자신도 잘 모르는 데 말이죠."

"그런가요? 아니면 말하고 싶지 않은 건가요?" 콜드웰은 담배에 불을 붙이기 위해 말을 멈췄다. 그리고 만족스러울 만큼 빨아들인 뒤 말을 이었다. "〈왕립협회 저널〉에 홀로 맞섰고 어느 정도 성과를 이루셨죠." 그는 수긍하는 몸짓을 보였다. "우리는 솔선하는 사람을 좋아하죠. 이른바 이곳의 전통이라고 할 수 있습니다. 무엇이 당신을 그렇게 하게 했나요?" 그는 대답을 기다리지도 않았다. "처음에는 전자공학, 그다음엔 수학… 그 뒤엔 원자물리학, 원자핵물리학, 그다음엔 뭔가요, 헌트 박사님? 앞으로 어디로 가실 생각이죠?" 콜드웰은 의자에 기대어 담배 연기를 내뿜으며 헌트가 생각하는 것을 지켜봤다.

헌트는 놀라고 감탄했다. "숙제를 착실히 하신 것 같군요."

콜드웰은 직접 대답하는 대신 간단한 질문을 했다. "라고스의 숙부는 어떻게 지내고 있죠? 작년 휴가 때 만나셨죠? 영국 우스터의 기후를 좋아하셨죠? 케임브리지에 간 마이크를 최근에 본 적 있나요? 아마 없겠죠. 그는 UNSA에 참가했으니까요. 화성 탐사기지 헬라스 2에 간 지 8개월이 지났죠. 계속할까요?"

헌트는 신중한 성격이라 화를 낼 수도 없었다. 게다가 그는 프로페셔널한 일 처리를 보고 싶었다. 그는 힘없이 미소를 지었다. "완벽하군요."

콜드웰은 곧장 아주 심각한 태도로 변해 책상에 팔을 기대고 헌트를 향해 몸을 기울였다. "당신이 어디로 갈지 설명해 드리죠. 헌트 박사님." 그가 말했다. "밖으로, 별들의 세계로 가는 겁니다! 우리는 별들의 세계를 향해 가려 하고 있습니다. 단체커의 물고기가 진흙탕에서 땅 위로 올라왔을 때부터 이미 시작된 일입니다. 그 물고기들을 그렇게 만든 충동은 당신을 지금껏 여기까지 오게 한 것과 같은 것입니다. 당신은 원자 내부에 갈 수 있는 데까지 가봤습니다. 이제 남은 곳은 한 곳뿐, 바로 우주밖에 없습니다. 그래서 UNSA가 당신에게 거부할 수 없는 기회를 제공하려는 것입니다."

더 이상 헌트가 할 말이 없었다. 눈앞에는 두 가지 미래가 놓여 있다. 하나는 메타다인으로 돌아가는 것이며 또 하나는 무한한 우주를 향하는 것이다. 그가 첫 번째 선택을 하지 않는 것은 인류가 다시 바닷속으로 돌아가지 않는 것과 같았다.

"그쪽 패는 뭐죠?" 잠시 생각한 뒤에 헌트가 말했다.

"즉, 우리가 당신에게 원하는 것이 뭐냐는 말인 거죠?"

"네."

"당신의 두뇌 활동이 필요합니다. 당신은 유연하게 생각할 줄 압니다. 아무도 생각하지 못했던 각도에서 문제를 바라볼 수 있습니다. 이는 이번 찰리와 관련된 일을 해결하는 데 우리에게 필요한 것이기도 합니다. 논쟁이 계속됐던 것도 모두

가 당연한 가정을 토대로 했기 때문이고, 그래서 진전이 없었습니다. 상식적인 사람이 진실이라고 생각하는 것이 잘못됐다고 알아차리는 데에는 특별한 사고방식이 필요합니다. 저는 당신이 그런 사람이라고 생각합니다."

헌트는 이런 칭찬이 약간 불편하게 느껴졌다. 그는 대화를 계속 이어갔다. "도대체 무슨 생각을 하고 계시는 겁니까?"

"현재 우리의 인재들은 각각의 영역에서 모두 최고들입니다." 콜드웰이 대답했다. "오해하지는 마십시오. 그들은 모두 정말 우수합니다. 저로서는 각자 모두 자신의 전문분야에서 충분히 역량을 발휘해주기를 바라고 있습니다. 다만 그와 별도로 특정 전문분야를 벗어난, 즉 공평한 입장에서 전체를 바라보고 각 분야의 성과를 통합하는 인물이 필요합니다. 말하자면 퍼즐의 조각을 색칠하는 데 단체커와 같은 사람이 필요하지만, 조각을 맞추는 데에는 당신과 같은 사람이 필요한 것입니다. 이미 여기에 온 이후 어느 정도 비공식적으로 그런 일을 하시고 있죠. 이를 공식화하자는 것입니다."

"조직은 어떻게 할 건가요?" 헌트가 물었다.

"생각 중입니다. 고참들을 강등시키거나 뛰어난 신인 밑에 직원을 둬서 소원하게 하고 싶진 않습니다. 정치적인 것이죠. 당신도 그런 것을 원한다고 생각되진 않는군요."

헌트는 고개를 끄덕이며 긍정하는 뜻을 비쳤다.

"그렇기 때문에," 콜드웰이 말을 이어갔다. "제 생각은, 각 본부와 국은 지금처럼 일을 계속하면 됩니다. 나바컴과 주변

기관과의 관계도 기존 그대로 전혀 손을 대지 않습니다. 다만 각 영역이 도출한 모든 결론, 새로운 발견들은 모두 남김없이 조사의 중심이 될 총괄본부, 즉 당신에게 보고하게 될 겁니다. 아까 말한 것처럼 당신은 단편들을 끼워 맞추는 일을 하게 됩니다. 시간이 지나면서 일이 늘어나면 독자적으로 직원을 구하면 됩니다. 필요에 따라 각 전문영역에서 자세한 정보를 구할 수 있습니다. 이렇게 함으로써 조사활동에 목적이나 방향을 줄 수 있게 될 겁니다. 이미 당신에겐 찰리가 어떤 인종이고 어디서 왔으며 무슨 일이 일어났는지 알아낸다는 목적이 명확하게 있죠. 저에게 직접 보고를 하고 제 짐을 좀 맡아주시기 바랍니다. 저는 그 시체 말고도 일정이 꽉 차 있으니까요." 콜드웰은 한 손을 들어 이야기가 끝났음을 알렸다. "어떻게 생각하시나요?"

헌트는 속으로 웃을 수밖에 없었다. 콜드웰이 말한 대로 여기에 대해 생각할 내용은 없었다. 그는 길게 한숨을 내쉬며 두 손을 들어 보였다. "당신이 말한 대로 이 제안은 거부할 수 없군요."

"그럼 함께하는 거죠?"

"네."

"환영합니다." 콜드웰은 기뻐 보였다. "그럼 한잔해야 하겠군요." 그는 책상 뒤 어딘가에서 술병과 잔을 꺼내고는 위스키를 따라 새 고용인에게 건넸다.

"언제부터 시작할까요?" 잠시 뒤에 헌트가 물었다.

"IDCC와의 관계를 정리하는 수속에 한두 달 정도는 걸리겠죠. 그렇지만 절차 같은 것을 기다릴 필요는 없습니다. 어차피 IDCC에서 파견된 상태이고, 그동안에는 저의 지휘 아래에 있으니까요. 또한 급료도 나바컴에서 지급하고 있죠. 그렇다면 당장 내일부터 시작한다고 해도 무슨 문제가 있을까요?"

"맙소사!"

콜드웰의 태도는 바로 활발해지고 사무적으로 변했다. "이 건물 안에 당신의 사무실을 마련하겠습니다. 스코프 운영은 롭 그레이에게 책임지도록 하지요. 휴스턴에 있는 동안에는 그 밑에 둔 기술자들을 그의 직원이라 생각하면 됩니다. 이로써 당신은 완전히 자유롭게 활동할 수 있게 될 겁니다. 이번 주 안에 당신에게 필요한 사무처리원, 비서, 기술자, 기계장치, 연구실 공간, 컴퓨터 설비 등에 대해 알려주시기 바랍니다.

일주일 뒤 제가 소집하는 각 국장회의에서 자신의 입장을 명확히 해서 그들과 어떻게 일해 나갈지에 대한 프레젠테이션을 준비해주시기 바랍니다. 전략적으로 접근합시다. 무슨 일이 진행되는지 그 회의에서 알게 될 때까지는 조직개편에 대한 공식발표는 없습니다. 이와 관련된 내용에 대해 저와 린 외에는 이야기해서는 안 됩니다.

당신의 조직은 '특별 업무그룹 L'이라고 하겠습니다. 당신은 그룹 L국의 국장이며 UNSA에서의 지위는 4등 관리직, 문

관입니다. UNSA의 자동차, 비행기를 자유롭게 사용할 수 있으며 제3종 기밀정보까지 접근이 가능하고 해외 및 지구 외 근무 시엔 표준 의복과 기타 필요한 휴대물품이 지급됩니다. 관련된 모든 사항은 간부업무편람에 나와 있습니다. 명령체계, 관리사무수속 등에 대해서는 UNSA 정관에 있습니다. 린에게 말하면 사본을 구해줄 겁니다.

합중국 영주권과 관련하여 휴스턴 연방사무국에 연락할 필요가 있겠군요. 누구를 만나야 하는지 린이 알고 있습니다. 편할 때 영국에서 개인 사물을 가져오시고 나바컴에 비용을 청구해주시기 바랍니다. 살 곳을 찾는 것을 도와드리겠지만, 당분간은 오션 호텔에서 지내주시기 바랍니다."

헌트는 콜드웰이 3천 년 전에 살았다면 로마는 하루 만에 이뤄지지 않았을까 하는 생각이 들었다.

"지금 연봉이 얼마죠?" 콜드웰이 물었다.

"2만5천 유럽 달러입니다."

"3만으로 하겠습니다."

헌트는 아무 말 없이 고개를 끄덕였다.

콜드웰은 뭔가 빠뜨린 것이 없는지 잠시 생각하고는 없다는 것을 확인하자 다시 자리에 앉아서 잔을 들었다. "그럼 건배를 하죠, 빅터."

처음으로 콜드웰이 격식을 차리지 않고 헌트 박사의 이름을 불렀다.

"별들의 세계를 위하여."

"별들의 세계를 위하여."

낮은 소음이 시 외곽에서부터 들려왔다. 두 사람은 창밖을 보았다. 먼 곳의 발사대에서 출발한 베가 로켓이 창공을 향해 빛의 기둥이 되어 올라가고 있었다. 이 광경을 보면서 헌트는 온몸의 혈관이 흥분하는 것을 느꼈다. 이는 외부 세계를 향한 인간의 욕망을 궁극적으로 표현한 상징이었으며, 마침 헌트는 그 표상의 일부가 되려 하고 있었다.

3부

10

새로운 조직으로서 특별 업무그룹 L이 공식적으로 발족하자 몇 주 만에 일이 막대한 양으로 늘어났다. 한 달이 지나자 헌트는 꼼짝달싹 못 하게 되어 예상보다 일찍 인원을 보충해야만 했다. 애초에는 조직이 어떤 모습이 되어야 하는가에 대한 생각이 정해질 때까지 최소한의 인원으로 버틸 생각이었다. 콜드웰이 새로운 조직 창설을 발표하자 분노나 질투도 있었으나 결국 헌트의 독창적인 발상이 연구를 진전시켰다는 사실을 인정하고 그를 정식으로 팀의 일원으로 받아들이는 것이 정당하다는 분위기가 대세를 차지했다. 시간이 지나자 헌트를 탐탁잖게 생각했던 사람들도 그룹 L의 존재로 작업이 원활하게 된 것을 인정하지 않을 수 없었다. 특히 헌트 그룹의 쌍방향 정보채널 덕분에 정보를 제공하면 다른 정보가 열 배로 되돌아오곤 했으므로, 완전히 이 조직의 열렬한 후원자로 변한 곳도 있었다. 이렇게 윤활유가 더해지자 콜드웰의 퍼즐 맞추기 기구는 효과적으로 작동하기 시작하여 최고 속도로 조각들을 맞춰가기 시작했다.

수학팀은 여전히 수첩에 있던 방정식이나 공식을 해명하려는 노력을 계속했다. 수학적인 관계는 어떤 형식으로 표현하든 변하지 않기 때문에 월인어를 해독하는 것에 비해 자의적인 해석이 들어갈 여지가 적었다. 수학자는 도량형환산표가 발견된 것에 자극받았다. 같은 수첩에 있던 다른 표에 집중하여 물리학이나 수학에서 일반적으로 사용되는 정수의 일람표를 발견했다. 원주율이나 자연대수 등 여러 정수와 몇 가지 정수들은 바로 알아냈지만, 여전히 단위 체계를 알아내지 못하여 아직도 표 내용의 대부분은 알지 못했다.

한편 지도해석팀이 원주 단위를 알아냈기 때문에 다른 표가 단순한 삼각함수라는 것을 쉽게 알아낼 수 있었으며 이를 통해 사인, 코사인, 탄젠트에 해당하는 것을 판별해냈다. 삼각함수의 해독을 계기로 수학적인 표기가 여기저기에서 이해되기 시작했다. 수학자들에겐 상식인 삼각방정식도 바로 풀렸다. 이런 일을 통해 사칙연산에 사용되는 부호나 지수 표기도 밝혀지고 더 나아가 물리학의 운동방정식도 풀렸다. 월인의 과학이 뉴턴법칙에 해당하는 이론을 확립했다는 것이 판명되었지만 아무도 놀라는 사람은 없었다. 수학자들은 초보적인 적분이나 저계수 미분방정식 표까지 해석하기에 이르렀다. 페이지 뒷부분은 공진 및 감쇠진동 원리를 설명하는 것으로 추측하였다. 여기서 다시 단위가 명확히 규정되지 못한 것이 해석을 방해했다. 이 그래프는 전기, 기계공학, 열역학 및 각종 물리현상에 응용할 수 있는 표준적인 표현이 틀림없었으나 월인의 단위체계를 명확히 알아내지 못하는 한 수학적으로 그 함수를 풀 수는 있어도 그 방정식이 의미하는 것이 뭔지 정확히 알 수 없었다.

헌트는 찰리의 백팩에서 발견한 각종 전기기구의 부품 중 소켓이나 플러그, 기타 입출력 장치의 접점 근처에 작은 금속 라벨이 붙어 있었던 것을 기억해냈다. 그리고 이 라벨에 있는 기호에는 볼트, 암페어, 와트, 주파수 등의 단위를 나타내는 것이 있을 것으로 생각했다. 전자공학팀의 연구소에 온종일 틀어박혀 헌트는 이 기호를 남김없이 옮겨 적어 수학팀에 제공했다. 헌트가 말을 꺼내기 전까지 누구도 이를 생각해낸 사람은 없었다.

전자공학팀의 기술자들은 티코에서 발굴된 손목 장치에서 전지를 분리해내어 분해하고 다른 부문의 전자공학자와 협력하여 이것이 몇 볼트의 설계용량으로 만들어졌는가를 계산했다. 언어학팀은 장치의 측면에 새겨진 기호를 해독해냈다. 이렇게 해서 처음으로 월인의 전압 단위가 명확해졌다. 작은 발견이지만 큰 출발이었다.

단체커, 숀 두 교수는 생물학적 측면의 조사연구를 지휘했다. 의외라는 의견도 있었으나 단체커는 그룹 L과 협력하는 데 주저하지 않고 최신 정보를 전면적으로 제공했다. 이는 심경의 변화가 아니라 타고난 교양 덕분이었다. 그는 형식주의자이고 조직이 요구하는 것이라면 엄밀하게 따를 뿐이었다. 월인의 기원에 대해서는 여전히 자기 의견을 굽히지 않았고 양보할 기색도 전혀 없었다.

숀은 자신의 약속에 따라 찰리 신체조직의 화학분석과 세포 대사로부터 자연 상태의 하루 길이를 계산하는 작업을 진행했다. 그러나 그는 벽에 부딪혔다. 아무런 결과를 얻지 못한 것은 아니었으나 계산 결과에 일관성이 별로 없었다. 어떤 실험에서는 하루의 길이가 24시간으로 나와 찰리가 지구인이라는 가능성을 시사했으나 다른 자료에서는 35시간으로 나타났다. 이것이 맞는다면 지구인일 수가 없게 된다. 다른 실험에서는 그 중간치가 나왔다. 그러므로 이 결과를 합쳐서 어떤 의미를 찾을 수는 없었지만, 굳이 말하자면 찰리는 한 개체이면서 동시에 많은 출신지를 가진다고 할 수밖에 없었다. 실험이나 계산방법이 잘못되었거나 어떤 요인을 고려하지 못했다고 할 수밖에 없었다.

단체커는 다른 방면에서 착실하게 성과를 올리고 있었다. 찰리의 혈관 및 각 부분의 근육을 형성하는 세포의 크기와 모양에서 순환계의 기능을 나타내는 방정식을 도출했다. 그리고 그 방정식을 통해 체내 열량과 체온 및 외기온 변화의 상관관계를 나타내는 그래프를 만드는 데 성공했다. 진화과정에서 찰리는 지구상의 포유류와 마찬가지로 체내 화학반응에 가장 효율이 높은 항온을 유지하기 위한 체온조절 기능을 획득했을 것이라는 추정과 숀의 계산 결과 의문의 여지가 없는 수치를 사용하여 찰리의 정상적인 체온을 산출했다. 그 수치를 첫 방정식에 대입하여 그는 외기온, 더 정확히 말하면 찰리의 활동에 가장 적합한 환경의 온도를 구했다. 상하 오차를 고려하면 섭씨 2도에서 9도의 범위였다.

숀의 계산에서 월인 고향의 하루 길이를 추정하지 못하자 그 뒤 새로운 발견으로 숫자표가 달력이 틀림없다는 것이 밝혀졌음에도 불구하고 그 달력으로부터 월인 세계를 해명하는데 필요한 구체적인 재료를 얻을 수가 없었다. 하지만 전자공학팀의 조사가 진행됨에 따라 찰리가 소지하고 있던 전자기기로부터 더 많은 단서가 발견되었고 이를 통해 애매한 월인 시간 단위를 명확히 규정하는 새로운 길이 열렸다. 만약 수학팀이 전기적 진동방정식을 풀 수 있다면 다루는 양을 조작하여 자유공간에서의 유전율과 자기흡수를 월인 단위로 나타내는 두 정수를 얻을 수 있을 것이다. 그 정수비율로부터 월인 단위의 시간당 거리 즉, 월인 단위로 표현한 광속을 알아낼 수 있을 것이다. 이미 거리를 나타내는 단위는 알고 있었다. 따라서 시간의 단위도 자연스럽게 알아내게 될 것이다.

*

당연한 이야기이지만, UNSA의 활동은 전 세계의 이목을 끌었다. 5만 년 전에 아주 발달한 기술 문명이 존재했다는 발견만으로도 사람들이 놀랄 만한 사건이었다. 몇 주가 지난 뒤 이 일이 발표되자 전 세계의 신문들이 다투어 대서특필했다. 그중에는 '암스트롱 이전에 달에 선 인간'과 같이 기억에 남는 인상적인 헤드라인도 있었다. 어떤 것은 '멸망한 화성 문명'이라는 식으로 너무 들뜬 내용도 있었다. 그리고 완전히 잘못된 것도 있었다. '지적 우주인과의 접촉.' 그래도 전반적으로는 양호했다.

몇 개월이 지난 뒤 언제나 정형화된, 결과가 예상되는 사항에 대해 보도진에 설명하는 것에 익숙한 UNSA의 워싱턴 홍보부는 전 세계의 탐욕적인 편집자나 프로듀서의 홍수와 같은 질문공세에 시달렸다. 워싱턴은 잠시 이 일을 제대로 처리하려고 했으나 결국 보도진에 대한 대응을 휴스턴 나바컴의 홍보부에 맡겼다. 휴스턴의 홍보부장은 그룹 L을 알맞은 정보센터로 판단하여 이미 늘어나고 있는 헌트의 업무에 새로운 차원의 일이 추가되었다. 머지않아 기자회견, TV 다큐멘터리나 방송 인터뷰, 기자와의 대담 등이 그의 일과가 되었다. 그래서 매주 조사 진척상황을 게시했다. 객관적이고 정확하게 정보를 게시했음에도 불구하고 나바컴 사무실을 떠나 전 세계의 신문이나 TV에 보도되는 과정에서 그 내용은 변질되었다. 더 나아가 독자나 시청자들의 머릿속에서는 한층 더 왜곡되었다.

영국의 한 주말신문은 구약성서의 서술이 우주인의 개입 목격담을 기록한 것이라고 설명했다. 이에 따르면 이집트의 역병은 대적하는 지구인에 대한 경고로 우주인들이 고의로 행한 환경파괴이며 비행접시가 모세를 인도하여 원자핵의 역장으로 홍해를 갈랐던 것이고 하늘에서 내린 만나는 열핵반응 추진기구의 탄화수소연료가 연소한 부산물이었다는 것이다. 이 기사를 읽은 파리의 출판인은 이 내용에 크게 흥미를 보이고 자유기고가를 고용하여 그리스도의 생애를 재검토하게 했으며 신약성서는 4만8천 년에 걸쳐 은하계 변방에서 명상한 뒤 지구로 돌아온 한 월인의 기적을 상징적으로 기술한 것이라는 해석을 내놓았다.

월인은 지금도 여기저기서 출몰하고 있다는 '믿을 만한 보고'도 각지에서 있었다. 월인이 피라미드를 만들고, 아틀란티스를 침몰시키고, 아시아와 유럽을 나누는 터키의 보스포루스 해협을 팠다는 설도 나왔다. 월인이 지구에 내려오는 것을 목격했다는 사람도 적지 않았다. 그중에는 2년쯤 전에 콜로라도 사막 한가운데에서 월인 우주선의 조종사와 대화를 했다는 사람도 있었다. 기록에 남아 있는 각종 초자연현상, 유령, 천재지변, 기적, 성자, 망령, 환상, 마녀 등은 삽시간에 모두 월인과 관련이 지어졌다.

그러나 몇 달간 그에 이어지는 극적인 발견 소식이 없자 사람들은 이내 다른 새로운 뉴스들로 흥미를 돌렸다. 조사 경과 보고도 전문적인 과학잡지나 학계용으로 한정된 내용으로 정리되었다. 연구 당사자들은 본래 세간의 관심과 무관했던 만큼 조사는 이전과 변함없이 계속되었다.

한편, 달의 뒷면에서 광학관측소 건설을 담당했던 UNSA의 한 부대는 월면 아래 60미터에서 초음파의 메아리 중 이상을 발견했다. 샤프트를 내려보내 조사하자 월인이 월면 지하에 건설한 기지의 폐허일 수도 있는, 어떤 구조물의 잔해가 발견되었다. 높이 3미터의 철벽으로 된 작은 집 크기의 상자였다. 한쪽 벽이 사라져서 내부의 4분의 1 정도가 모래와 바위 파편으로 채워져 있었고, 겨우 원형을 유지한 한쪽 벽에서는 여덟 구의 월인이 불에 탄 채로 발견되었다. 가구나 기계 장치로 생각되는 것도 있었고 그 외에도 밀봉된 금속 용기가 다수 발굴되었다. 남겨진 부분을 제외하고 전체 모습을 구성했던 건축자재, 부자재 등은 흔적도 없이 소실되었다.

금속 용기는 지구로 보내어 웨스트우드의 과학자 손에서 개봉되었다. 내용물은 식료품으로, 용기가 불에 탄 뒤였음에도 불구하고 양호한 상태를 유지하고 있었다. 고열이 발생한 원인은 알 수 없지만, 그 고열이 월인들의 생명을 빼앗은 것은 틀림없었다. 내용물 대부분은 가공 채소, 고기, 감미료였으나 그중에는 몇 가지 물고기도 들어 있었는데, 그것은 청어 크기의 생선으로, 완벽하게 보존된 상태였다.

단체커의 조수가 그것을 해부하여 조사했지만, 그는 그것이 정확히 무엇인지 알 수 없어서 단체커를 연구실로 불러 의견을 구했다. 단체커는 다음 날 아침 8시까지 연구실에서 한 발짝도 나오지 않았다. 일주일 뒤, 단체커는 의심이 많은 헌트를 향해 말했다.

"이 물고기는 지구상의 어떤 바다에서도 헤엄친 적이 없습니다. 지구에서 진화하지 않았으며 지구생물과는 어떤 연관도 없습니다!"

11

1972년 12월, 제17차 아폴로 계획은 인류의 지혜를 집결하여 지구 이외의 세계에 도달하고 직접 그 세계를 탐색하려 한 첫 시도에 대해 유종의 미를 장식하는 것이었다. 아폴로 계획 이후 미항공우주국(NASA)의 활동은 규모를 축소했다. 이는 주로 1970년대에 서구 세계를 강타한 경제위기가 미국에도 영향을 끼쳐 재정압박을 받았기 때문이다. 정치적으로 만들어낸 석유 위기나 중동 및 아프리카 남부의 정세불안, 베트남 전쟁의 여파 등도 NASA에게는 화근이었다. 1970년 중반부터 말까지 일련의 무인탐사선이 화성, 금성, 수성 그리고 몇몇 외행성을 향해 발사되었다. 1980년대에 들어서자 유인탐사선이 다시 뜨기 시작했다. 주로 각종 우주왕복선의 개발과 궤도를 도는 항구적인 우주연구실이나 관측기지의 건설에 초점이 맞춰졌다. 태양계 바깥 우주로의 진출을 위한 토대를 마련하려는 것이었다. 그런 가운데 한동안 달은 소홀하게 여겨졌으며 인간에게 방해받지 않고 10억 년을 이어온 정적의 세계로 돌아갈 수 있었다.

아폴로 우주인이 가져온 정보는 몇 세대에 걸쳐 지구에 붙어 있었던 관찰자들이 달의 특징이나 기원을 두고 벌여온 논쟁에 결론을 내렸다. 약 45억 년 전에 태양계가 생기고 나서 달은 반지름의 반 정도까지 융해상태로 있었다. 달의 성장에 따라 방출된 중력에너지가 그 열원이었다. 그 뒤 냉각 기간을 통해 철분을 포함한 무거운 광물은 가라앉고 밀도가 낮은 알루미늄을 많이 포함한 광물이 떠올라 지각을 형성했다. 쏟아지는 운석은 지각을 뒤섞고 과정을 복잡하게 만들었으나 43억 년 전쯤에는 사실상 지각이 완성되었다. 운석 낙하는 39억 년 전까지 계속되었고, 그 뒤에 월면은 현재의 모습을 갖추었다. 32억 년 전부터 내부에서 현무암 용암이 흘러나왔지만 그건 표면에 국소적으로 방사성 물질이 쌓여 한 번 식었던 지각을 녹였기 때문이었다. 흘러내린 용암은 운석 낙하로 생긴 함몰 부위를 메우고 어두운 '바다'를 만들었다. 지각은 더욱 냉각되어 두꺼워졌으며 이제 용암이 그곳을 뚫고 나오는 일은 없어졌다. 이후 월면에는 변화가 사라졌다. 간혹 운석이 낙하하여 크레이터를 만들고 낙하한 먼지들이 밀리미터 단위로 표면을 침식시켰을 뿐 실질적으로 달은 죽은 행성이었다.

이상과 같은 역사는 달 표면의 세세한 관찰과 한정된 범위의 탐사로부터 추정된 것이었다. 궤도상 뒷면을 관찰한 결과도 표면과 같은 역사가 전개되었다고 생각되었다. 그리고 그 일련의 사실은 기존의 이론과 모순되지 않았고, 아폴로 탐사 이후 누구 하나 그 신빙성을 의심하는 자는 없었다. 물론, 세부적으로는 새로운 발견이 있었지만 전체상은 너무나 명백했다. 그러나 많은 사람이 달에 돌아오고 머물면서 뒷면을 본격적으로 탐사하기 시작하자 이야기는 완전히 달라졌다.

멀리서 관찰한 달의 뒷면은 앞면과 다른 점이 없었다. 그러나 미시적인 관점에서 보면 근본적으로 다른 역사적 과정을 거쳐 왔음을 알 수 있었다. 더 나아가 기지, 발사대, 통신 시설 및 그 외 인간이 진출하면서 동반되는 모든 장비가 생기고 뒷면까지 그것이 확대되자 각종 모순이 표면화되었다.

1970년대 전반에 달 표면의 여덟 군데에서 채취된 암석에 대해 모든 실험을 해본 결과, 기존 이론과 충돌하는 내용은 없었다. 그 뒤 탐색 지점은 몇천을 헤아리게 되었고 새롭게 얻은 막대한 데이터는 종래의 생각을 확인시켜주는 것이었으나 그중에는 호기심을 자극하는 예외적인 사실도 있었다. 앞면에 보이는 몇 가지 특징은 뒷면에 있어야 하는 것들이었다.

여러 해석이 시도되었으나 어느 것도 결정적인 설명이 되지 못했다. 하지만 UNSA의 관계 당국은 그런 것에 관심이 없었다. 이미 이 시대에는 달에서의 활동이 순수한 과학조사의 영역을 벗어나 토목공학 분야로 중점이 옮겨졌기 때문이었다. 몇 군데 대학에서 뜻을 같이하는 학자들 사이에 먼지표본의 부정합성에 대한 의견 교환이 있었을 뿐이다. 이런 사정으로 '달의 반구 부정합성'이라 불리는 문제는 오랫동안 과학계의 다른 많은 문제와 같이 '추후 설명이 필요함'이라고 분류된 문제로 남게 되었다.

*

월인과 관련된 사항을 과학의 각종 영역을 통해 체계적으로 검토하는 것은 그룹 L의 일과 중 하나였다. 자연스럽게 달에 관한 정보는 체크리스트의 상위를 차지하였으며 작은 달 전문 도서관을 열기에도 충분한 자료를 축적했다. 헌트가 직원들에게 일을 할당했을 때 두 명의 젊은 물리학자가 막대한 자료를 분류, 정리하는 엄두가 나지 않는 작업을 맡게 되었다. 그들이 '달의 반구 부정합성' 문제에 맞닥뜨리게 될 때까지는 그 뒤 조금 더 시간이 걸렸다. 이윽고 그 문제와 만났을 때 그들은 몇 년 전 베를린의 막스 플랑크 연구소에서 클론스키라는 이름의 핵물리학자가 행한 연대측정 실험보고서를 발견했다. 그곳에서 밝히고 있는 연대를 보고 두 명의 젊은 학자들은 바로 헌트에게 달려갔다.

긴 토론 끝에 헌트는 네브래스카 대학 물리학과의 달 현상 전문가인 솔 스테인필드 박사에게 화상전화를 걸었다. 통화 뒤 헌트는 그룹 L을 본부장에게 맡기고 다음 날 아침 오마하를 향해 북쪽으로 날아갔다. 스테인필드의 비서가 공항에서 그를 맞았으며 채 한 시간도 지나기 전에 헌트는 물리학 연구실에서 지름 90센티미터 크기의 월구의를 마주하고 있었다.

"달 지각의 두께는 일정하지 않습니다." 스테인필드가 월구의를 가리키며 말했다. "앞면에 비해 뒷면이 훨씬 두껍습니다. 이는 1960년대 첫 인공위성이 달 주변을 돈 이후부터 알려진 일이지요. 질량의 중심이 기하학적 중심에서 약 2킬로미터 정도 어긋나 있습니다."

"그 이유에 대해 뚜렷하게 밝혀진 것은 없고요." 헌트가 생각에 잠기며 말했다.

스테인필드는 팔을 휘두르며 월구의 앞에서 그 형태를 묘사했다. "지각의 한쪽 면이 더 두껍게 편향되어 응고되는 일은 불가능합니다. 그러나 이것이 문제가 아닙니다. 이 두께의 차이는 그런 식으로 생긴 것이 아니기 때문입니다. 달의 뒷면을 구성하는 물질은 우리가 30년 전에 생각하던 물질보다 훨씬 젊다는 것입니다. 아, 이 일은 이미 알고 계시죠. 그것 때문에 이렇게 여기까지 오신 것이니까요."

"최근에 형성되었다고 말씀하시는 것은 아니겠죠?" 헌트가 말했다.

스테인필드는 두 갈래로 가른 백발이 흔들릴 정도로 머리를 강하게 흔들었다. "그렇지는 않습니다. 물질 그 자체는 틀림없이 태양계의 다른 행성과 같은 시기에 형성된 것입니다. 제 말씀은 지금 있는 곳에 위치하게 된 것이 오래되지 않았다는 것입니다." 그는 헌트의 어깨를 잡아 벽면에 걸린 달의 중심을 보여주는 차트 쪽으로 향하게 했다. "여기를 보시면 알 수 있습니다. 붉은 부분이 본래의 달 표면입니다. 이것을 보면 본래 달은 완전한 구형이었다는 것을 알 수 있습니다. 뒷면은… 이 층이 형성된 것이 비교적 최근이라고 할 수 있습니다."

"본래 달을 뒤덮었다는 말인가요?"

"맞습니다. 누군가가 달의 뒷면에만 몇십억 톤의 암석과 토사를 쏟아버린 듯합니다."

"확증된 것인가요?" 헌트가 확인하듯 물었다.

"네. 그렇습니다. 달의 뒷면 전역에 걸쳐 시추공을 통해 표본을 채취했습니다. 그 결과 본래 월면의 깊이도 거의 정확히 파악하고 있습니다. 재밌는 것을 보여드리죠."

연구실 벽은 바닥부터 천장까지 작은 철제서랍으로 가득 차 있었으며 하나하나마다 검색용 라벨이 달려 있었다. 스테인필드는 방을 가로질러 서랍 앞에 몸을 구부리고 라벨을 보면서 자신도 모르게 중얼거렸다. "여기 있군요!" 그는 한 서랍에 달려들어 연 뒤 작은 피클 병 크기의 밀폐 유리 용기를 가지고 돌아왔다. 그 안에는 거친 회색빛 암석 파편이 철사대 위에서 반짝이고 있었다. "이것은 달 뒷면에서 흔히 볼 수 있는 크리프입니다. 이것이…."

"계속된 가열과 압력 때문에 물체에 생긴 영구적인 변형

(creep) 말인가요?"

"아니요, 칼륨이 풍부한, 그러니까 K(칼륨, potassium)로 시작하며 인광성이 있는 희토류 KREEP(K Rare-Earth Element + Phosphorus)를 말하는 것입니다."

"아, 알겠습니다."

"이러한 성분의 것이…." 스테인필드가 계속 말했다. "고지대 대부분을 구성하고 있습니다. 이것은 약 41억 년 전에 형성되었습니다. 우주선 노출에 대한 동위원소 분석을 하면 얼마 동안 달의 표면에 있었는지를 알 수 있습니다. 실제로 측정해본 결과 역시 거의 41억 년이라는 결과가 나왔습니다."

헌트는 잠시 당황하는 듯했다. "하지만 그건 정상이잖습니까. 우리가 예상했던 내용 아닌가요?"

"이것이 달 표면에 놓여 있었다면 그 말이 맞습니다. 하지만 이것은 210미터 깊이의 시추공에서 채취한 표본입니다. 다시 말하면 이것은 41억 년간 표면에 있다가 어느 날 갑자기 210미터 아래에 파묻혔다는 말이 됩니다." 스테인필드는 다시 벽면의 도면을 가리켰다. "아까 말씀드린 바와 같이 달 뒷면의 여기저기에서 이와 같은 것들이 나옵니다. 옛 달 표면의 깊이는 정확히 추정할 수 있습니다. 그 깊이에서는 앞면과 같은 오랜 암석이나 지질구조를 볼 수 있습니다. 하지만 이를 뒤덮고 있는 층은 뒤죽박죽입니다. 암석이나 토사가 떨어졌을 때 모두 부서지고 녹아버린 듯합니다. 현재 달 뒷면의 표면은 다 그런 식입니다. 상상하시는 대로 말이죠."

헌트는 알겠다는 듯이 고개를 끄덕였다. 그만한 양의 물질이 일시에 움직임을 멈춰버리면 그곳에서 방출되는 에너지는 놀랄 만한 것이리라. "그 암석이나 토사가 어디서 왔는지 알지 못하나요?"

스테인필드는 다시금 머리를 흔들었다. "운석우가 달 궤도에 쏟아진 것이라고 주장하는 사람도 있습니다. 그 주장이 맞을지도 모르지만, 아직 결론이 날 만큼 논의가 충분하지는 않았습니다. 쏟아진 암석의 성분은 운석과는 다릅니다. 오히려 달 그 자체와 가깝습니다. 같은 곳에서 만들어진 듯합니다. 그래서 높은 곳에서 보기엔 같은 것처럼 보이는 것입니다. 제가 말씀드린 것처럼 미시적인 관점에서 봐야만 하는 것이죠."

헌트는 잠시 아무 말 없이 흥미 있게 표본을 관찰하고는 조심스레 작업대에 내려놓았다. 스테인필드는 이를 집어 다시 서랍 속에 넣었다.

"좋습니다." 스테인필드가 다시 곁으로 오자 헌트가 말했다. "그러면, 달 뒷면의 표면은 어떻습니까?"

"클론스키와 그 동료들의 실험 말씀인가요?"

"네. 우리가 어제 토론했던 것 말입니다."

"뒷면의 크레이터는 운석 낙하로 발생한 앞면과는 달리 암석 투기의 부산물로 생긴 것으로 수십억 년 전에 생긴 것입니다. 뒷면 크레이터 가장자리에서 채취한 암석 표본을 조사하면 반감기가 긴 원소의 활동레벨이 아주 낮다는 것을 알 수 있습니다. 예를 들어 알루미늄 26이나 염소 26 등이 그렇습니다. 또한 수소, 헬륨, 태양풍에서 온 불활성기체의 흡수율도 낮습니다. 이는 그 암석이 그곳에 있은 지 오래되지 않았다는 것을 말하고 있습니다. 그리고 크레이터가 생성될 때 그 암석이 그곳에 있었기 때문에 크레이터 자체도 생성된 지 얼마 안 됐다고 할 수 있습니다." 스테인필드는 과장되게 빈손을 들어 보이는 몸짓을 했다. "나머지는 당신도 아는 바와 같이 크론스키 같은 사람들이 측정한 결과 약 5만 년 전에 생성된 것으로 나옵니다. 바로 어제라 할 수 있습니다!" 그는 잠시 몇 초 동안 기다렸다. "뭔가 월인과 관련성이 있는 것 같군요. 우연이라고 하기엔 5만 년이라는 숫자가 너무 딱 맞는 것 같습니다."

헌트는 눈살을 찌푸리며 잠시 뒷면 반구 모델의 세부적인 부분을 관찰했다. "당신은 이를 몇 년 전부터 알고 계셨죠." 그는 스테인필드를 쳐다보며 말했다. "그런데도 어째서 우리가 연락하기 전까지 이에 대해 말씀해주시지 않았던 거죠?"

스테인필드는 다시 잠깐 손바닥을 들어 보인 뒤 말했다. "UNSA에는 아주 우수한 사람들이 모여 있으니, 이미 이에 대해서 알고 계시는 줄 알았습니다."

"진작 알았어야 했습니다. 인정합니다." 헌트가 동의했다. "하지만 우리는 계속 바빴죠."

"그런 것 같군요." 스테인필드가 웅얼거리며 말했다. "어쨌든 더 말씀드릴 것이 있습니다. 이제까지 했던 이야기는 그래도 앞뒤가 맞는 것이었습니다만, 지금부터 말씀드리는 것은 꽤 재밌습니다." 그는 새로운 생각에 충격을 받은 것처럼 잠시 말을 멈췄다. "흥미로운 일은 조금 이따가 말씀드리겠습니다. 잠시 커피 한잔 마시는 게 어떨까요?"

"좋습니다."

스테인필드는 분젠 가스버너의 불을 켜고 가까운 수도꼭지에서 물을 채운 큰 비커를 삼각대 위에 얹었다. 그런 뒤, 웅크리고 작업대 밑의 식기장을 뒤지더니 마침내 의기양양하게 에나멜 머그잔 두 개를 부딪쳐 소리를 내며 일어났다.

"첫 번째로 재밌는 것은 말이죠. 달의 뒷면에서 채취한 표본 중 최근에 방사능에 노출된 것의 분포가 방사선원의 분포 강도와 맞지 않는다는 점입니다."

"고방사성 운석이 포함된 운석 폭풍이 있었던 것은 아닐까요?" 헌트가 제안했다.

"그건 불가능합니다." 유리병 선반을 바라보던 스테인필드는 마침내 '산화 제2철'이라 적힌 적갈색 가루가 담긴 병을 집으며 대답했다. "그와 같은 운석이 있었다면 그 파편이 어딘가에 남아 있어야 합니다. 그러나 새로운 층의 방사성원소는 지극히 평범합니다. 말하자면 보통 바위와 다름이 없습니다." 그는 숟가락으로 적갈색 가루를 떠서 머그잔에 넣기 시작했다. 헌트는 걱정스레 그 유리병을 바라봤다.

"커피를 커피 병에다 보관하면 오래 못 가서요." 스테인필드가 설명했다. 그는 고개로 문가 쪽을 가리켰는데, 반대쪽 문에 '연구원생'이라는 푯말이 보였다. 헌트는 이해했다는 듯이 고개를 끄덕였다.

"기화했을 가능성은 없나요?" 헌트가 물었다.

스테인필드는 고개를 흔들었다. "그럴 경우 바위에 영향을 남길 만큼 오래 머무르지 못합니다." 그는 나트륨수소인산염 표시가 된 유리병을 열었다. "설탕을 넣으시나요?"

스테인필드가 계속했다. "두 번째로 흥미로운 건 말이죠. 열평형입니다. 우리는 얼마나 많은 양이 떨어졌는지 알고 있고, 그래서 운동에너지를 알아낼 수 있습니다. 또한 통계적 표본으로 융해와 구조변화를 일으키는 방사에 필요한 에너지가 얼마인지 알 수 있습니다. 그리고 지하 방사능으로 어디에 얼마만큼의 에너지가 발생했는지도 알 수 있습니다. 문제는 이들 등식이 맞지 않는다는 점입니다. 발생한 일을 설명하기 위해서는 더 많은 에너지가 필요합니다. 이 나머지 에너지는 어디서 왔을까요? 이 문제에 관한 컴퓨터 모델은 너무나 복잡해서 오류가 있을 수도 있지만, 현시점에서는 그렇습니다."

스테인필드는 헌트가 이 사실을 곰곰이 생각해보는 동안 부젓가락으로 비커를 집어 머그잔에 물을 따랐다. 이 작업을 무사히 마치자 여전히 아무 말 없이 파이프에 담배를 채우기 시작했다.

"그게 전부인가요?" 헌트는 자신의 담뱃갑에 손을 뻗으며 마침내 물었다.

스테인필드는 그렇다는 뜻으로 고개를 끄덕였다. "달의 앞면에 예외가 있습니다. 달 앞면의 크레이터는 대부분 고전적인 모델에 해당합니다. 즉 오래된 것이죠. 그러나 군데군데 이 패턴에 맞지 않는 것들도 있습니다. 우주선 연대측정 결과 뒷면과 같은 시기의 것으로 나타났습니다. 일반적으로 뒷면을 폭격했던 운석 일부가 앞면까지 떨어졌다고 설명합니다만…." 그는 어깨를 으쓱했다. "그것으로 설명되지 않는 특이점이 몇 가지 있습니다."

"예를 들면?"

"예를 들면 유리나 각력암(角礫巖)의 구조를 보면 새로운 운석 낙하로 생긴 것과는 다른 열반응 흔적을 보입니다. 나중에 보여드리죠."

헌트는 새로 들은 사실을 숙고하면서 시가에 불을 붙이고 커피를 홀짝였다. 어쨌든 커피 맛이 나긴 했다. "이상한 점은 그게 다인가요?"

"네. 대략적으로는 말이죠. 아니, 잠시만요. 한 가지 더 있군요. 어째서 운석우가 지구엔 떨어지지 않았을까요? 지구상에는 많은 크레이터가 확인됐고 그 연대도 알고 있잖습니까. 컴퓨터 시뮬레이션을 해보면 이 시기에 우주의 이상 활동이 정점에 달했다고 나옵니다. 달을 덮친 운석의 막대한 양을 봐도 알 수 있죠. 그런데도 지구에는 아무런 흔적도 없습니다. 대기의 영향을 고려해도 아무래도 이건 이상하죠."

헌트와 스테인필드는 그날 오후와 다음날 온종일 몇 년 동안의 조사보고서와 계산 결과를 면밀히 조사하며 지냈다. 그날 밤 헌트는 밤새도록 호텔 벽을 응시한 채 담배 한 갑과 커피 1리터를 소비하며 이 문제를 다양한 각도에서 검토했다.

5만 년 전 월인은 달에 있었다. 그들이 어디서 왔는지는 당면한 문제가 아니다. 그 시대에 운석의 폭풍이 달의 뒤쪽 표면을 바꿔버렸다. 그 운석의 폭풍이 월인을 전멸시킨 것일까. 가능하다. 하지만 그래도 그것이 그들의 고향 행성에 영향을 미치진 않았을 것이다. 만약 달에 있는 UNSA의 사람들이 절멸되어도 지구에는 아무 영향이 없다. 그러면 나머지 월인들에게 무슨 일이 일어난 것일까? 그동안 어째서 아무도 그들을 보지 못한 것일까? 달에서 일어난 것보다 더 광범위한 일이 일어난 것일까? 그 대규모 이변이야말로 달에 운석을 떨어뜨린 원인이었을까? 제2의 이변이 운석을 떨어지게 하고 동시에 다른 행성의 월인들을 절멸시킨 것일까? 아니면 두 사건은 아무 관련이 없는 것일까? 그럴 것 같진 않았다.

그리고 스테인필드가 말한 모순들…. 문득 바보 같은 생각이 떠올랐으나 헌트는 바로 그 생각을 거부했다. 그러나 밤이 깊어지자 그 생각은 다시 고집스럽게 커졌다. 아침을 먹으면서 헌트는 어떻게 해서든 수십억 톤의 파편들 밑에 파묻힌 진실을 알아내야만 한다고 결심했다. 운석의 폭격이 있기 전의 달 표면 상태를 재현하기에 충분한 정보를 알아낼 방법이 있을 것이다. 오전 중에 헌트는 다시 한 번 연구실에 스테인필드를 만나러 가서 자신의 의문을 말했다.

스테인필드는 단호하게 고개를 저었다. "저도 1년 이상 달의 표면 상태를 재현하는 노력을 계속했습니다. 열두 종류의 프로그램을 준비했지만 허사였습니다. 표면은 모두 갈아엎은 듯이 뒤죽박죽인 상태라서 정보를 얻기 힘듭니다."

"부분적으로 하는 건 어떨까요?" 헌트는 계속 고집하며 물었다. "운석의 집중낙하 직전의 방사선원의 분포를 알 수 있는 등고선만이라도 컴퓨터로 그려낼 순 없을까요?"

"저희도 시도해봤습니다. 사실, 어느 정도 통계적으로 밀집된 장소는 알아낼 수 있습니다. 하지만 개개의 표본이 방사선에 노출되었을 때 어디에 있었는지는 도저히 알아낼 수 없습니다. 거듭되는 낙하의 충격으로 암석이 여기저기 흩어졌을 것이고 그런 엔트로피를 분석할 수 있는 컴퓨터는 어디에도 없습니다. 열역학 제2법칙이라는 벽이 있으니까요. 그런 컴퓨터를 만든다면, 그건 더는 컴퓨터도 아닐 겁니다. 차라리 냉장고라고 해야겠죠."

"화학적인 접근법은 어떨까요? 운석 낙하 이전의 크레이터 위치를 찾는 방법은 없을까요? 달 표면 아래 300미터의 크레이터 흔적을 찾아내는 기술은 없나요?"

"도저히 불가능합니다."

"본래의 표면을 재구성할 방법이 뭔가 있어야만 합니다."

"트럭에 가득한 햄버거로부터 소를 재구성해보신 적이 있으신가요?"

이에 대해 그들은 이틀 밤낮 동안 스테인필드의 집과 헌트의 호텔을 오가며 토론했다. 헌트는 스테인필드에게 왜 이런 정보가 필요한지를 말했다. 스테인필드는 헌트가 미쳤다고 말했다. 그리고 그 다음 날, 다시 연구실로 돌아가 헌트가 외쳤다. "앞면에 예외적인 크레이터가 있습니다!"

"네?"

"운석 폭풍이 있었던 시절에 생긴 앞면의 크레이터 말입니다. 처음 생긴 그대로인 것도 있겠죠?"

"그런데요?"

"뒷면과 달리 그런 크레이터는 묻히지 않았습니다. 처음 상태를 유지한 채로이죠."

"네. 그렇습니다만 새로운 사실은 없습니다. 같은 시기의 운석 낙하 시에 생긴 것이기 때문에 뒷면의 크레이터와 아무 차이가 없습니다."

"하지만 그중에 방사능 이상이 있는 것이 있다고 하셨죠. 그거야말로 제가 자세히 알고 싶은 점입니다."

"하지만 지금까지 당신이 말씀하신 것과 같은 것은 발견되지 않았습니다."

"무엇을 찾아야 하는지 모르기 때문일지도 모르죠. 그 이유를 모르니까."

물리학과는 다양한 월석의 표본을 보유하고 있었으며 앞면의 새롭고 변칙적인 크레이터 부근과 안쪽에서 채취한 것도 있었다. 헌트의 집요한 부탁에 스테인필드는 특수장치 실험을 하기로 약속했으며, 완료하는 데 한 달 정도 소용될 것이라고 했다.

헌트는 휴스턴으로 돌아와 그동안 진전된 사항을 점검하

고 한 달 뒤 다시 오마하로 돌아갔다. 스테인필드의 실험결과 달 앞면의 변칙적인 크레이터를 보여주는 지도가 컴퓨터에 나타났다. 크레이터는 방사성 패턴이 있는 것과 그렇지 않은 것, 두 종류로 분류되었다.

"그리고 다른 것도 있습니다." 스테인필드가 말했다. "방사성 패턴이 있는 쪽은 다른 쪽에서는 볼 수 없는 공통된 패턴이 있습니다. 심층부 유리는 표층부와 전혀 다른 과정으로 형성된 것이라는 점입니다. 그러므로 앞면에도 변칙적인 것이 있다는 것을 알 수 있습니다."

헌트는 오마하에서 일주일을 보낸 뒤 바로 워싱턴으로 향하여 정부기관의 과학자 집단을 만나 15년 전 사라진 부서가 남긴 기록문서를 조사했다. 그리고 다시 오마하로 돌아와 자신이 발견한 것을 스테인필드에게 보여줬다. 스테인필드는 대학 당국을 설득하여 대학이 보존하고 있는 월면 암석 표본 몇 가지를 캘리포니아 주 패서디나에 있는 UNSA 광물학 및 암석학 연구소로 보내어 전 세계에서 몇몇 연구소에만 있는 특수한 정밀장치를 이용한 실험을 하기로 했다.

이 실험결과를 통해 콜드웰은 티코, 위난의 바다 및 기타 몇 군데의 UNSA 달기지에 긴급명령을 내려 특정 크레이터 주변을 특별 조사하도록 했다. 한 달 뒤, 첫 표본들이 휴스턴에 도착하여 바로 패서디나로 보내졌고, 그 뒤 달 뒷면 심층부에서 채취된 막대한 표본 모두를 패서디나에서 실험했다.

이 모든 조사결과는 헌트가 휴스턴에 온 지 1년이 되었을 때 '비밀' 스탬프가 찍힌 각서로 요약되었다.

2028년 9월 9일

수신: 우주항행통신국 본부장 G. 콜드웰

발신: 특별 업무그룹 L 국장 V. 헌트 박사

달 크레이터의 예외적 사항 관련

(1) 반구의 변칙사항

몇 년 동안 달의 앞면과 뒷면은 그 성질과 기원에 근본적으로 차이가 있다는 것이 알려졌음.

ⓐ 달 앞면

본래의 달 표면은 40억 년 전에 형성됨. 대부분의 크레이터는 운석 충돌에 의한 운동에너지의 폭발에 의한 것임. 예외적으로 나중에 생성된 것은(예: 코페르니쿠스) 8억5천만 년 전에 생성된 것임.

ⓑ 달 뒷면

표면은 평균 약 300미터 깊이의, 대량으로 새로 추가된 물질로 구성됨. 크레이터는 이 물질의 집중낙하 말기에 형성되었음. 이 시기는 월인의 생존 기간과 겹침. 집중낙하의 원인은 불명.

(2) 앞면의 특수 예

30년 전부터 앞면의 몇 군데 크레이터는 뒷면과 동시기에 형성된 것으로 알려져 있음. 뒷면의 운석 집중낙하의 여파가 그 원인으로 지목됨.

(3) 오마하와 패서디나에서의 최근 연구 결론

지금까지 앞면 크레이터의 특수 예는 모두 운석 충돌에 의한 것으로 생각해왔으나 이는 잘못된 것으로 밝혀짐. 특수 예는 두 가지로 분류할 수 있음.

ⓐ 제1종류 특수 예
5만 년 전 운석 낙하에 의한 발생으로 확인된 것.

ⓑ 제2종류 특수 예
방사선력, 유리생성, 운석 낙하 흔적의 결여, 하이페리움(hyperium), 보네빌리움(bonnevillium), 제네비움(genevium) 원소 검출 등 제1종류와는 다른 성질을 보이고 있음. 예: 달 크레이터 목록 번호 MB 3076/K2/E는 현재 운석에 의한 것으로 분류되었으나 잘못된 것임. 크레이터 MB 3076/K2/E는 핵폭탄으로 생성된 것임. 다른 예로부터 이 점은 확인됨. 현재 조사 중임.

(4) 뒷면 저층부

본래 지각이라 여겨지는 깊이 부근의 집중적인 표본 채취로 운석 낙하 이전에 광범위한 핵폭발이 있었다는 것이 밝혀짐. 열핵반응, 분열반응의 영향도 있었을 것으로 추측되나 확인할 수는 없음.

(5) 해석

ⓐ 월인의 생존 기간에 또는 그 전후로 달의 뒷면에 고도로 발달한 병기가 사용되었다고 생각됨. 월인이 전투에 관여했을 가능성이 크나 이를 증명할 수 있는 재료는 발견되지 않음.

ⓑ 월인이 전투에 관여했다면 이는 월인의 모행성이 포함된 대규모 우주전이며 월인 절멸의 원인이라고 추측할 수 있음.

ⓒ 찰리는 월면에 고립된 대규모 탐험대의 일원이었음. 월면에 월인이 거주했던 명확한 흔적이 있으며 유류품, 유적은 뒷면에 집중되어 있음. 그 뒤 운석 폭풍으로 사실상 흔적은 사라짐.

12

2028년 10월 1일 〈뉴욕타임스〉 1면

월인의 행성 존재

미네르바는 핵전쟁으로 파괴?

워싱턴 DC의 UNSA 사령부는 새로 발견된 놀라운 사실을 발표했다. 5만 년 전 우주비행을 통해 지구의 달에 온 월인 문명의 모행성이 드디어 확인된 것이다. 텍사스 주 휴스턴 시의 UNSA 항행통신국을 중심으로 하는 과학자 집단이 약 1년에 걸쳐 종합적으로 조사 연구한 결과 월인 문명은 한때 태양계 내에 존재한 지구형 행성에서 온 것으로 밝혀졌다.

로마신화에 등장하는 지혜의 여신의 이름을 따서 미네르바로 명명된 이 열 번째 행성은 태양에서 약 4억 킬로미터, 화성과 목성 궤도 사이의 현재 소행성대가 있는 위치에 존재했으며 월인 문명의 중심이었다는 점은 현재 의심의 여지 없이 입증되었다.

UNSA 대변인의 발표에 의하면 더욱 놀랍게도 최근 달에서 채취된 자료를 오마하의 네브래스카 대학 및 캘리포니아 주 패서디나의 UNSA 광물학 및 암석학 연구소가 분석한 결과 월인이 달에 도달한 시기에 달에서 대규모 핵전쟁이 있었다는 결론이 내려졌다. 이로 인하여 미네르바가 행성 간의 전면적인 핵전쟁으로 파괴되었다는 가능성은 부정하기 어렵게 되었다.

위난의 바다에 핵폭탄 사용

네브래스카 대학 및 패서디나의 UNSA 연구소는 최근 연구 결과, 기존 운석에 의해 생긴 것으로 생각하였던 달의 크레이터 중 일부는 핵폭탄에 의한 것이라는 긍정적인 증거가 있다고 밝혔다. 또 수소폭탄 및 원자폭탄도 사용되었을 것으로 추정되나 확증할 수는 없었다고 전했다.

네브래스카 대학의 솔 스테인필드 박사는 다음과 같이 설명했다. "달 뒷면의 크레이터가 앞면에 비해 새로 생긴 것이라는 점은 이전부터 알려졌었다. 뒷면의 크레이터 전부와 앞면의 몇몇 크레이터의 형성 연대는 월인들이 활동했던 때와 겹치며, 모두 운석이 그 원인이라고 생각해왔다. 뒷면의 모든 크레이터를 포함하여 대부분의 경우는 운석에 의한 것이 맞지만, 우리 조사에 의해 앞면의 몇 군데는 핵폭발에 의한 것이 밝혀졌다. 위난의 바다 북측의 몇 군데 및 티코 부근의 크레이터 두 개가 그 예이다. 현재까지 스물세 개의 크레이터가 핵폭탄에 의한 것으로 판명되었고 향후 조사로 더 늘어날 것으로 보고 있다."

더 나아가 뒷면 저층부에서 채취된 시료 분석 결과 앞면보다 뒷면에서의 폭발이 더 격렬했다는 것을 알 수 있었다. 핵폭탄 투하 직후에 운석의 집중낙하로 달 뒷면의 본래 표면이 파묻혔기 때문에, 현재 월면에서 볼 수 있는 운석 크레이터에 대한 데이터는 얻을 수 있으나 당시 월면 상황을 자세히 재현하는 것은 불가능하다. "달 뒷면의 핵폭발이 심했다는 것은 통계를 근거로 증명되었다." 스테인필드 박사는 덧붙였다. "잔햇더미 아래의 실제 크레이터 수와 같이 구체적인 내용을 알아내는 것은 불가능하다."

새 발견은 이 시기에 운석 폭풍이 발생한 이유를 설명하진 않는다. 해일 천문대의 피에르 길레몽 교수는 다음과 같이 언급했다. "월인과 이 현상에 연관이 있다는 점은 명백하다. 개인적인 의견이지만 이 두 사건이 같은 시기에 있었다는 것이 우연의 일치라고 한다면 (물론 그럴 가능성도 없는 것은 아니지만) 그것이 오히려 더 놀라운 일일 것이다. 당분간 명확한 해답이 나오지는 않을 것이다."

일리아드로부터의 단서

미네르바가 붕괴하여 소행성대를 형성했다는 놀랄 만한 사실이 밝혀졌다. 15개월 전 소행성탐사 목적으로 달에서 발사된 우주선 일리아드가 소행성 표본실험을 실행한 결과, 소행성 대부분은 최근 만들어진 것으로 나타났다. 텍사스 주 갤버스턴에 있는 UNSA 작전통제센터로 보내온 데이터에 의하면 우주선 조사시간 및 궤도 통계로부터 미네르바의 붕괴는 5만 년 전으로 추정되었다.

지상 과학자들은 6주 뒤 달로 돌아오는 일리아드가 채취한 표본을 고대하고 있다.

월인 기원의 미스터리

과학자들 사이에서는 월인의 기원이 미네르바인지의 여부를 놓고 의견이 갈리고 있다. 찰리(2027년 11월 7일, 〈타임스〉)의 세부적인 신체검사에 의하면 월인의 해부학적 신체구조는 지구인과 같으며, 기존 이론상 별도의 진화계열을 밟은 인종일 수는 없다. 반대로 지구상에는 월인 문명의 역사적 흔적이 전혀 없으므로 월인의 지구기원설은 받아들이기 힘들다. 이 점은 연구진 당사자들 사이에서도 매우 중요한 쟁점이 되고 있다.

영국 출신 핵물리학자로 현재 휴스턴 UNSA에서 월인 조사연구 코디네이터로 있는 빅터 헌트 박사는 본지와의 독점 인터

뷰에서 다음과 같이 말했다.

"미네르바에 대해서는 크기와 질량, 기후, 자전주기, 공전궤도 등 이미 상당히 많은 것이 밝혀졌다. 우리는 대륙과 바다, 하천, 산맥, 마을, 도시 등 모든 것이 표시된 지름 1.8미터의 축소 모형을 만들었다. 미네르바에 고도로 발달한 문명이 있었다는 것도 알아냈다. 찰리에 대해서도 많은 것이 밝혀졌으며 그의 신분증명서나 기타 인식서류 등에서 알려진 출생지는 미네르바의 한 도시라는 데 의심의 여지가 없다. 다만, 이것이 무언가를 증명해주는 것은 아니다. 내 조수는 일본에서 태어났으나 그의 부모는 브루클린 출신이다. 이 점을 봐도 향후 조사가 진행되어 더 자세한 것을 알아내기 전까지는 미네르바 문명과 월인 문명이 동일한 것이라고 단언할 수 없다.

월인이 지구에서 진화하여 미네르바로 이주했거나 이미 미네르바에 있던 다른 인종과 접촉했을 가능성도 생각해볼 수 있다. 월인은 미네르바에서 진화했을 수도 있다. 지금은 뭐라고 말할 수 있는 단계가 아니다. 모두 모순점을 가지고 있다."

외계 해양생물의 고향은 미네르바

휴스턴 웨스트우드연구소의 유명한 생물학자이자 초기부터 월인 조사연구에 관여해온 크리스천 단체커 교수는 몇 개월 전 달 뒷면 월인 기지 폐허에서 발견된 식량 중 외계어류(2026년 6월 6일 보도 참조)는 미네르바 고유의 생물로 여겨진다고 밝혔다. 물고기가 보존된 밀폐용기에는 물고기가 미네르바의 적도 부근에 존재한 섬에서 잡혔다는 내용이 표시되어 있다. 단체커 교수는 다음과 같이 말했다.

“이 고기가 지구 이외의 행성에서 진화했다는 것은 의심의 여지가 없다. 이 고기는 미네르바에서 진화한 것이며 미네르바에도 문명을 이식한 지구인 개척자의 손으로 포획된 것이 틀림없다.”

단체커 교수는 월인이 미네르바 고유의 인종일지 모른다는 생각을 일축했다.

이상과 같이 수많은 새로운 발견에도 불구하고 최근 태양계에서 벌어진 사건은 여전히 밝혀지지 않고 있다. 적어도 향후 12개월 동안은 더욱 흥미로운 발견이 이어질 것이다.

(147면 과학부의 특집해설 참조)

4부

13

UNSA 태양계 탐사계획단의 목성 위성 파견대 소속 휴 밀스 대위는 작전통제소의 2층 지붕을 덮은 투명 돔을 통해 밖을 응시했다. 건물은 그의 지휘 아래 있는 돔들과 차량, 숙소, 저장소들이 어지럽게 모여 군집을 이룬 기지를 내려다보는 바위 언덕 빙원에 있었다. 기지 주변은 음침한 회색빛 메탄과 암모니아의 안개로 돌기둥이나 얼음 절벽의 흐릿한 형체를 가리곤 했다. 남보다 강한 그의 정신력과 오래고 고된 훈련에도 불구하고 밀스는 몇 초 만에 석탄처럼 검고 유리처럼 쉽게 부서지도록 그를 얼려버릴, 불길하고 춥고 치명적인 외부 세계와 자신을 구분하는 것이 3중 돔의 얇은 벽뿐이라고 생각하자 등골이 오싹해졌다. 목성의 가장 큰 위성인 가니메데는 지독한 곳이라고 생각했다.

“근접 레이더가 포착했습니다. 착륙절차가 진행 중입니다. 예상 착륙시간은 3분 50초 뒤입니다.” 그의 뒤 콘솔 쪽에서 들리는 당직 관제관의 목소리에 밀스는 상념에서 깨어났다.

“알았네. 중위.” 밀스는 대답했다. “카메론과 연락을 취할 수 있나?”

“제3스크린의 채널이 비어 있습니다.”

밀스는 예비 콘솔 앞에 섰다. 스크린은 빈 의자 너머 지하 관제실의 내부를 비추고 있었다. 밀스는 호출단추를 눌렀다. 곧바로 카메론 중위의 얼굴이 화면에 나타났다.

“높으신 양반이 3분 뒤에 도착한다는군.” 밀스가 말했다. “이상은 없나?”

“네. 이상 없습니다, 대위님.”

밀스는 돔 벽면 자신의 자리로 돌아가면서 세 대의 견인차가 일렬로 영접 위치로 자리 잡는 것을 바라보며 만족감을 느꼈다.

“60초 남았습니다.” 관제관이 큰 소리로 말했다. “강하 자세 이상 무. 이제 육안으로 보일 겁니다.”

기지 중앙 착륙장을 둘러싼 안개에 검은 그림자가 지면서 천천히 그 속에서 중거리 우주 수송선의 흐릿한 윤곽이 나타났다. 검은 하늘로부터 미끄러지듯 내려온 수송선은 이미 착륙용 다리를 내놓고 배기 분사로 균형을 잡고 있었다. 수송선이 착륙하면서 충격흡수장치가 접히자 대기했던 영접차량이

나란히 전진했다. 밀스는 혼자 고개를 끄덕이고 돔을 뒤로하고 1층으로 이어지는 계단을 내려갔다.

10분 뒤, 첫 영접차량이 통제소 정면에 멈추자 망원경 모양의 튜브가 독에서 나와 에어록에 연결되었다. 스타니스와프 소령과 피터스 대령 및 부관들 몇 명이 밀스와 몇몇 장교들이 영접 나온 에어록 외부 접근실로 걸어 나왔다. 서로 소개를 마치자 일행은 바로 1층으로 올라가 고가로를 통해 근접한 제3수갱을 덮도록 건설된 돔으로 이동했다. 미로와 같은 계단과 통로를 지나자 제3상층 에어록 대기실이 나왔다. 에어록 건너편에는 캡슐이 대기하고 있었다. 다음 4분 동안 그들은 가니메데의 얼음지각 깊은 곳으로 수직 강하하였다.

제3하층 에어록 대기실에 도착하자 어딘가 보이지 않는 곳에 있는 기계의 진동과 웅웅거리는 소리로 공기가 진동하고 있었다. 대기실에서 짧은 복도를 지나 그들은 마침내 지하 관제실에 도착했다. 콘솔과 각종 장치가 미로처럼 얽혀 있었고 수십 명의 기술자가 각각 맡은 업무를 수행하고 있었다. 긴 벽면의 한쪽은 완전히 유리로 만들어져서 관제실 밖에서 작업하는 모습의 전경을 볼 수 있었다. 카메론 중위가 밖의 모습을 보려고 유리벽 쪽에 서 있던 일행에 합류했다.

그곳은 얼음이 녹거나 쪼개져서 생긴 커다란 성당 내부와 같은 공동이었으며 길이는 300미터에 가깝고 높이는 30미터 정도였다. 거친 벽은 무수한 아크등으로 흰색 또는 회색빛으로 반짝였다. 바닥은 철제망의 통로로 되어 있었으며 기중기나 갠트리(고가 이동 기중기), 파이프 등 각종 작업 기계가 널려 있었다. 왼쪽 벽면은 터널 끝까지 이어졌고 천장까지 사다리와 발판, 통로, 그리고 피난소가 있었다. 얼음이 녹으면서 발생하는 메탄과 다른 가스들이 폭발하는 위험을 없애기 위해 고압의 아르곤이 채워진 동굴 안에서 둔중한 중장비 우주복을 입은 사람들이 분주하게 움직이는 것을 여기저기서 볼 수 있었다. 그러나 일행의 시선은 동굴 오른쪽으로 고정되었다.

거의 이음새가 없는 검은 철벽이 곡면을 이루면서 동굴 천장을 따라 이어져 있었다. 이것은 거대한 원통형 물체의 일부인 것 같았으며, 얼음 바닥 아래에 묻혀 있는 것 같았다. 관제실 밖 바로 앞 근처에서 큰 날개가 원통에서 뻗어 나와 다리처럼 공간을 가로질러 왼쪽 얼음벽 속으로 사라졌다.

철제 벽면과 얼음이 만나는 바닥을 따라 일정한 간격으로 1.8미터 정도의 구멍이 있었으며 이는 이 물체 주변을 둘러싸고 있는 도갱(導坑)이었다.

이것은 베가 로켓보다도 훨씬 컸다. 가니메데의 시간을 초월한 얼음 아래 얼마나 오랫동안 묻혀 있었는지는 아무도 알 수 없었다. 그러나 위성들이 수집한 데이터에 다른 벡터장 합성계산 결과 이곳에 광맥이 아닌 거대한 물체가 있다는 예상은 정확했다.

"맙소사!" 스타니스와프는 한참을 바라보다 탄식하듯 말했다. "바로 이거란 말이지?"

"정말 크군요." 피터스가 휘파람을 불며 말했다. 함께한 부관들도 경탄하는 소리를 냈다.

스타니스와프는 밀스를 바라보며 말했다. "드디어 역사적인 순간이군. 그렇지 않은가, 대위?"

"그렇습니다." 밀스는 대답했다. 그는 각종 장비로 둘러싸인 선체 근처에 사람들이 몰려 있는, 60미터 정도 떨어진 곳을 가리켰다. 그들 옆에 2.4미터 넓이의 정사각형 구멍이 나 있었다. "첫 진입 포인트는 바로 저곳입니다. 아마 선체 중앙인 것으로 예상하고 있습니다. 외벽은 이중구조인데 이미 다 제거되었습니다. 그 안에 내벽이 있습니다만…." 방문자를 위해 밀스는 관찰용 창 근처에 스크린에 표시된 구멍의 확대도를 가리켰다. "시험적으로 뚫어본 결과 내벽은 단층구조입니다. 저기 보이는 밸브는 열어보기 전에 내부 기체를 분석하기 위해 삽입한 것입니다. 그리고 진입구 안쪽에 아르곤 가스를 주입한 상태입니다."

상세한 작업내용을 설명하기 전에 밀스는 카메론을 돌아봤다. "중위, 통신망을 최종 확인해주게."

"네, 알겠습니다." 카메론은 관제실 끝에 있는 관리 콘솔로 돌아서서 늘어선 스크린들을 훑어보고 말했다. "얼음갱이 지하철에게. 응답 바람."

헬멧을 쓴 현장 지휘관인 스트레이시의 얼굴이 화면에 나타났다.

"점검 완료." 스트레이시가 대답했다. "작업개시 준비 완료. 대기중."

"얼음갱이 갱구에게. 송신상태 보고 바람."

"화상, 음성 모두 양호." 그들보다 한참 위에 있는 돔 관제관의 응답이 있었다.

"얼음갱이 가니메데 본부에게." 카메론은 제3스크린을 향해 말했다. 스크린에는 약 1천 백 킬로미터 남쪽 본부에 있는 포스터의 얼굴이 나타났다.

"이상 무."

"얼음갱이 목성 4호에게. 보고 바람."

"전 채널 수신 상태 양호. 이상 무." 제4스크린에서 가니메데 3천2백 킬로미터 상공 궤도를 돌고 있는 전장 1.6킬로미터의 제4차 목성파견사령선의 중앙통제실로부터 부지휘관의 응답이 있었다.

"모든 채널 상태 양호하며 작업준비 완료되었습니다." 카메론이 밀스에게 보고했다.

"그럼 시작하게. 중위."

"네. 알겠습니다."

카메론은 스트레이시에게 명령을 전달했다. 동굴 현장에서 육중한 작업복을 입은 사람들이 행동을 개시했으며 갠트리에 매달린 착암기가 전진하기 시작했다. 창가의 일행은 드릴용 날이 내벽을 부수는 것을 아무 말 없이 지켜보았다. 마침내 드릴이 다시 나왔다.

"첫 돌파 완료." 스트레이시가 보고했다. "내부에는 아무

것도 보이지 않습니다."

한 시간 뒤, 구멍의 패턴이 철벽을 장식했다. 라이트로 내부를 비추고 TV 탐사기가 안으로 들어가자 모니터에는 덕트가 기계로 채워진 넓은 구획이 띄엄띄엄 나타났다. 잠시 뒤 스트레이시의 팀이 토치로 패널을 잘라내기 시작했다. 밀스는 피터스와 스타니스와프가 작업을 직접 볼 수 있도록 안내했다. 셋은 관제실을 나와 아래층으로 내려간 지 몇 분 뒤에 터널 입구에 있는 에어록에 우주복을 입고 나타났다. 그들이 구멍에 도착했을 때는 마침 철판을 사각형으로 떼어낸 참이었다.

조명이 드릴 구멍을 통해 얻었던 일반적인 인상을 확인시켜주었다. 예비 시각조사가 끝나자 옆에 있던 두 명의 하사관이 들어갔다. 그들의 백팩에는 통신선이 연결되었고 케이블과 조명, 기타 도구들이 달린 TV 카메라를 건네받았다. 동시에 다른 멤버가 뾰족한 모서리에 접착성 플라스틱 패드를 대어 선이 끊어지는 것을 막았다. 알루미늄 사다리를 눌러 구멍 아래에 고정하고, 첫 하사관이 모서리에서 몸을 틀어 조심스레 발을 얹었다. 그가 단단한 발판을 확인하며 조금씩 아래로 내려가자 두 번째 하사관도 내려갔다.

20분 동안 그들은 구멍 위에서 비춘 조명으로 어지러운 그림자가 생긴 기계 정글 속을 이리저리 방향을 틀며 기어 다녔다. 진행은 더뎠다. 우주선은 옆으로 누워 있는 것처럼 보였기 때문에, 그들이 발 디딜 틈을 찾기가 어려웠다. 그러나 케이블이 단발적으로 꿈틀거리며 몇 미터씩 어둠 속으로 내려갔다. 마침내 그들은 선수 근처 격벽 앞에서 멈췄다. 외부 스크린에서는 그들 앞에 놓인 문을 비추고 있었으나 그 안에 무엇이 있는지는 상상조차 할 수 없었다. 철제로 생각되는 회색빛 문은 높이 3미터, 폭 1.2미터 정도의 크기였다. 오랜 토론 끝에 그들이 진입구로 돌아와서 드릴과 버너, 갠트리 등 필요한 기재를 들고 가, 또다시 드릴로 구멍을 내고 유해가스 유무를 확인한 뒤 아르곤을 주입하여 문을 잘라내는 작업을 반복할 수밖에 없다는 결론을 내렸다. 문의 모습으로 보아 아주 오랜 시간이 걸리는 작업이 될 듯했다. 밀스, 스타니스와프와 피터스는 관제실로 돌아가서 남은 사람을 데리고 지상 시설에서 점심을 먹고는 세 시간 뒤에 다시 돌아왔다.

격벽 건너편은 첫 번째와 같이 복잡한 기계실이었으나 더 컸다. 다른 곳으로 통하는 문이 여러 개 있었지만 모두 잠겨 있었다. 두 하사관이 임의로 머리 위에 있는 문 하나를 골라 잘라내는 동안, 다른 사람들은 첫 번째와 두 번째 기계실로 내려가서 케이블을 끄는 수고를 덜기 위해 롤러를 설치했다. 케이블은 눈에 띄게 두 하사의 움직임을 제약했기 때문이다. 문을 잘라내자 두 번째 팀이 교대로 탐색을 시작했다.

사다리를 통해 문을 올라가자 그곳은 선수 쪽으로 난 것으로 보이는 긴 통로였다. 머리 위와 아래로 닫힌 문들이 늘어선 모습이 스크린에 비쳤다. 첫 진입구로부터 60미터가 넘는 케이블이 안으로 사라져 갔다.

"통로로 나온 뒤 다섯 번째 격벽을 지나고 있습니다." 오디오 채널을 통해 상황보고가 들려왔다. "벽은 매끈하고 철제라 생각됩니다만, 플라스틱 같은 것으로 덮여 있습니다. 대부분 떨어져 나간 것으로 보입니다. 올라간 쪽 바닥은 고무재질인 것 같습니다. 양 벽에는 문들이 많고 모두 첫 번째 것과 같은 크기입니다. 어떤 것은…."

"잠시만 기다려봐, 조." 보고자의 동료 목소리가 스피커에서 들렸다. "밝은 조명을 이쪽 아래에 비춰봐…. 자네 발 근처 말이야. 자네 옆에 있는 문은 옆으로 미는 형식이야. 완전히 잠기지 않았어."

스크린에 조명이 비친 철제 패널 앞에 튼튼한 UNSA 표준 지급 군화가 보였다. 발을 옮기자 패널 한쪽으로 30센티미터 정도의 검은 틈이 보였다. 군화의 주인은 패널에서 물러나 주변을 자세히 살피는 것 같았다.

"자네 말이 맞아." 마침내 조의 목소리가 들렸다. "움직이는지 한번 보자고."

TV 카메라와 조명을 바꿔 잡느라 화면은 팔과 다리, 벽, 천장을 어지럽게 비췄다. 이윽고 화면이 안정되자 중장갑을 낀 손이 그 틈을 붙잡는 장면이 나왔다.

"안 돼. 전혀 움직이질 않아."

"잭을 사용하는 건 어때?"

"괜찮을 것 같아. 내려 보내주겠어?"

잭을 설치하고 확장하는 동안 긴 대화가 이어졌다. 잭이 미끄러지자 욕지거리가 들렸다. 그는 잭을 다시 설치해서 시도했다.

"움직이는군. 좀 더 조명이 필요한데. 잘될 것 같아. 거기에 발을 걸쳐봐."

모니터에는 회색빛 판이 끽끽 소리를 내며 조금씩 화면 밖으로 움직였다. 바닥이 보이지 않는 검은 구멍이 나타났다.

"문은 3분의 2 정도 열렸습니다." 숨이 찬 목소리가 들렸다. "뭔가에 걸려서 더 이상 열리지 않습니다. 안을 살펴보려고 합니다만 사다리가 필요합니다. 통로 입구까지 가져다주실 수 있습니까?"

카메라는 사각형 구멍 쪽으로 다가갔다. 몇 초 뒤 화면에 빛의 원이 다시 떠올라 벽면의 일부를 비췄다. 빛의 움직임을 따라 카메라가 좌우로 흔들렸다. 전자기기라 생각되는 것들이 늘어서 있었다. 어떤 목적으로 구분된 작은 방, 가구 다리, 격벽의 일부…. 카메라는 핥듯이 선실 내부를 조금씩 시야에 담았다.

"이쪽은 쓸모없는 고철들뿐이군…. 조명을 이쪽에 비춰줘…." 잼 단지 크기의 몇 가지 색이 칠해진 원통이 쌓여 있었다. 바닥에는 땋은 끈이 엉킨 채 놓여 있었고 표면에 단추가 달린 작은 회색 상자가 있었다.

"저건 뭐지? 좀 더 가봐, 제리…. 아니, 좀 더 왼쪽."

뭔가 흰 것이 보였다. 흰 막대기 같은 것이었다.

"맙소사. 저길 봐, 제리! 자네도 봤나?"

스산한 흰 조명 아래, 이를 드러내고 웃는 듯한 해골의 모습이 드러나자 터널 밖에서 모니터로 이를 지켜보던 사람들조차 깜짝 놀랐다. 그들을 당황하게 한 것은 그 해골의 크기였다. 아무리 가슴이 떡 벌어진 사람이라도 그 우람한 뼈대에는 비할 수 없었다. 그게 아니더라도 이 우주선의 주인이 인간과는 전혀 닮은 점이 없다는 것은 전문가가 아니어도 바로 알 수 있었다.

카메라가 찍은 데이터는 저층 관제실의 전처리장치로 처리되어 케이블을 통해 가니메데 표면으로 전송되었다. 그곳 작전통제소의 컴퓨터로 부호화된 데이터는 마이크로웨이브를 통해 천백 킬로미터 떨어진 가니메데 본부로 중계되었다. 신호는 증폭되어 궤도상에 있는 사령선으로 전송되었고, 여기서 메시지는 다시 메시지 교환 스케줄 복합처리장치에서 고출력 레이저모듈로 변환되어 지구를 향한 주 신호빔에 실렸다. 신호는 초속 30만 킬로미터의 속도로 약 한 시간 넘게 태양계를 가로질러 갔으며 화성 궤도에서 수백만 킬로미터 떨어진 태양궤도상에 있는 장거리 신호 중계기 센서가 아주 희미해진 신호를 검출했다. 다시 이곳에서 증폭된 전파는 지구와 달 사이 트로이 균형점에 있는 심우주 중계기지에 도달했으며, 최종적으로 미 중부상공에 정지된 동기통신위성에 도착했다. 위성은 샌안토니오 근처 지상국에 빔을 쏘았다. 지상통신선은 갤버스턴에 있는 UNSA 관제 센터로 연결되었으며 그곳의 작전지휘본부 컴퓨터가 탐욕스럽게 정보를 빨아들였다.

목성 4호 지휘선은 11개월 걸려 거대한 행성에 도착했지만, 파견대에 의해 수집된 최신 정보는 네 시간도 되기 전에 안전하게 UNSA의 데이터뱅크에 저장되었다.

14

가니메데의 빙원 아래 얼어붙은 거대우주선의 발견은 놀랄 만한 사건이었으나 어떤 면에서는 예상했던 일이기도 했다. 과학자 세계에서는 다소 의견의 차이는 있으나 기본적으로 한때 미네르바에 고도의 문명사회가 존재했다는 것이 하나의 사실로 인정되었던 것이다. 사실, 고전적인 진화론을 받아들인다면 적어도 두 개의 행성, 즉 미네르바와 지구에서 거의 동시대에 고도의 기술 문명이 번영했다고 생각해야만 했다. 인류의 끊임없는 태양계 탐사가 선주자의 증거를 밝혀낸다 하더라도 놀랄 만한 일은 아니었다. 사람들이 놀란 점은 그 사실이 아니라 가니메데인이라 부르는 우주선의 탑승자가 해부학적으로 인류나 월인과는 너무나 동떨어진 모습이라는 것이었다.

월인과 미네르바인이 동일인종인지 아닌지도 밝혀지지 않은 채, 새로운 수수께끼가 추가되었다. 가니메데인은 어디서 온 것인가? 가니메데인은 월인과 미네르바인과 연결점이 있는 것인가? 새로운 발견들로 어리벙벙해진 UNSA의 한 과학자는 외계문명부를 만들어서 이를 전담시켜야 한다고 제안했다.

단체커파는 재빨리 이 발견들이 자신들의 주장을 지지해주는 증거라는 의견을 밝혔다. 태양계의 두 행성에서 같은 시기에 지적 생물이 진화한 것은 의심이 여지가 없다. 가니메데인은 미네르바에서, 월인은 지구에서 진화했으며 양자는 완전히 독립된 개별 계열로 진화한 것이다. 월인의 개척자는 가니메데인과 접촉하여 미네르바로 이주했다. 찰리가 미네르바에서 태어난 것도 이것으로 설명이 가능해진다. 그러나 어느 시기에 양자 간에 극렬한 대립이 발생하고, 그것이 원인이 되어 두 인종은 멸종했고 행성 미네르바는 붕괴했다는 것이다. 단체커의 논리는 모순이 없으며 설득력이 있었고 확신에 차 있었다.

다만 여전히 지구상에 월인 문명의 흔적이 발견되지 않는다는, 고립되고 희미해진 반론이 남아 있었다. 지구 기원일리가 없다는 진영에서 탈락자가 속출하고 이들이 모두 단체커 진영 쪽으로 합류했다. 이러한 그의 위신과 세력의 확대로 목성에서 들어온 정보를 최초로 분석, 평가하는 책임을 단체커가 맡게 된 것은 자연스러운 일이었다.

당초의 회의주의적 시각에도 불구하고 헌트조차 단체커에게 정면으로 반론을 제기하기는 어려웠다. 헌트 이하 그룹 L의 사람들은 기록을 뒤지며 한때 지구에 고도로 발달했던 문명의 흔적으로 해석할 수 있는 것은 없는지, 고고학부터 고생물학에 이르기까지 모든 영역의 정보를 찾으며 시간을 보냈다. 고대신화나 각종 유사과학 서적에 이르기까지 시야를 넓혔으나 언제나 결과는 부정적이었다.

이런 가운데 몇 개월이나 지지부진했던 영역에서 새로운 움직임이 일어났다. 어려움을 겪었던 곳은 언어학팀이었다. 찰리의 개인 소지품에서 미지의 외계 언어를 해독하기에 충분한 정보를 얻을 수 없었던 것이다. 두 권의 수첩 중 지도나 숫자표, 참고자료 등이 수록된 한 권과 다른 문서는 부분적으로 해독되어, 미네르바에 관한 한 권의 수첩은 날짜가 있는 일지 형식이지만 거듭되는 노력에도 불구하고 해독에 어려움을 겪었다.

그러나 달 뒤편 월인 기지의 폐허가 발굴되고 몇 주 지난 뒤에 상황은 급변했다. 발굴된 장치 중에는 슬라이드 잡지와 유사한 유리판이 수납된 금속제 드럼이 있었다. 이를 자세히 조사하자 이는 슬라이드용 판으로 판명되었다. 판에는 마이크로도트가 촘촘히 행렬을 이루고 있었고 현미경으로 조사한 결과 마이크로도트 한 점 한 점이 서류의 한 페이지라는 것이 밝혀졌다. 광학기기를 통해 이것을 스크린으로 확대

투영하는 장치를 만드는 것은 일도 아니었다. 언어학팀은 미니어처 월인 도서관을 가지게 되었고, 그 결과는 수개월 뒤에 나타났다.

*

언어학팀의 주임 돈 매드슨은 사무실 왼쪽을 차지하고 있는 커다란 탁자에 어지럽게 놓인 서류 더미를 뒤지다가 클립으로 대충 고정한 서류를 찾아내자 자신의 책상으로 돌아와 앉았다.

"이것과 같은 것을 보내드릴 것입니다." 헌트를 보며 매드슨이 말했다. "자세한 것은 나중에 천천히 읽어보시면 됩니다만, 우선 대략적인 개요를 설명해드리겠습니다."

"좋습니다. 계속하시죠." 헌트가 말했다.

"첫째로 찰리에 대해서 새로운 사실을 알게 되었습니다. 백팩에 있던 서류 중 하나는 말하자면 군의 급여기록과 같은 것입니다. 이것을 보면 찰리가 어디서 어떤 임무를 맡았는지 대략 알 수 있습니다."

"군이라구요? 그럼 그는 군인이었나요?"

매드슨은 머리를 흔들었다. "정확히는 아닙니다. 우리가 얻은 정보를 토대로 하자면 군인과 민간인의 구별이 명확하지 않은 사회였던 것 같습니다. 오히려 모든 사람은 하나의 큰 조직의 하부기관 중 하나에 소속되었던 것 같습니다."

"전체주의의 결정판이군요."

"네. 말하자면 그렇습니다. 국가가 모든 것을 운영하고 개인의 생활까지 엄한 규율을 적용한 듯하니까요. 어디로 가서 무엇을 하라는 명령을 받으면 그대로 따라야 하는 사회였습니다. 그러므로 군대뿐 아니라 공장에서 일하거나 농사를 짓더라도 마찬가지였던 것이죠. 어디에 종사하든 보스는 국가였습니다. 시민은 모두 한 조직의 하부기구에 소속되어 있다는 말은 그런 뜻이죠."

"그렇군요. 그럼 급여기록에 대해서 말해보죠."

"찰리는 미네르바에서 태어났습니다. 이것은 이미 알아낸 사실입니다만 부모도 모두 미네르바 출신입니다. 부친은 어떤 기계의 오퍼레이터였던 것 같습니다. 모친도 공장노동자인 듯합니다만 정확히 어떤 직종인지는 아직 알아내지 못했습니다. 그밖에 기록을 통해 찰리가 어디서 몇 년간 학교 교육을 받았는지, 의무제인 것 같습니다만 군사훈련은 어디서 받았는지 그리고 전자공학은 어디서 배웠는지 등을 날짜를 포함해서 모두 알 수 있습니다."

"그럼 찰리는 일종의 전자공학 기술자였군요?" 헌트가 질문했다.

"그렇다고 할 수 있습니다. 설계나 개발보다는 보수, 운영 쪽인 듯하지만요. 특히 병기류에 정통했던 것 같습니다. 여기에 찰리가 배속된 부대의 긴 리스트가 있습니다. 마지막 기록 부분에서 재밌게도…," 매드슨은 서류를 헌트에게 건넸다.

"배속된 부대 리스트 마지막 페이지를 번역한 것입니다. 여기에 장소가 나와 있고 옆에 주석이 있습니다. 문자대로 풀이하자면 이탈행성(off-planet)이라고 할 수 있습니다. 그게 어디였든 아마 찰리가 배속된 월면의 한 장소를 월인들이 그렇게 불렀던 거겠죠."

"재밌군요." 헌트가 수긍했다. "찰리에 대해 여러 가지를 알아내신 듯하군요."

"네. 세세한 데이터는 전부 테이프에 담았습니다. 그들의 일자를 지구 시간으로 환산하면 찰리가 마지막 임무를 맡은 것이 32세 전후쯤 되겠네요. 아, 옆길로 샜군요. 자세한 것은 나중에 읽어보시면 알 수 있습니다. 제가 말씀드리고 싶었던 것은 찰리가 어떤 세계에서 살았느냐는 것입니다." 매드슨은 잠시 말을 멈추고 메모를 참고했다. "미네르바는 사멸하는 별이었습니다. 우리가 말하고 있는 시점은 마지막 빙하기가 막 최전성기에 이른 시기에 해당합니다. 빙하기는 태양계 전체에 걸친 현상이었던 것이죠. 미네르바는 지구보다 훨씬 태양에서 멀리 떨어져 있었기 때문에 빙하기 때 자연환경이 더 가혹했다는 것은 쉽게 상상할 수 있습니다."

"빙원의 넓이만 봐도 알 수 있겠죠." 헌트가 맞장구를 쳤다.

"말씀하신 대로입니다. 게다가 더욱 상황이 어려워졌습니다. 월인 과학자들은 남북 양극에서 발생한 빙원이 하나로 합쳐져서 행성 전체의 표면이 얼음으로 뒤덮이는 데 100년도 걸리지 않을 것이라고 계산했습니다. 당연히 월인은 몇 세기에 걸쳐 천문학을 연구했습니다. 찰리 시절 이전에도 그만큼의 역사가 있었다는 것이죠. 그래서 살기 좋은 세상이 오기 전에 한번 최악의 상황을 겪어야 한다는 것은 오래전부터 예상하고 있었습니다. 그리고 찰리 시대 훨씬 이전부터 최악의 사태를 피하는 유일한 방법은 다른 행성으로 이주하는 것이라는 결론을 내렸습니다. 하지만 아쉽게도 그 결론이 나온 뒤 몇 세대 동안 월인들은 어떻게 해야 하는지 구체적인 방법을 생각해낼 수 없었습니다. 과학기술이 발전하면 언젠가 해답을 얻을 수 있을 것이라 생각했는데, 말하자면 이것이 행성 전체의 목표가 되었습니다. 그들의 유일하고도, 가장 큰 관심사가 된 것이죠. 월인은 몇 세대에 걸쳐 이를 위해 노력했습니다. 얼음으로 뒤덮이기 전에 어딘가에 반드시 존재하는 별천지로 대규모 이주를 가능하게 해줄 과학기술을 개발하는 것이 그들의 목표였던 것이죠." 매드슨은 책상 한쪽에 쌓여 있는 다른 서류를 가리켰다. "국가는 이것을 제1의 목표로 삼았습니다. 사태는 매우 급했기 때문에 이 목표는 어떤 문제보다 우선시되었습니다. 따라서 사회 구성원인 개인은 태어나서 죽을 때까지 평생 국가의 요청에 종속되어야 했습니다. 이는 공문서에서 매번 강조되었고 어릴 때부터 그와 같이 교육받았습니다. 여기에 있는 것은 월인이 학교에서 암기해야 하는 일종의 교리 문답서를 번역한 것입니다만 1930년대 나치의 교과서와 굉장히 흡사합니다." 매드슨은 말을 멈추고 뭔가를 기대하는 듯이 헌트를 바라봤다.

헌트는 뭔가 이해가 가지 않는 듯했다. 약간 뜸을 들인 뒤 그가 입을 열었다. "하지만 그건 좀 이상하군요. 월인이 지구에서 이주해 간 사람들이라면 우주항법 개발에 총력을 기울일 필요가 없지 않습니까. 그 기술이 있어서 이주해 간 것이니까요."

매드슨은 그렇다는 듯이 고개를 끄덕였다. "그렇게 말씀하실 줄 알았습니다."

"하지만… 정말 말이 안 되지 않습니까."

"그렇습니다. 즉 월인은 역시 미네르바에서 탄생해서 진화했다는 것을 의미합니다. 그들이 지구에서 미네르바로 간 뒤 그때까지 축적된 지식이나 기술을 모두 잃고 다시 처음부터 시작해야 했다고 하지 않는 이상 말이죠. 하지만 이는 말이 안 되는 것 같습니다."

"저도 그렇게 생각합니다." 헌트는 한참 동안 생각에 잠겼다. 이윽고 그는 깊은 한숨과 함께 고개를 저었다. "정말 이상하군요. 그건 그렇고 다른 것은 없습니까?"

"완전한 전체주의 국가의 사회상을 거의 밝혀냈습니다. 권력은 개인에게 절대복종을 요구하고, 모든 생물은 권력의 지배하에 있는 사회이죠. 무엇을 하든 허가증이 필요합니다. 여행 허가증, 휴업 허가증, 병상자 식량배급 허가증, 심지어 출산 허가증까지 있습니다. 물자가 부족했기 때문에 모두 배급, 할당제였습니다. 식량뿐 아니라 각종 소비재, 연료, 전력, 주택… 생각할 수 있는 모든 것에 이 제도가 적용되었습니다.

국가는 사람들이 불만을 품지 않도록 우리 역사에는 없는 선전기구를 통해 사상을 통제했습니다. 더욱이 행성 자체에 절망적일 정도로 광물자원이 부족했기 때문에 이것이 기술진보를 가로막고 있었던 것 같습니다. 기술개발을 국시로 노력을 계속했지만, 우리가 상상하는 것 이상으로 그 진전은 더뎠던 것 같습니다. 달리 말해 100년은 눈 깜짝할 사이에 지났을 것입니다." 매드슨은 서류를 몇 페이지 넘겨 훑어보면서 계속했다. "더 나쁜 상황은 그들이 정치적으로도 큰 위기에 직면했다는 것입니다."

"계속하시죠."

"미리 말씀드립니다만, 월인 문명사회는 지구와 같은 발전과정을 거쳤다는 전제로 저는 이를 해석하고 있습니다. 즉 부족이 촌락, 도시, 국가 순으로 발전했다는 생각 말입니다. 그렇게 생각하는 것이 자연스러우니까요. 지구에서도 마찬가지입니다만, 역사의 발전과정에는 다양한 과학적 발흥이 있습니다. 필연적으로 어느 시기에 다른 사람들이 다른 장소에서 같은 것을 생각하기 시작하는 것이죠. 예를 들면 멸망을 피하려고 다른 곳으로 탈출해야 한다는 생각 같은 것 말이죠. 이 생각이 일반에 침투했을 즈음, 월인은 자원 부족에 빠진 것 같습니다. 소수의 운 좋은 사람은 탈출할 수 있다 하더라도 행성 전체가 다른 행성으로 대거 이동하는 것은 불가능하다는 것을 알게 된 것이죠."

"그래서 대립이 발생했겠군요." 헌트가 끼어들었다.

"그렇습니다. 제 상상입니다만, 많은 국가가 대립하며 빙하의 위협에서 벗어나고자 최첨단기술을 확보하려고 경쟁했을 겁니다. 서로 라이벌 의식으로 대립했겠죠. 여기에 광물자원 부족, 특히 금속자원의 부족이 경쟁을 부추겼습니다." 매드슨은 벽에 걸린 미네르바의 지도를 가리켰다. "빙원에 표시된 점이 있죠. 대부분 요새와 광산촌이 같이 있습니다. 얼음을 뚫고 광석을 팠고 이를 보호하기 위해 군대가 상주했습니다."

"그런 생활이란 말이군요. 남을 믿지 않는…."

"네. 그것도 몇 세대에 걸쳐서 말이죠." 매드슨은 어깨를 으쓱거렸다. "그러나 그들을 비난할 수는 없습니다. 지금 빙하기가 임박했다고 하면 지구인도 마찬가지로 행동할지도 모르니까요. 아무튼 정황은 아주 복잡했습니다. 이미 두 목적을 위해서 인재와 자원을 분배해야 했기 때문에 어려움도 많았을 것입니다. 하나는 행성 간 대량수송을 실현하는 기술개발이고 또 하나는 자위를 위한 군사력의 유지입니다. 하지만 그렇게 배분할 만한 국력은 없습니다. 박사님이라면 어떻게 해결하시겠습니까?"

헌트는 잠시 생각에 잠겼다. "협력이겠죠?" 그가 대답했다.

"아닙니다. 월인은 그런 사고방식을 가지지 못했어요."

"그렇다면 남은 방법은 한 가지밖에 없겠군요. 적을 무찔러서 전쟁의 위협을 없앤 뒤 가장 중요한 목표에 집중해야겠죠."

메이슨이 긍정하듯이 끄덕였다. "말씀하신 대로입니다. 역사적으로 봤을 때 전쟁이나 전쟁에 가까운 상황이 지극히 당연한 일이었습니다. 점차 약소국은 도태되었고 찰리의 시대가 되었을 때는 두 강대국만이 남아 적도 부근의 대륙을 양분하는 상태였습니다." 그는 다시 지도를 가리켰다.

"세리오스와 람비아로 말이죠. 여러 참고자료를 통해 찰리는 세리오스에 속했다는 것을 알아냈습니다."

"대전을 눈앞에 둔 상황이군요."

"네. 행성 전체가 거대한 요새이자 공장이었습니다. 서로를 노리는 미사일이 행성 전체를 모두 덮고 있었습니다. 공중에는 임의의 목표에 투하 가능한 궤도폭탄이 떠 있었습니다. 우리 사회와 비교하면 우주 개발보다 군비계획의 비중이 크고, 기술진보도 그쪽이 더 빨랐던 것 같습니다." 매드슨은 어깨를 다시 들어 보였다. "나머지는 추측하신 대로입니다."

헌트는 생각에 잠긴 듯이 천천히 고개를 끄덕였다. "모든 게 설명이 되는군요." 헌트는 생각에 잠기며 말했다.

"어쨌든 엄청난 사기극이군요. 어느 쪽이 이기든 결국 탈출할 수 있는 것은 일부일 뿐이잖습니까. 지배계급과 그 추종자뿐이겠죠. 맙소사! 강력한 프로파간다가 필요한 이유가 있었군요. 그들은…." 헌트가 도중에 말을 멈추고 기묘한 표정으로 매드슨을 쳐다봤다. "잠깐만요. 지금 이야기는 모순되는군요." 그는 잠시 말을 멈추고 생각을 정리했다. "월인들은 이미 행성 간 항법을 완성했잖습니까. 그렇지 않으면 어떻게 달에 왔다는 말이죠?"

"그 점도 생각해봤습니다." 매드슨은 말했다. "설명 가능한 단 한 가지는 아마도 그들이 탐험대를 파견하는 수준까지는 도달했다는 겁니다. 다만 행성 주민을 완전히 이동시킬 대량수송기술은 아직 실용화된 상태가 아니었던 것이죠. 전쟁이 발발했을 때 그들은 이미 목표 수준의 기술에 거의 이르렀을 것으로 생각합니다. 전쟁 같은 바보짓을 하지 않고 양 진영이 서로 기술협력을 했다면 사태가 변했을지도 모르죠."

"그럴듯하군요." 헌트가 동의했다. "즉, 찰리는 정찰대로 선발되었던 것이고 상대방도 같은 생각을 했기 때문에 달에서 충돌하게 되었다는 말이죠. 그래서 우리 달에다 구멍을 내버리고. 추태로군요."

짧은 침묵이 흘렀다.

"하지만 또 한 가지 말이 안 되는 점이 있군요." 헌트가 턱을 만지며 말했다.

"뭡니까?"

"그 상대방 말입니다. 람비아라고 했나요? 나바컴에서는 미네르바를 파괴한 전쟁은 지구에서 건너간 이민자… 즉 찰리 측인 세리오스와 미네르바에서 본래부터 있었던 외계인 가니메데인 간의 전쟁이었다고 하는 것이 지금은 상식이 되어버렸지만, 방금 하신 말씀으로는 가니메데인이 람비아가 되겠군요. 방금 우리는 여기서 세리오스인이 지구로부터의 이주자는 아닐 것이란 얘기를 했죠. 왜냐하면 그들이 지구로부터의 이주자라면 우주항법 개발에 그렇게 혈안이 될 필요가 없으니까요. 백 퍼센트 확신을 가지고 말할 수는 없지만요. 예를 들어 어떤 이유로 식민지가 몇 년 동안 고립되는 이상 사태가 있었을 수도 있으니까요. 하지만 람비아인에 관해서는 그렇게 생각할 수 없죠. 우주항법 개발경쟁에서 이 두 인종은 격렬한 라이벌 관계가 될 수 없습니다."

매드슨이 미리 결론을 말했다. "가니메데에서 발견한 우주선이 바로 그 증거죠."

"맞습니다. 게다가 그 우주선은 실험단계의 시제품 수준이 아니었습니다. 제 생각엔 람비아인이 누구든 간에 가니메데인은 될 수 없습니다."

"저도 같은 생각입니다." 매드슨은 동의했다. "가니메데인은 분류학상으로도 전혀 다른 인종입니다. 또한 만약 가니메데인이 람비아를 차지한 적대 인종이라면 월인이 기록에 어떤 형태로든 언급되었을 것입니다. 하지만 그런 기록은 어디에도 없습니다. 저희가 지금까지 조사한 바로는 세리오스인과 람비아인은 동일 인종이 두 국가로 나뉜 것에 불과하다고 판단하고 있습니다. 예를 들어 자료 중엔 세리오스 신문의 스크랩 같은 것이 있는데, 거기엔 정치만화가 실려 있습니다. 그것을 보면 람비아인을 지구의 인류와 완전히 똑같은 모습으로 그리고 있습니다. 만약 람비아인이 다소라도 우리가 상상하는 가니메데인의 모습을 닮았다면 결코 그런 식으로 그리진 않았을 것입니다."

"즉 가니메데인은 전쟁과 관계가 없다고 봐야겠군요." 헌트는 결론을 내렸다.

"그렇습니다."

"그렇다면 그들은 어디서 등장하나요?"

매드슨은 양손을 들어 보였다. "그게 참 이상한 점입니다. 어디에도 나오지 않습니다. 적어도 지금까지 조사한 범위에선 말이죠. 가니메데인을 기술했다고 생각되는 기록은 전혀 발견되지 않았습니다."

"그럼 가니메데인은 또 하나의 큰 미스터리군요. 즉 우리는 멋대로 가니메데인이 미네르바에서 왔다고 생각했지만 이를 뒷받침하는 증거는 없다. 어쩌면 미네르바와 전혀 관계가 없는 인종인지도 모른다."

"그럴 수도 있겠죠. 다만 저는 아무래도…."

매드슨의 책상에 있는 디스플레이 콘솔에서 호출음이 울려 대화가 중단되었다. 매드슨은 양해를 구하고 수락 단추를 눌렀다.

"안녕하세요." 위층 그룹 L 사무실에 있는 헌트의 조수가 화면에 나타났다. "헌트 박사님 계신가요?" 흥분한 모습으로 그가 말했다.

매드슨은 화면을 헌트 쪽으로 돌렸다. "교수님께 온 연락이군요."

"헌트 박사님." 조수는 단도직입적으로 말했다. "목성 4호로부터 두 시간 전에 최신 실험보고가 왔습니다. 얼음에 파묻혔던 우주선과 거인들의 연대측정 결과가 나왔습니다." 조수는 크게 숨을 들이켰다. "아무래도 찰리 문제와 가니메데인은 완전히 따로 떼어놓고 생각해야 할 것 같습니다. 실험결과가 틀림없다면 그 우주선은 약 2천5백만 년 동안 얼음 아래에 있었던 것이니까요."

15

콜드웰은 한 걸음 더 가까이 다가가서 웨스트우드 생물학 연구소 연구실 중앙에 전시된 2.7미터 높이의 플라스틱 모형을 자세히 관찰했다.

단체커는 충분한 시간을 준 뒤 설명을 계속했다. "가니메데인 골격의 실물 크기 모형입니다. 목성에서 보내온 데이터를 토대로 재현한 것이죠. 인류가 처음 목격하는 외계 지적 생물의 표본입니다." 콜드웰은 우뚝 솟은 골격을 올려다보며 입술을 오므려 빈 휘파람을 불면서 모형 뒤편으로 돌아 단체커 옆으로 갔다. 헌트는 아무 말 없이 매혹된 듯 위아래를 반복해서 쳐다봤다. "현존하는, 그리고 멸종한 것을 불문하고 지금까지 알려진 지구상의 어느 생물과도 유사점이 전혀 없습니다." 단체커는 모형을 가리키며 말했다. "보시는 것처럼 내부 골격으로 몸을 지탱하고 두 다리로 보행하며 머리는 가장 위에 위치하는 등 표면적인 유사점은 있습니다만 이를 제외하면 전혀 다른 태생에서 진화했습니다. 턱부위도 후퇴하지 않아 주둥이 부분이 아래로 길게 남아 있습니다. 그래서 얼굴 윗부분의 간격을 넓게 만들어 귀와 눈 사이의 공간을 충분히 확보해주고 있습니다. 뒤통수 부분도 인간과 마찬가지로 발달한 뇌를 수용하기 위해 큽니다만, 둥글지 않고 목 윗부분이 볼록하게 부풀어서 턱부위와 균형을 이루고 있습니다. 또한 이마 가운데 있는 구멍은 인간에겐 없는 어떤 감각기관을 위한 자리로 생각됩니다. 아마 야행성 육식동물이었던 선조로부터 물려받은 적외선 탐지기관일 것입니다."

헌트는 한발 다가가 콜드웰과 나란히 서서 골격모형의 어깨 부위를 자세히 바라봤다. "이런 것은 정말 처음 보는군요." 그가 말했다. "판형 뼈가 중첩된 모양이군요. 인간과는 전혀 구조가 다르네요."

"그렇습니다." 단체커가 동의했다. "조상의 외골격 같은 것이 변화한 것이겠죠. 상체의 다른 부위도 각각 인간과 전혀 다릅니다. 척추는 등 쪽을 따라 뻗어 있습니다만 이처럼 견갑골 아래부터 갈비뼈가 있습니다. 그러나 체강 바로 위에 있는 가장 아래의 갈비뼈는 커다란 테 모양으로 발달하여 척추로 이어져 버팀목 역할을 하고 있습니다. 테 모양 뼈 옆으로 이어진 작은 두 뼈를 보십시오…." 단체커는 그 부분을 가리켰다. "아마 횡격막을 팽창시키는 것을 보조하여 호흡을 돕는 기능을 했을 것입니다. 저는 퇴화한 지느러미의 흔적으로 보고 있습니다. 다시 말해 이 생물은 우리처럼 팔이 두 개 있으며 두 발로 직립보행을 합니다. 하지만 진화의 계통을 거슬러 올라가면 그 선조는 두 쌍의 운동기관이 아닌 세 쌍의 운동기관을 가지고 있었다고 추측할 수 있습니다. 이 자체가 가니메데인이 지구상의 어느 척추동물과도 관련이 없다는 충분한 증거입니다."

콜드웰은 상체를 구부리고 모형의 골반 근처를 관찰했다. 골반은 굵은 봉 모양과 버팀목 역할을 하는 축받이로 구성되었다. 인간의 골반처럼 넓적한 사발 모양이 아니었다. "내장도 특이했겠군요." 콜드웰이 말했다.

"내장은 매달린 모양이었겠죠." 단체커가 말했다. 그는 한 발짝 물러나 모형의 손발을 가리켰다. "마지막으로 사지를 봐주십시오. 팔과 다리의 말단 부위가 두 개의 뼈로 구성된 것은 인간과 같습니다. 그러나 상완과 대퇴부가 다릅니다. 여기도 뼈가 두 개입니다. 이로써 사지는 대폭적으로 기능이 향상되었음이 틀림없습니다. 아마 인간은 흉내 낼 수 없는 동작이 가능했을 겁니다. 덧붙여 손가락은 여섯 개로, 두 개가 다른 네 개와 마주 보는 모습을 하고 있습니다. 엄지가 두 개 있는 셈이라 꽤 편리했을 테고, 한 손으로도 간단히 신발끈을 묶을 수 있었을 겁니다." 단체커는 콜드웰과 헌트가 이해할 때까지 천천히 골격을 바라보는 것을 기다렸다. 두 사람이 돌아보자 단체커는 계속했다. "가니메데인의 연대가 확정된 이후 모두 이 두 발견은 우연의 일치로서 월인과 가니메데인은 관계가 없다고 생각하는 경향이 있습니다만, 저는 그렇게 생각하지 않습니다. 오히려 저는 지금부터 양자 간의 결정적인 관련점을 보여드리고자 합니다."

헌트와 콜드웰은 기대하는 눈빛으로 단체커를 보았다. 단체커는 연구실 벽면 디스플레이 콘솔로 다가가 호출 코드를 눌렀다. 스크린에 어류의 골격 모형이 떠올랐다. 단체커는 만족스러운 표정을 지으며 두 사람을 돌아보았다. "이것을 보고 느끼는 점이 없으십니까?" 그가 물었다.

콜드웰이 몸을 기울여 스크린을 보는 모습을 헌트는 무표정하게 쳐다봤다.

"이상한 어류군요." 콜드웰이 마침내 말했다. "모르겠군요. 설명을 해주시죠."

"얼핏 보는 것만으로는 알 수 없습니다만." 단체커가 기다렸다는 듯이 말했다.

"자세히 비교해보면 이 물고기의 골격은 하나하나 가니메데인의 골격에 대응하고 있다는 것을 알 수 있습니다. 이 물고기와 가니메데인은 같은 진화계통상에 있습니다."

"이 물고기는 달 뒷면 월인 기지에서 발견된 것이죠?" 헌트가 생각난 듯이 물었다.

"그렇습니다. 헌트 박사님. 물고기는 약 5만 년 전, 가니메데인의 뼈는 2천5백만 년 전의 것입니다. 해부학적으로 보아이 두 종의 생물이 아주 먼 과거의 어느 시점에 같은 조상에서 갈라져 나온 것이라는 점은 명백합니다. 당연히 양자는 같은 세계에 기원을 두고 있다고 할 수 있습니다. 이미 이 물고기가 미네르바의 바다에서 진화했다는 것을 알고 있습니다. 즉, 가니메데인도 미네르바에서 기원했다는 것입니다. 이로써 지금까지 억측에 불과했던 것이 사실로 증명되었습니다. 지금까지 잘못 생각했던 부분은 미네르바에 가니메데인이 있었던 시기와 월인이 있었던 시기의 차이를 올바르게 이해하지 않았다는 점입니다."

"그렇군요." 콜드웰은 그의 말을 받아들였다. "가니메데인은 미네르바에서 진화했습니다. 그것도 우리가 생각했던 것보다 훨씬 빠른 시기에 말이죠. 그 점은 그렇다고 하고, 그게 어째서 중대한 일인 거죠? 저를 불러낸 이유는 뭡니까?"

"이 결론 자체가 아주 흥미롭습니다만 이 자체가 어떤 의미가 있는 것은 아닙니다." 단체커가 말했다. "그러나 지금부터 설명해드리는 것에 비하면 아주 사소한 일이라 할 수 있죠. 오히려…." 그는 살짝 곁눈질로 헌트를 보았다. "남은 의문들을 모두 해결해주는 내용입니다."

두 사람은 심각한 표정으로 단체커를 바라봤다.

단체커는 입술을 핥으며 말을 계속했다. "가니메데인의 우주선을 샅샅이 조사했습니다. 저는 우주선 및 선내 유류품 모두를 파악하고 있습니다. 우주선은 대량수송능력을 갖추고 있으며, 가니메데에서 어떤 운명을 만났는지는 모르지만 짐을 가득 싣고 있었습니다. 제 의견을 말씀드리면 이는 고생물학 및 생물학상 전대미문의 대발견입니다. 왜냐하면 다른 것들도 실려 있었습니다만 우주선은 아주 광범위하게 동식물의 품종을 수송하고 있었습니다. 어떤 것들은 살아 있는 채 우리에 실었고, 다른 것들은 밀폐용기에 보존된 상태였습니다. 아마 이것은 대대적인 학술탐험의 일환이거나 아니면 이에 준하는, 다른 계획이었다고 생각됩니다. 어쨌든 지금은 아무래도 상관없습니다. 중요한 것은 우리는 지금 인류가 한 번도 보지 못했던 동식물의 표본을 처음으로 손에 넣었다는 점입니다. 2천5백만 년 전 올리고세 후기 및 마이오세 초기 지구상에 살았던 많은 생물 말이죠!"

헌트와 콜드웰은 귀를 의심하며 단체커의 얼굴을 쳐다봤다. 단체커는 팔짱을 끼고 반응을 기다렸다.

"지구라고요?" 콜드웰이 겨우 말을 꺼냈다. "그렇다면 그 우주선이 지구에 왔었다는 말인가요?"

"달리 설명할 방법이 없습니다." 단체커가 단호하게 말했다. "명백하게 그 우주선은 지구의 화석 기록에 의해 몇 세기 전부터 알려진 생물과 외견상 유의성이 있는 각종 생물을 태우고 있었습니다. 목성 4호 파견대의 생물학자들은 확신을 가지고 이렇게 결론을 내리고 있습니다. 그들이 보낸 정보로 판단하건대 저도 그들의 의견에 아무런 의문점이 없다고 생각합니다." 단체커는 키보드 쪽으로 몸을 돌렸다. "제가 말하는 의미를 설명해주는 예를 몇 가지 보여드리죠."

물고기의 골격이 사라지고 코뿔소와 닮았지만 뿔이 없는 커다란 동물이 스크린에 나타났다. 배경에는 그 동물이 들어 있었음이 틀림없는 거대한 컨테이너가 보였다. 그곳은 빙벽 앞인 듯, 주변에는 각종 케이블이나 체인, 철제 격자의 일부 등이 어지럽게 흩어져 있었다.

"발루키테리움입니다." 단체커가 말했다. "아니면 그와 유사한 생물입니다만, 제가 보는 한 틀림없습니다. 이 동물은 어깨까지의 높이가 5.4미터, 몸체는 코끼리보다 큽니다. 올리고세에 아메리카 대륙에서 번식하고 그 뒤 급속히 사멸한 전형적인 티타노테레스, 즉 거대 포유류의 일종입니다."

"그렇다면 그 우주선이 지구에 왔을 때 이놈은 살아 있었다는 것이군요." 콜드웰은 믿기지 않는 듯한 얼굴로 말했다.

단체커는 머리를 흔들었다. "아뇨. 살아 있진 않았습니다. 보시는 것처럼 마치 살아 있는 것과 같은 상태로 보존되었습니다. 저 뒤에 보이는 컨테이너에 들어 있었습니다만 장기간 보존할 수 있도록 밀봉되었습니다. 다행히 이를 행한 사람은 전문가였던 것 같습니다. 그렇지만 말씀드린 바와 같이 선내에는 우리나 사육장 시설도 있어서, 살아 있던 생물도 많이 있었습니다. 발견되었을 때에는 물론 승무원과 같이 백골화되어 있었습니다만 사육장에는 동물 여섯 종류가 있었습니다."

단체커가 단추를 누르자 화면은 다리가 긴 네발 동물로 변했다.

"메소히푸스…, 말의 조상이죠. 콜리견 정도의 크기로 세

발가락으로 걸어 다녔는데, 가운뎃발가락이 매우 발달했습니다. 명백하게 현대의 말이 가진 한 발가락을 예시하고 있습니다. 이 외에도 이와 같은 예가 아주 많으며, 모두 초기 지구 생물에 대해 다소간의 지식이 있는 사람이라면 한눈에 알아볼 수 있는 것들입니다."

헌트와 콜드웰은 말없이 또다시 스크린의 영상이 변하는 것을 바라보았다. 다음 영상은 얼핏 보기에 긴팔원숭이나 침팬지와 연관 있는 중간 크기의 원숭이였다. 그러나 자세히 보면 그것은 이른바 일반적인 원숭이종과 달랐다. 머리가 작았으며 특히 아래턱이 후퇴하여 코끝 밑으로 들어가 있었다. 원숭이보다 몸에 비해 팔도 짧았다. 가슴은 넓고 평평했으며, 다리는 길고 똑바로 뻗어 있었다. 그리고 다리의 엄지발가락은 다른 발가락을 바라보지 않고 평행하게 늘어서 있었다.

단체커는 두 사람이 이 특징을 식별하는 것을 기다려 설명을 계속했다.

"지금 보시는 동물은 명백히 인간이나 대형 원숭이를 포함하는 유인원에 속한 것입니다. 아시는 바와 같이 이 종은 마이오세기에 진화했습니다. 지금까지 지구상에서 발견된 이 시기의 화석 중 유인원으로서 가장 발달한 것은 지난 세기에 동아프리카에서 발견된, 일반적으로 프로콘술이라고 알려진 종입니다. 프로콘술은 그 이전의 어떤 종보다 진보한 것으로 인정받고 있습니다만 어디까지나 그것은 원숭이로서 그렇습니다. 하지만 같은 시기에 프로콘술보다 훨씬 인간에 가까운 현저한 특징을 갖춘 다른 종류의 동물이 있었던 것입니다. 제 생각에는 지금 보고 계신 것은 프로콘술과 같은 위치를 점한 종입니다만 인간과 유인원의 분기점이기도 합니다. 즉 달리 말하면 인류의 직계조상이라고 할 수 있습니다!" 단체커는 목소리를 높여 결론을 말했고 기대에 찬 눈으로 두 사람을 쳐다보았다.

콜드웰은 말도 안 된다는 듯이 눈을 크게 뜨고 입을 벌리며 말을 하지 못했다. "즉… 당신은 찰리가… 저놈에게서 진화했다는 말인가요?"

"그렇습니다." 단체커는 화면을 끄고 의기양양하게 두 사람을 바라봤다. "제가 처음부터 일관되게 주장했던 것처럼 고전적인 진화론은 견고합니다. 결론적으로 월인이 지구에서 간 이주민이라는 생각은 틀리지 않았습니다. 다만 그 결론으로 가는 과정이 사실과 달랐지만 말이죠. 지구를 아무리 뒤져도 월인 문명의 흔적이 발견될 리 없습니다. 본래 지구상에는 그런 것이 없었으니까요. 또한 평행진화의 산물이라는 것도 부정되었습니다. 월인 문명은 인류 및 지구상의 모든 척추동물과 같은 기원을 가지며, 독립적으로 미네르바에서 발달한 것입니다. 그 선조는 2천5백만 년 전 가니메데인에 의해 미네르바로 옮겨진 것입니다." 단체커는 옷깃을 여미며 도전하듯이 턱을 들어 올렸다. "헌트 박사님. 저는 이걸로 모든 문제가 명쾌하게 해결되었다고 생각합니다."

16

급격한 새로운 발견의 이면은 버려진 많은 아이디어들의 잔해로 가득했다. 과학자들은 명백한 증거와 과학적 엄격성이라는 단단한 토대에서 벗어나 고삐 풀린 사유와 상상의 나래로 빠지기 쉬운 유혹을 떠올렸다. 논쟁들을 서둘러 마무리하고자 하는 단체커의 의도에 대한 반응은 예상과 달리 냉담했다. 많은 막다른 골목에 지쳐버린 현재, 그들은 새로운 제안에 대해 본능적으로 회의적인 반응을 보였고 확실한 증거를 요구했다.

가니메데인 우주선에서 초기 지구동물이 발견된 것은 단지 그 동물들이 가니메데인의 우주선에 있었다는 한 가지 사실만을 증명할 뿐이었다. 다른 수송선이 무사히 미네르바에

갔다는 확증은 없으며 발견된 우주선은 목적지에 무사히 도달하지도 못했다. 또 하나, 지구에서 미네르바로 가는 항로를 생각하면 우주선이 목성에서 발견된 것은 이상한 일이었다. 목적지가 어디든 간에 수송에 실패했다는 것만 증명해 줄 뿐이었다.

그러나 가니메데인 기원에 대한 단체커의 결론은 가니메데인과 미네르바 물고기가 유사하다는 런던 비교해부학 전문위원회의 확인을 통해 확고한 것이 되었다. 하지만 월인도 마찬가지로 지구에서 옮겨져 미네르바에서 진화했다는 추론은 지구에 월인의 흔적이 없고 우주개발기술이 부족했다는 것을 깔끔하게 설명할 수 있음에도 불구하고 더 많은 증거가 필요했다.

한편 언어학팀은 마이크로도트 자료를 통해 얻은 지식을 찰리의 문서 중 아직 풀지 못한 항목에 적용하는 데 분주했다. 그중에는 그가 육필로 쓴 노트도 들어 있었다. 해석이 진행됨에 따라 그 노트는 헌트와 스테인필드의 냉철하고 객관적인 추론으로 이미 밝혀진 세계의 모습을 생생하게 그리고 있다는 것을 알아냈다. 찰리의 마지막 날들의 기록이었던 것이다. 찰리의 일지는 혼란에 빠진 조사원들에게 사실을 밝혀주는 지식의 수류탄 역할을 했으며, 헌트가 마침내 그 안전핀을 뽑았다.

*

헌트는 서류 폴더를 팔에 끼고 언어학팀을 향해 나바컴 본부 13층 복도를 걸어갔다. 돈 매드슨의 사무실 앞에서 멈춘 그는 문 앞 높이 60센티미터 정도에 걸린 월인 문자를 호기심을 가지고 바라보다가, 어깨를 으쓱하고 머리를 흔들며 안으로 들어갔다. 매드슨과 그의 조수는 책상 옆의 보조탁자에 산더미처럼 쌓인 서류뭉치들 앞에 있었다. 헌트도 의자를 끌어와서 합류했다.

"번역은 보셨죠?" 헌트가 폴더에서 서류를 테이블에 꺼내 놓는 것을 보며 매드슨이 말했다.

헌트는 끄덕이며 말했다. "아주 흥미롭더군요. 쭉 훑어보면서 확실하게 하고 싶은 것이 몇 가지 있었고, 몇몇은 앞뒤가 안 맞는 부분도 있었습니다."

"그럴 것 같았습니다." 매드슨은 체념한 듯 한숨을 쉬며 말했다. "말씀해보시죠."

"순서대로 볼까요?" 헌트가 말했다. "이상한 점이 나오면 말하겠습니다. 그건 그렇고…." 그는 고개를 문 쪽으로 돌리며 말했다. "밖에 걸려 있는 것은 뭐죠?"

매드슨은 의기양양한 미소를 지으며 말했다. "월인어로 쓴 제 이름입니다. 글자 그대로 직역하면 '미친 학자'가 되죠. Don-Mad-Son. 아시겠죠?"

"오, 맙소사!" 헌트가 나직이 말하고 다시 문서로 주의를 돌렸다. "월인의 날짜 기록을 단순히 제1일부터 순서대로 표기하고 있지만, 안에 나오는 시간은 지구 시간으로 환산하셨죠."

"그렇습니다." 매드슨이 대답했다. "또한 번역의 정확성이 의심되는 부분은 괄호로 물음표 표시를 하였습니다. 문제를 단순화하기 위해서 말이죠."

헌트가 첫 페이지를 골랐다. "좋습니다. 처음부터 시작해 보죠." 그는 소리 내어 읽기 시작했다. "'제1일. 예상대로 오늘 전군(동원령?)이 나왔다. 또 어딘가로 파견될 것이다.' 코리엘… 이것은 나중에 나오는 찰리의 파트너죠?"

"맞습니다."

"…'아마도 (얼음둥지 원거리요격?) 중의 한 곳일 것이다.' 이건 뭐죠?"

"어색한 부분 중 하나죠." 매드슨이 대답했다. "합성어입니다. 그냥 직역하면 그렇게 되는 거죠. 아마 빙원 외부의 미사일 방위선을 가리키는 말일 거로 추측하고 있습니다."

"음. 그럴듯하군요. 어쨌든 계속합시다. '이 단조로운 장소를 벗어나면 기분전환이 될 것이다. 그랬으면 좋겠다. (빙원전투지역?)은 식량배급도 많다.' 여기서…." 헌트는 고개를 들었다. "그는 '이 단조로운 장소'라고 하는데, 이 장소는 도대체 어디인가요?"

"확실하게 어딘지 파악하고 있습니다." 확신에 찬 어조로 매드슨이 대답했다. "이에 앞서 도시 이름이 명기되어 있습니다. 세리오스 연안지방의 도시와 일치한 이름이며 급여지급장부에도 마지막 두 번째 임지가 그곳으로 되어 있습니다."

"그렇다면 이것을 기록했던 시점에서 찰리는 틀림없이 미네르바에 있었군요."

"네, 틀림없습니다."

"알겠습니다. 그럼 개인적인 생각을 적은 부분은 넘어가죠. '제2일. 이번 코리엘의 예감은 빗나갔다. 우리는 달에 간다.'" 헌트는 다시 고개를 들었다. 이 부분을 중요하게 여기는 것이 명백했다. "여기서 말하는 달이 지구 위성인 달이라는 것을 어떻게 알 수 있죠?"

"우선 첫째, 찰리가 사용하는 말과 급여지급장부의 마지막 임지가 같다는 점입니다. 찰리는 달에서 발견되었기 때문에 그곳이 우리가 아는 달이라 해석할 수 있습니다. 또 하나의 근거는, 이미 읽으셨겠지만 찰리는 나중에 셀타라는 기지에 파견된 것을 기록하고 있습니다. 한편 달 뒷면에 발견된 것 중에 X라는 장소에 설치된 기지 목록이 있고 그곳에 셀타도 있습니다. 이런 사실을 토대로 X는 곧 지구의 위성인 달을 가리키는 월인어로 해석할 수 있습니다."

헌트는 잠시 생각에 잠겼다.

"그럼 찰리는 셀타에 갔었죠?" 마침내 헌트가 말했다. "그렇다면 찰리는 이 시점에서 이미 자신의 임지를 알고 있었군요. 당신도 그가 달로 파견될 예정이었다는 것을 확신하고 계시죠. 사실, 찰리는 예정된 장소에 갔고… 이걸로 제가 생각했던 다른 가능성은 부정되는군요. 달에 파견되는 것은 정해졌지만, 마지막 단계에서 급여지급장부의 임지란을 수정하지 않은 채 급하게 변경되었다는 것은 불가능한가요?"

매드슨은 고개를 저었다. "그런 일은 없습니다. 하지만 왜 그런 생각을 하시는 거죠?"

"실은 이 이후의 모순점을 어떻게든 피할 수 없을까 생각하고 있습니다. 그렇지 않으면 말이 안 되기 때문이죠." 매드슨은 호기심을 느끼며 헌트를 봤지만 질문을 억눌렀다. 헌트는 다시 서류를 보았다. "제3일과 4일은 미네르바에서의 새로운 전투에 대한 묘사입니다. 확실히 큰 분쟁이 이미 그곳에서 발발했습니다. 그 시점에서 핵무기가 사용된 것 같습니다. 예를 들어 제4일 끝부분에 다음과 같은 내용이 있습니다. '람비아인은 패버롤 상공의 (스카이넷?)을 교란하는 데 성공한 듯하다.' 패버롤은 세리오스의 한 도시 이름이죠? '도시의 반이 즉시 증발했다.' 사소한 충돌 같지 않군요. 스카이넷은 뭘까요? 일종의 전자 방호 스크린일까요?"

"아마도 그럴 겁니다." 매드슨이 동의했다.

"제5일에 그는 우주선의 선적을 도왔습니다. 차량이나 무기의 묘사를 보면 상당히 큰 규모의 부대가 탑승한 것 같습니다." 헌트는 재빨리 다음 장을 훑어봤다. "아, 여기 셀타에 대한 묘사가 있군요. '우리는 제14여단과 함께 셀타의 섬멸병기의 설치장소로 갈 예정이다.' 이 섬멸병기도 이상하지만 일단 나중에 얘기하죠.

'제7일, 예정대로 네 시간 전에 탑승했다. 여전히 그대로 앉아 있다. 전 구역이 미사일 공격을 받고 있어서 이륙이 늦어지고 있다. 내륙 구릉지대는 불바다이다. 발사갱의 손상은 없으나 상공은 혼란스럽다. 아직 무력화되지 않은 람비아 측 위성이 여전히 우리의 항로를 뒤덮고 있다.'

'나중에 이륙허가가 떨어지자마자 모든 비행중대는 출발했다. 아직 모든 위험이 제거된 것은 아니나 행성궤도의 지연은 없었기 때문에 항로를 바로 결정했다. 상승 도중에 우주선 두 기를 잃었다. 코리엘은 선단 중 몇 기가 무사히 월면에 도착할지 내기를 하고 있다. 우리는 촘촘한 방어 스크린 안을 비행했지만 람비아의 탐색 레이더에서는 벗어났다.'

이후 코리엘이 통신부대 여자와 시시덕거리는 얘기가 있고… 이 코리엘이라는 자는 한 인물 하는 것 같군요. 도중에 전황보고가 들어가고… 이곳이 제가 말하고 싶었던 부분입니다." 헌트는 손가락으로 페이지를 가리켰다.

"'제8일. 드디어 달의 궤도에 도달했다.'" 헌트는 문서를 테이블에 내려놓고 언어학자와 그 조수를 번갈아 봤다. "드디어 달의 궤도에 도달했다니 어떻게 된 것이죠? 미네르바에서 달까지 이 우주선은 어떻게 해서 지구 시간으로 겨우 이틀 만에 갈 수 있는 거죠? UNSA도 아직 모르는 추진기관을 사용했던 것일까요? 아니면 월인의 기술을 우리가 잘못 알고 있는 것인가요? 만약 그렇다면 말이 안 됩니다. 겨우 이틀 만에 이 정도 거리를 날 수 있다면 우주개발은 필요 없겠죠. 월인은 기술적으로 현대의 우리보다 훨씬 발달했다고 할 수 있으니까요. 하지만 믿기지 않는군요. 그들이 우주기술 개발에 문제점을 안고 있었다는 것은 다른 자료들에서 확인할 수 있으니까요."

매드슨도 속수무책이라는 듯한 표정을 지었다. 이 부분이 문제라는 점은 그도 알고 있었다. 헌트는 재촉하듯 조수의 얼굴을 봤다. 조수는 찡그리며 어깨를 움츠렸다.

"여기서 말하는 달의 궤도는 분명히 지구의 달을 말하는 거죠?"

"틀림없습니다." 매드슨은 단호하게 말했다.

"미네르바를 출발한 날도 의문은 없죠?" 헌트는 재차 확인했다.

"출발일은 급여지급기록에도 스탬프가 찍혀 있고 출발일을 적은 일지의 날짜와 일치하고 있습니다. 하지만 그중에서도… 어디였더라… 아, 여기군요. 제7일, 예정대로 네 시간 전에 탑승했다고 되어 있습니다. 예정대로입니다. 어디에도 일정 변경을 의미하는 내용은 없습니다."

"달에 도착한 날짜는 어떻게 확신하십니까?" 헌트가 물었다.

"그 점은 좀 어렵습니다. 일지의 날짜를 보면 월인 시간으로 그 다음 날에 월면에 도착했습니다. 한 가지 생각해볼 수 있는 것은 찰리가 미네르바에 있는 동안에는 미네르바의 시간을 사용하고 달에 도착한 뒤에 현지 시각으로 바꾸었을지도 모른다는 점입니다. 그렇다면 여기서 일자가 연결된 것은 대단한 우연한 일치가 됩니다만….” 그는 어깨를 으쓱했다.

“가능성은 있다고 생각합니다. 다만 그런 경우 출발 일자와 달에 도착한 일자 사이에 아무 기록이 없다는 점이 걸립니다. 찰리는 정기적으로 일지를 기록해왔습니다. 만약 박사님 말씀처럼 항해가 몇 달씩 걸렸다면 그사이에 아무 기록이 없다는 것은 좀 이상한 일이라고 생각합니다. 그에게 자유시간이 적지는 않았을 테니까요.”

헌트는 잠시 그 가능성에 대해 곰곰이 생각한 뒤 말했다. “더 심한 것이 남았으니 계속 가봅시다.” 그는 문서를 들어 올려 계속 읽어나갔다.

“‘마침내 다섯 시간 전에 착륙했다. (허사) 뒤죽박죽이었다. (진입로?) 우리 밑에 펼쳐진 광경은 셀타의 온 주변이 붉게 이글거리는 모습이었다. 오렌지빛 바위가 녹아내린 호수들이 있었으며 그중에는 산 전체가 폭발하여 바위로 된 벽까지 차오른 곳도 있었다. 기지는 먼지에 깊이 파묻혔고 시설들은 날아든 파편에 의해 파괴되었다. 방어시설은 버티고 있었으나 외부 방어선은 (산산이 찢겨졌다?). 가장 중요한 (해독 불가) 섬멸병기의 구경 접시는 손상이 없었으며 운영 가능했다. 우리 선대의 마지막 그룹은 심우주로부터 온 적의 공격으로 전멸당했다. 코리엘은 내기에 이겨서 돈을 걷고 있다.’”

헌트는 서류를 내려놓고 매드슨을 바라봤다. “매드슨, 이 섬멸병기라는 것이 어느 정도의 것인지 알아냈나요?”

다. 양쪽에 모두 있었습니다. 미네르바와, 지금 읽으신 것처럼 달에 말이죠." 그는 생각한 뒤 덧붙였다. "어쩌면 다른 장소에도 있었는지도 모르죠."

"왜 달에 있었던 거죠?"

"제 생각에는 세리오스인과 람비아인의 우주항해기술이 우리가 생각했던 것보다 발달했던 것 같습니다." 매드슨이 말했다.

"아마도 양 진영은 지구를 대이주의 목적지로 정하고 달에 선발대를 보내어 교두보를 마련하려 한 것 같습니다. 그리고… 투자한 것을 지키려고 했겠죠."

"그럼 어째서 지구에는 설치하지 않았을까요?"

"저도 모르겠습니다."

"어쨌든 지금은 좀 더 이 문제를 물고 늘어져 봅시다." 헌트가 말했다. "이 섬멸병기에 대해서 얼마나 알고 있죠?"

"접시에 대한 묘사를 통해 일종의 방사능 조사기라 추측하고 있습니다. 다른 단서에 의하면 그들은 물질-반물질 반응으로 생성된 고에너지 광자빔을 발사했던 것으로 보입니다. 만약 그렇다면 섬멸병기라는 용어는 아주 적절한 표현이죠. 중의적인 뜻에서 말이죠."

"좋습니다." 헌트가 고개를 끄덕이며 말했다. "제가 생각했던 바와 같군요. 그럼 이상한 부분으로 옮겨 가죠." 헌트는 그의 메모를 참고하며 말했다. "제9일에 그들은 조직을 재편

하고 전투에서 입은 손상을 수리하기 시작합니다. 제10일을 한번 보시죠." 그는 계속해서 읽었다.

"'제10일. 오늘 처음으로 섬멸병기가 사용되었다. 칼바레스, 파네리스, 그리고 셀리던을 목표로 15분씩 총 세 번 발사했다.' 이것은 전부 람비아의 도시죠? 즉 그들은 달에 설치된 섬멸병기로 미네르바의 도시를 적절히 선택해가며 공격했다는 말이군요."

"그런 것 같습니다." 매드슨은 긍정했다. 별로 유쾌해 보이진 않았다.

"믿기지 않습니다." 헌트가 단호하게 말했다. "그 거리를 그렇게 정확하게 조준할 수 있는 능력이 있었다고는 믿기 힘들군요. 가능하다고 해도 행성 전체를 태우지 않도록 빔의 조사범위를 좁게 유지한 채 발사할 수 있다고 믿을 수 없습니다. 게다가 그 거리로는 파워가 감퇴해서 파괴 효과가 있을 것이라 보기 힘듭니다." 그는 설명해달라는 듯한 표정으로 매드슨을 바라보았다. "이만한 기술이 있다면 행성 간 항법 개발이 문제가 아니라 은하계를 자유롭게 왕래할 수 있을 것입니다."

매드슨은 양손을 들어 보였다. "저는 단지 적힌 말을 번역했을 뿐입니다. 박사님께서 알아내셔야죠."

"이다음에 더 이상한 일이 나옵니다." 헌트가 경고하는 듯한 어조로 말했다. "어디까지 했더라…." 그는 소리 내어 그 다음을 읽기 시작했다. 세리오스의 셀타 기지 섬멸병기와 미네르바에 있는 마지막 람비아 기지 간의 교전을 묘사한 부분이었다. 우주의 먼 곳에서 미네르바 전역을 섬멸병기의 사정권에 두고 있는 세리오스군은 전쟁을 끝낼 만큼 결정적인 우위를 점하고 있었다. 미네르바에 섬멸병기를 둔 람비아군의 최우선 목표는 상대편 섬멸병기였다. 섬멸병기는 한 번 발사하면 충전하는 데 한 시간이 걸렸다. 찰리의 일지는 적 측이 당장에라도 광자빔을 쏠지도 모른다는 불안에 떨며 충전을 기다리는 셀타 기지 내의 긴장감을 생생하게 전하고 있었다. 미네르바에 대한 공격이 이뤄지기 전에 셀타 기지를 함락시키려는 람비아군의 지상군과 공수부대의 격렬한 공격이 여기저기에서 있었다. 무기운영의 성패는 적의 전자방해효과를 이용하여 미네르바의 공격을 피한 체험을 자세하게 적은 부분이 있었다. 16분간 적이 쏜 빔으로 셀타에서 24킬로미터 지점에 있는 산맥이 녹아내리고 제22, 제19기갑사단 및 제45 전술미사일중대가 용암에 휩쓸렸다.

"여기입니다." 헌트가 문서를 꺼내 흔들며 말했다. "들어보시죠. '드디어 해냈다. 4분 전 적 측에 최대출력으로 집중발사했다. 지금 확성기로부터 목표지점을 맞췄다는 보고가 들어왔다. 모두가 환호성을 내지르며 얼싸안았다. 여성 중에는 너무 안도한 나머지 울음을 터뜨리는 자도 있었다.' 이건 정말이지." 헌트는 서류를 테이블에 던지고 의자에 등을 기대면서 말도 안 되는 사실에 분개하듯 말했다. "말이 안 됩니다! 발사 뒤 4분 만에 명중 보고가 들어오다니요. 어떻게 이런 일이 가능하죠? 미네르바와 지구가 가장 접근했을 때라도 2억4천만에서 2억6천만 킬로미터입니다. 빔이 그 거리를 날아가 목표에 도달하는 데 13분, 명중 보고가 도달하는 데 13분, 즉 미네르바가 가장 지구에 가까운 위치라고 해도 적어도 명중 확인까지 26분이나 걸립니다. 하지만 찰리는 빔을 발사하고 4분 뒤에 명중 확인을 했습니다. 이건 불가능해요. 아무리 생각해도 백 퍼센트 불가능합니다. 매드슨, 이 숫자가 틀림없는 거죠?"

"월인의 시간 단위를 확인한 이상 그 점에 틀림은 없습니다. 만약 잘못되었다면 박사님이 말씀하셨던 달력을 폐기하고 처음부터 다시 시작해야 합니다."

헌트는 마치 집중력을 통해 출력된 내용을 수정이라도 할 수 있는 것처럼 오랫동안 서류를 응시했다. 이 숫자가 의미하는 것은 단 하나, 이를 용인하면 그들은 출발점으로 다시 돌아가야 했다. 오랜 시간이 지난 뒤 헌트가 다시 입을 열었다. "이후에 셀타 전체에 걸쳐 지속적인 공격을 받게 되죠? 찰리와 코리엘이 소속된 파견대는 셀타 기지에서 약 18킬로미터 떨어진 곳에 있는 비상전투사령부로 향합니다. 세세한 것은 생략하고… 아, 이 부분도 이해할 수 없습니다. 12일째입니다. '정찰차 두 대, 견인차 세 대의 소편제로 정각 출발, 여정은 험난했다. 타버린 바위와 용암 속을 몇 킬로미터나 가야 한다. 트럭 안까지 열기가 느껴졌다. 장갑(裝甲)이 버텨주길 바랄 수밖에 없다. 우리의 새로운 집은 돔으로 되어 있고 지하 15미터까지 지하층이 있다. 육군부대는 주변 구릉을 파서 주둔하고 있다. 셀타와는 유선을 통해 연락하고 있으나 셀타와 고르다의 군사령부 간에는 통신이 끊긴 듯하다. 장거리 회선은 분단되었고 통신위성도 파괴되었을 것이다. 미네르바로부터의 방송도 들어오지 않는다. 군용통신의 혼선만 들릴 뿐이었다. 아마 (우선 주파수?)일 것이다. 오늘은 며칠 만에 처음으로 지상으로 나왔다. 미네르바의 표면은 얼룩지고 지저분했다.' 여깁니다." 헌트가 말했다. "처음 여기를 봤을 때 저는 찰리가 화상통신을 말하는 것으로 생각했습니다. 하지만 생각해보세요. 여기서 왜 그런 말을 해야 하죠? 그 뒤 어째서 '며칠 만에 지상으로 나왔다'고 적었을까요? 그가 있던 곳에서는 미네르바의 표면을 그렇게 자세히 볼 수 있을 리가 없잖습니까?"

"망원경을 사용했을지도 모르죠." 매드슨의 조수가 의견을 말했다.

"그럴지도 모르죠." 헌트가 대답했다. "하지만 이런 상황에서 별을 바라볼 겨를이 있었을까요? 일단 계속 읽어봅시다. '3분의 2 정도가 회갈색의 연기로 뒤덮였으며 해안선만 군데군데 보일 뿐이다. 적도 부근 북측에 묘한 적반이 빛나고 있다. 그리고 시간이 지남에 따라 그 주변에 검은 그림자가 퍼져갔다. 코리엘은 시가지가 불타는 것이라고 말한다. 그렇다고는 해도 저 연기구름 속에서 보이다니, 정말 무시무시한 불꽃이 틀림없다. 우리는 미네르바가 회전하는 동안 내내 그 광경을 쳐다봤다. 셀타 기지가 있는 산맥에서 대폭발이 이어지고 있다.'"

일지는 그 뒤 전투가 극에 달하여 셀타가 완전히 파괴당한 것을 확인했다. 이틀에 걸쳐 전 지역에 조직적인 공격을 받아 지상 부분은 완전히 파괴되었으나 기적적으로 돔 지하 부분은 온전하게 남았다. 공격이 지나가자 주변 구릉지를 차지했던 생존 부대원들이 돔으로 돌아오기 위해 악전고투했다. 일부는 차량을 이용하기도 했으나 대부분 도보였다. 그 시점에서 유일한 생존 가능 구역이었다.

예상했던 의기양양한 람비아군의 병력수송선이나 무장 함대는 나타나지 않았다. 일정한 폭격 패턴을 통해 세리오스의 장교는 셀타 주변 산맥까지 진격해올 적군이 남아 있지 않다는 것을 깨달았다. 세리오스 방어시설과의 전투로 람비아군은 막대한 손실을 입었고, 남은 자들은 미사일 포대를 자동포격 모드로 남겨두고 엄호를 받으며 철수한 것이다.

제15일에 찰리는 기록했다. '붉은 점이 두 개 더 생겼다. 하나는 처음 지점의 북동쪽이며 다른 하나는 남쪽이다. 처음의 붉은 점은 이제는 북서쪽에서 남서 방향으로 확대되고 있다. 행성 전체가 지금은 단지 적갈색의 더러운 덩어리에 불과했다. 그리고 여기저기에 검은 그림자가 퍼지고 있다. 미네르바로부터 화상이나 음성은 전혀 들어오지 않는다. 전파는 모두 대기에 의해 차단당했다.'

셀타에서는 이제 더 할 일이 없었다. 돔이 있던 거주구는 부상자로 가득했다. 많은 생존자가 사령부 밖에 세워둔 차량에서 지내야만 했다. 본래 1개 중대 분량밖에 없는 식량과 산소가 바닥날 것은 불을 보듯 뻔했다. 한 가닥 희망은 고르다의 군사령부까지 지상으로 이동하는 것이었으나 그것도 그다지 기대할 수 없었다. 이동에는 20일 정도가 필요했다.

18일, 돔을 출발한 모습을 다음과 같이 기술하고 있다. '차량을 두 편대로 조직했다. 우리는 소편제 정찰대로서 본대보다 30분 전에 선발했다. 우리는 돔에서 5킬로미터 정도 떨어진 산등성이에 도착하여 본대가 선적을 마치고 출발하는 것을 확인했다. 바로 그때 미사일이 직격했다. 엄폐물이 전혀 없었기 때문에 본대는 그대로 전멸했다. 수신기를 잠시 그 방향으로 뒀지만 아무 연락이 없었다. 고르다에 우주선이 남아 있지 않은 한, 이 지옥에서 탈출할 가능성은 없다. 내가 알기로는 우리는 100여 명의 여군부대를 포함하여 총 340명이 남아 있다. 편제는 정찰차 다섯 대, 견인차 여덟 대, 중전차 열 대이다. 힘든 행군이 될 듯하다. 코리엘조차 고르다에 몇 명이 무사히 도착할지 내기하려고 하지 않았다.

미네르바는 하늘과 분간하기 어려울 정도로 검은 연기 덩어리가 되었다. 두 붉은 점은 적도를 가로지르는 선이 되었다. 길이는 몇백 킬로미터에 이를 것이다. 또 다른 붉은 선 하나가 북쪽을 향해 뻗어 갔다. 간혹 그 일부가 연기 속에서 오렌지색으로 빛났으며 몇 시간 동안 타오르다가 사라졌다. 그곳은 모든 것이 뒤죽박죽이었을 것이다.'

일행은 그을린 회색빛 사막을 천천히 움직이기 시작했다. 부상과 방사능장애로 인원은 눈에 띄게 줄었다. 26일에는 람비아의 지상군과 마주쳐 암석들 사이에서 세 시간에 걸쳐 격렬한 전투를 벌였다. 람비아군의 잔존 전차가 바위 뒤편에서 나타나 세리오스군을 향해 정면충돌을 감행했으나 외곽을 방어하던 세리오스군의 여군부대가 지근거리 레이저포를 발사하여 간신히 전투를 종결지었다. 세리오스군의 생존자는 165명. 그러나 그만한 인원을 한꺼번에 운반할 차량은 남지 않았다.

회의 끝에 세리오스군의 장교들은 점프하면서 행군을 계속할 방침을 세웠다. 부대를 두 조로 나눠 한 부대가 반나절을 선행하고 트럭 한 대를 남기고 그곳에서 휴식하고 있으면 다른 차량은 돌아가서 나머지 부대를 수송한다. 이를 반복하여 고르다까지 가자는 계획이었다. 찰리와 코리엘은 선행대가 되어 출발했다.

'제28일. 적군과 접촉 없이 이 장소에 도달했다. 협곡 바위 사이에 캠프를 설치하여 자동차부대가 후속 부대를 데리러 가는 것을 환송했다. 내일 이맘때쯤이면 돌아올 것이다. 그때까지 아무것도 할 일이 없다. 도중에 두 명이 사망하여 현재 선발대는 총 58명이다. 우리는 교대로 트럭에서 식사와 휴식을 취했다. 그리고 그 순서를 기다리는 동안에는 각자 바위틈에서 체력 회복에 힘썼다. 코리엘은 기분이 나빴다. 그는 바위틈에서 보병대의 여군 네 명과 두 시간을 같이 보냈다. 그

의 말에 따르면 이런 상황을 고려하지 않은 우주복 설계사는 용서하기 힘들다고 했다.'

자동차부대는 결국 돌아오지 않았다.

단 한 대 남은 트럭을 사용하여 찰리와 그 일행은 지금까지와 마찬가지로 두 조로 나눠 점프 방식으로 이동을 계속했다. 23일까지 부상, 사고, 자살 한 건까지 포함하여 인원은 트럭 한 대에 탈 수 있을 만큼 줄었으며, 이제는 점프할 필요가 없어졌다. 그대로 전진하면 38일에 고르다에 도착할 것이다. 그러나 37일에 트럭이 고장 났다. 수리에 필요한 부품을 구하는 것은 불가능했다.

대부분이 약해진 상태였다. 도보로 고르다를 향하는 것은 너무 오래 걸리기 때문에 불가능했다.

'37일. 일곱 명, 그러니까 남자 네 명(나와 코리엘, 전투 대원 두 명)과 여자 세 명이 결사대를 이루어 고르다로 향했고 다른 사람들은 트럭에 남아 구조대를 기다리기로 했다. 코리엘은 출발을 앞에 두고 모두의 식사를 준비하고 있다. 그는 보병으로서의 삶을 얘기했으나 그리 깊게 생각하고 말한 것 같지는 않았다.'

트럭에서 출발하고 몇 시간 뒤, 전투 대원 한 명이 전방을 확인하고자 바위에 올랐다가 발을 헛디뎌 추락했다. 우주복이 찢기고 급격한 감압으로 그는 즉사했다. 그리고 그 뒤 여병사가 다리를 삐었고 그 고통으로 점차 일행에 뒤처지기 시작했다. 태양은 기울기 시작해서 지체할 시간이 없었다. 선발대는 모두 한 명을 구하느냐 28명을 구하느냐 속으로 고민했지만 이를 입 밖에 내는 사람은 없었다. 그녀는 일행이 잠시 휴식을 취할 때 몰래 자신의 공기밸브를 잠금으로써 이 문제를 해결했다.

'38일. 그 시절과 마찬가지로 마침내 코리엘과 나만 남았다. 전투 대원은 갑자기 몸을 굽히고 괴로워하며 헬멧 안에서 구토했다. 우리는 속수무책으로 그가 죽어가는 것을 바라보았다. 몇 시간 뒤 여군 중 한 명이 쓰러져 더는 움직일 수 없다고 했다. 또 한 명의 여군은 구조대가 올 때까지 그녀 옆에서 기다리겠다고 고집을 부렸다. 설득은 불가능했다. 그들은 자매였다. 우리는 잠시 휴식을 취했다. 나도 한계를 느끼기 시작했다. 코리엘은 초조해하며 주변을 둘러보고 빨리 출발하려고 했다. 그는 (사자?) 열두 마리에 필적하는 체력의 소유자였다.

그 뒤에 마침내 몇 시간 수면을 취하기 위해 멈췄다. 나는 코리엘이 로봇이 틀림없다는 생각이 들었다. 그는 지칠 줄 몰랐고, 마치 인간전차 같았다. 태양은 낮게 기울었다. 달의 밤이 오기 전에 어떻게 해서든지 고르다에 도착해야 했다.

39일. 얼어붙는 듯한 추위에 눈을 떴다. 우주복의 난방장치를 최고로 올려도 추웠다. 고장 난 것 같다. 코리엘은 내가 너무 걱정을 한다고 했다. 출발시각이 되었다. 온몸이 경직되었다. 나 자신이 과연 고르다까지 갈 수 있을지 걱정스럽다. 코리엘은 아무 말 없지만….

행진은 악몽이었다. 몇 번이나 쓰러졌다. 코리엘은 계곡 능선을 올라 산등성이를 가로질러야 한다고 주장했다. 산등성이를 향한 절벽 중간까지 겨우 갔다. 한 걸음 한 걸음 오르자 능선에 걸친 미네르바가 보였다. 붉은 오렌지빛의 갈라진 틈으로 뒤덮여 있었다. (사신?)이 얼굴을 찡그리며 웃고 있는 듯한 모습이었다. 여기서 또다시 쓰러졌다. 정신을 차리자 코리엘은 나를 어떤 시굴갱과 같은 곳으로 데려다 놓았다. 아마 여기에 고르다 전초기지를 만들 계획이 있었을 것이다. 여기에 온 지 꽤 오랜 시간이 지났다. 코리엘은 출발하면서 내가 깨닫기도 전에 구조대를 데리고 돌아올 것이라고 말했다. 몸이 점점 차가워진다. 다리에 감각이 없다. 손이 굳었다. 헬멧에 서리가 끼기 시작해서 잘 보이지 않는다.

밤이 다가오고 있다. 후방에 남은 사람들은 어떻게 되었을까. 모두 나와 같은 상태일 것이다. 포기하면서도 구조대의 도착을 고대하고 있다. 어떻게든 버티면 살 수 있을 것이다. 코리엘이 구조대를 데리고 올 것이다. 고르다까지 1천 킬로미터가 남았다고 해도 코리엘은 반드시 도착할 것이다.

미네르바는 어떻게 되었을까. 이 모든 일이 있고 나서 우리 자손들은 밝은 태양 아래에서 살 수 있을까. 만약 살아남는다면 그들은 우리가 무엇을 했는지 이해를 해줄 것인가.

이런 생각을 해본 적이 없었다. 공장이나 광산, 군대에서의 삶이 아닌 좀 더 의미 있는 삶이 있었을 것이다. 그것이 어떤 것인지 나는 모른다. 우리는 그 이외의 삶을 알지 못한 채 지냈다. 그러나 우주 어딘가에 따뜻하고 빛으로 가득 찬 세상이 있다면 우리가 해온 일이 어떤 의미 있는 결과를 만들어낼 것이다.

하루 동안 생각할 것이 너무 많다. 잠시 자야 할 것 같다.'

헌트는 애절함이 가득 찬 마지막 날의 기록까지 단숨에 읽어버린 것을 깨달았다. 어느새 속삭이듯 낮은 목소리가 되어 있었다. 긴 침묵이 흘렀다.

"이것으로 전부군." 그가 기운을 차린 듯이 말했다. "마지막 부분에서 깨달으셨나요? 자신도 이제 끝이라고 생각했을 때 다시 한 번 미네르바를 봤다고 적었습니다. 앞에서는 망원경을 사용했다고 생각할 수도 있지만, 이 마지막 상황에서 그런 짐이 될 천체 관측기를 들고 다녔다고 생각하긴 힘들지 않을까요?"

매드슨의 조수가 당혹스러워했다. "헬멧에 설치된 비디오 카메라는 어떨까요? 아니면 번역에 문제가 있을지도 모릅니다. 찰리가 카메라가 잡은 화면을 봤다고는 생각할 수 없습니까?"

헌트는 고개를 저었다. "그건 아니라고 생각합니다. 물론 사람은 생각지도 않은 곳에서 TV를 보기도 하죠. 하지만 이 경우 찰리는 숨을 헐떡이며 달의 암석을 기어오르는 중입니다. 게다가 미네르바가 능선에 걸쳐 있다고 적고 있죠. 역시 그는 육안으로 하늘을 보고 있습니다. 화면으로 보는 거라면 이런 식의 표현은 안 쓸 겁니다. 아닌가요, 매드슨?"

매드슨은 힘없이 끄덕였다. “그렇겠죠. 그럼 이제 우리는 무엇을 하면 되죠?”

헌트는 매드슨과 조수를 번갈아 보며 테이블에 발꿈치를 대고 기대면서 눈을 비비고 한숨을 쉰 뒤 다시 자세를 잡았다. “우리가 확실하게 알고 있는 것은 뭐죠?” 약간 뜸을 들인 뒤 그가 말했다. “월인은 지구의 달에 이틀 만에 도착했다. 그들은 달에 설치한 어떤 병기로 미네르바의 목표를 정확하게 노릴 수 있었다. 그리고 만약 우리가 생각하는 장소가 맞다면 당연히 더 시간이 걸리는 거리를 훨씬 짧은 시간에 전자파가 왕복하고 있다. 마지막으로 이것은 증명할 수 없지만, 찰리는 달에서 미네르바의 표면 상태를 이처럼 확실히 볼 수는 없었을 것이다. 이렇게 생각하면 결론은 어떻게 될까요?”

“여기에 나온 숫자를 모두 만족시키는 장소는 이 우주상에 한 군데밖에 없습니다.” 매드슨은 억양이 없는 어조로 말했다.

“맞습니다. 그 장소에 지금 우리가 서 있죠. 화성 바깥쪽에 미네르바라는 행성이 있었을지도 모릅니다. 그리고 그곳에 문명이 있었을지도 모릅니다. 가니메데인이 지구의 생물 몇 종류를 그곳에 운반했을지도 모르고 아닐지도 모릅니다. 하지만 그런 건 상관없습니다. 어쨌든 찰리의 우주선 출발점으로 가능한 유일한 행성, 그들이 섬멸병기로 노릴 수 있었던 유일한 행성, 달에서 확실하게 볼 수 있는 유일한 행성… 그것은 지구이기 때문이죠.”

"월인은 지구에서 왔던 것이군요!"

"이 일이 나바컴에 알려지면 발칵 뒤집히겠군요. 옥상에서 뛰어내리거나 창밖으로 몸을 던질지도 모르겠어요!"

5부

17

찰리의 일지가 번역되자 도저히 통합될 수 없는 모순이 나타나는 결과가 되었다. 누가 보더라도 명백한, 움직일 수 없는 두 가지 증거군이 있었다. 하나는 월인이 지구상에서 진화한 인종이 틀림없다는 것을 증명하는 것이며, 또 하나는 그것은 불가능하다는 것이다.

경악 속에서 일제히 새로운 논쟁이 일어났다. 휴스턴은 밤늦게까지 불이 꺼지는 일이 없었고 세계 각지에서도 새로운 가능성과 해석을 찾기 위해 기존 사실들을 검토하고 또 검토했다. 그러나 결론은 언제나 기존과 같았다. 단지 월인이 평행진화했다는 생각만이 완전히 폐기될 뿐이었다. 이미 그 개념을 사용하지 않아도 충분한 이론들이 넘쳐났다. 나바컴의 동지애는 산산이 조각나서 여러 파벌과 어느 파벌에도 속하지 않는 사람들로 분열되어 이런저런 가설들로 휩쓸렸다. 이 혼란이 일단락되자 각 파벌은 거의 네 진영으로 나뉘었다.

순수지구론자들은 찰리의 일지로 추론된 결과를 무조건적으로 받아들여, 월인 문명이 지구상에서 발달하여 지구에서 번영하고 지구에서 자멸한 것이 전부라 생각했다. 미네르바나 관련 문명에 대해서는 넌센스라 여겼다. 가니메데인 문명을 제외하면 미네르바에서 문명이라 할 만한 것은 없었고 그 가니메데인 문명도 먼 과거의 일이며 월인과는 상관없다고 생각했다. 찰리의 지도에 그려진 세계는 미네르바가 아닌 지구이며 그 세계가 태양에서 4억 킬로미터 떨어져 있다는 계산에는 무언가 중대한 오류가 있었기 때문이다. 이 숫자가 소행성대에 부합하는 것은 우연의 일치에 불과했다. 소행성은 본래 처음부터 그 위치에 있었으며 비교적 새로이 형성된 것이라는 일리아드의 보고는 신빙성이 없고 더욱 엄밀한 검토가 필요하다고 주장했다.

이에 대해서는 찰리의 지도가 왜 지구의 모습과 다른가 하는 한 가지 설명이 안 되는 문제가 있었다. 이에 대해 지구론자들은 기존 지질학 이론이나 지질학적 연대측정법을 공격했다. 찰리의 지도에 표시된 빙원의 크기를 고려해볼 때 기존 지구에 존재했던 것보다 빙하의 크기와 압력이 더 높았음을 지적하고, 대륙은 본래 하나의 거대한 화강암 덩어리였으나 상상을 뛰어넘는 얼음의 무게로 갈라져 균열에 침입한 맨틀에 밀려 현재의 모습을 형성했다는 가설을 세웠다. 만약 그 지도가 미네르바가 아닌 지구를 그린 것이라면 빙하기는 기존에 생각했던 것보다 훨씬 더 가혹했으며 지표면에 끼친 영향도 그만큼 컸다는 것을 뜻했다. 덧붙여 찰리가 관찰한 지구(미네르바가 아닌)에서 볼 수 있었던 치명적 지각변동이나 화산현상의 영향 및 기타 다른 요인에 의해 지구는 극단적으로 변하여 현재의 모습으로 바뀌었다고 보았다. 지구상에 월인 문명의 흔적이 발견되지 않는 것도 찰리의 지도에 나온 것처럼 당시 문명사회는 거의 적도 일대에 모여 있었고, 그 지역은 현재 바다 밑으로 가라앉았거나 밀림 또는 사막으로 변했기 때문이다. 전쟁이나 천재지변 뒤 남겨진 것이 단기간에 소멸한 것도 이로써 충분히 설명 가능해진다.

순수지구론 진영에는 주로 물리학자와 기술자들이 몰렸다. 귀찮은 세부 문제는 지질학자나 지리학자에 맡기면 되었다. 그들에게 가장 중요한 것은 빛의 속도는 불변이라는 원칙이 다른 잡다한 문제와 같이 의혹을 받아서는 안 된다는 것이었다.

월인의 기원은 지구였다는 생각이 굳어지자 순수지구론자들은 한때 생물학자들이 필사적으로 지키려 했던 입장을 받아들였다. 단체커가 가니메데인의 노아의 방주라는 새로운 주장을 내세우자 생물학자들은 곧바로 미련 없이 기존 태도를 버리고 단체커를 따라 월인은 지구에서 운반된 생물이 미네르바에서 진화한 인종이라고 주장했다. 찰리의 일지에 기술된 미네르바와 달 간의 비행시간이나 섬멸병기 발사부터 명중 확인까지 걸린 시간문제는 어떻게 했을까? 미네르바의 시간단위 해석에 문제가 있으며 그 오류를 찾아내면 두 의문은 해결될 것이라고 주장했다. 그리고 찰리가 과연 달에서 미네르바를 볼 수 있는가에 대해서는 TV 화면을 통해 본 것이라고 설명했다. 그 먼 거리에서 어떻게 섬멸병기를 조준했는가에 대해서도 셀타 기지는 원거리 조작장치를 둔 곳이며 병기 자체는 미네르바 궤도상에 설치된 것이라 주장했다.

세 번째 진영은 식민지격리 이론이었다. 먼 과거에 문명이 발달했던 지구인은 행성 미네르바를 식민지로 했으나 그 뒤 암흑시대가 와서 지구문명은 쇠퇴하여 식민지와의 연결점이 사라지고 말았다. 빙하시대가 도래하자 그 가혹한 환경에 의해 양 행성에서 생존하기 위한 노력이 있었다. 그러나 그 내용은 서로 차이가 났다. 생사의 갈림길에 선 미네르바의 주민은 잃어버린 지식을 되찾아 모행성인 지구에 돌아가려고 했다. 한편 지구인은 자신들의 생존만으로도 벅찼다. 미네르바의 선발대와 접촉하게 되자 지구인은 그들을 환영하지 않았다. 외교교섭이 암초에 걸리자 미네르바인은 지구 침략의 교두보를 세웠다. 즉 셀타 기지의 섬멸병기는 지구를 표적으로 했던 것이다. 번역자는 양 행성에 있는 같은 지명을 혼동한 것이다. 예를 들어 보스턴, 뉴욕, 케임브리지 등 무수한 미국 지명이 다른 나라에서 들어온 것처럼 미네르바에 식민지가 건설되었을 때 많은 도시가 지구명을 그대로 사용했다는 것이다.

이 주장을 옹호하는 사람은 지구상에 월인 문명의 흔적이 없는 것을 설명하는 데 순수지구론자의 이론을 답습했다. 덧붙여 그들은 태평양의 산호초 연구라는 일반적이지 않은 학문분야의 업적을 원용하여 자신의 주장을 지키려고 했다. 오래전부터 알려진 일이지만 고대 산호화석의 연령을 조사하면 임의의 어느 시대에 지구의 1년이 며칠이었는지를 알아낼 수 있다. 그리고 그 사실로부터 조석간만의 차이가 지구자전을 어떻게 늦췄는지 추정할 수 있었다. 예를 들어 최근 연구에 따르면 3억5천 년 전에 지구의 1년은 400일 전후였다. 10년 전 호주의 다원해양연구소가 최신 기술과 정밀기기를 사용하여 연구한 결과, 지구의 역사는 고대로부터 현대로 오는 과정에서 일반적으로 생각하는 것보다 더 큰 단절을 거친 것으로 밝혀졌다. 비교적 최근, 그러니까 약 4만 년 전에 불연속 변화가 현저했으며 지구의 하루 길이는 눈에 띄게 길어졌다. 그뿐 아니라 이 불연속기를 경계로 지구의 자전속도 감속은 이전보다 더 빨라졌다. 무엇이 그 원인인지 아무도 몰랐으나 그 뒤 산호가 장기간에 걸쳐 안정된 성장패턴을 보임에 따라 이 시기 지구의 자연환경은 크게 변했음이 틀림없었다. 이 불가사의한 기간 동안 지구에 광범위한 이변이 있었다는 것을 데이터를 통해 알 수 있었다. 전 지구적 규모의 홍수 및 다른 이변들로 인하여 월인의 흔적은 사라졌을 것이다.

네 번째 진영은 유민귀환론이었다. 이들은 지구상에 월인의 흔적이 없는 것을 설명하려는 시도 자체가 부자연스러우며 시야가 좁은 생각이라 여겼다. 그들의 기본 생각은 지구상에 월인의 흔적이 없는 유일한 이유는 본래 지구상에 월인의 존재가 없었기 때문이라는 것이다. 단체커도 말한 바와 같이 월인은 미네르바에서 진화했고, 현대의 미개한 지구인과는 비교할 수 없는 고도의 기술 문명을 이룩했다. 빙하시대로 인한 멸망의 위협이 있자 미네르바는 세리오스와 람비아 양 초대국의 대립 국면을 맞이했고, 언어학팀이 지적한 것처럼 그들은 지구를 목표로 치열한 경쟁을 전개했다. 다만 언어학팀은 오류를 범했다. 찰리가 일지를 기록했던 시점은 양대 세력의 대립이 이미 역사적인 사건이 된 뒤였고 월인은 목표를 달성했던 것이다. 람비아인은 간발의 차이로 앞서서 지구에 거류지를 건설했고, 그중 몇 가지는 미네르바의 도시 이름을 그대로 사용했다. 세리오스인도 뒤쫓아서 달에 병력을 모았다. 그들의 목표는 말할 필요도 없이 지구에 진입하기 전 람비아의 전초기지를 없애는 것이다.

이 가설은 찰리의 우주선의 비행시간을 설명하고 있지 않으나 동조자들은 아직 해명되지 않은 미네르바와 현지(달)의 시간 시스템의 복잡한 차이 때문이라 생각했다. 한편, 이 가설에 의하면 전쟁이 발발한 시점에서 지구상에 존재한 람비아군 기지는 몇 개 되지 않았으며 세리오스의 공격 뒤 남은 것이 있었다고 해도 5만 년의 세월은 그 흔적을 없애는 데 충분하다고 주장했다.

네 진영 간에 전선이 형성되고 나바컴 복도에서 야유가 오갔을 때도 헌트는 중립을 지켰다. 그는 주변 사람들이 모두 유능하다는 것을 알고 있었다. 그 지식이나 판단력에 대해서는 의심할 여지가 없었다. 만약 몇 주 또는 몇 개월간 각고의 노력 끝에 x값이 2라고 누군가 말한다면 헌트는 믿을 준비가 되어 있었으며 그 경우 x는 2가 틀림없을 것이다. 그렇기 때문에 이 모순된 사실도 환영(幻影)에 불과할지 모른다. 어느 설이 옳은지 그른지 판단하려고 하는 것은 본질을 잃게 만드는 일일 것이다. 이 미로의 어딘가에 너무나 초보적이기 때문에 아무도 미처 보지 못했던 결정적인 오류가 있을 것이다. 너무나 당연한 일이기에 오히려 모두가 저지르고 있는 오류. 만약 그들이 초심으로 돌아가 그 오류를 발견한다면 모순은 사라지고 대립된 논쟁들은 아무 저항 없이 통일될 것이다.

18

"저보고 목성으로 가라고요?" 자신이 들었던 말이 맞는지 헌트는 천천히 확인했다.

콜드웰은 책상 건너편에서 무표정하게 바라보며 말했다. "제5차 목성파견대는 6주 안에 달에서 출발합니다. 단체커는 찰리에 대해 알아낼 수 있는 것은 다 알아냈죠. 나머지 세세한 것은 웨스트우드에 있는 직원들로도 충분합니다. 그의 관심은 가니메데에 가 있죠. 온전한 외계인의 해골이 있고, 아무도 본 적 없는 생물의 표본이 가득 실린 우주선도 있으니까요. 그를 흥분시키기엔 충분하죠. 그는 직접 보기를 원하고 있습니다. 제5차 목성파견대는 마침 그곳에 갈 예정입니다. 그래서 그는 생물학팀들과 함께 가려고 하고 있습니다."

헌트는 이미 이런 내용을 알고 있었다. 그런데도 그는 방금 얻은 정보를 소화하고 뭔가 놓친 것이 없는지 생각하는 모습을 보였다. 적당히 침묵을 지키던 그는 대답했다. "좋습니다. 그의 관점은 알겠습니다만 저와는 무슨 관계가 있는 거죠?"

콜드웰은 얼굴을 찌푸리며 손가락으로 책상을 두드렸다. 마치 이 질문을 예상은 했지만 듣지 않길 바랐던 것처럼. "일의 연장이라 생각해주시죠." 마침내 그가 말했다. "이곳에서 여러 논쟁이 있지만, 가니메데인과 찰리와의 연결점을 아무도 설명하지 못하고 있어요. 가니메데인은 결정적인 해답을 가진 존재일지도, 아니면 월인과는 아무 관련이 없는 존재일지도 모릅니다. 아무도 단언할 수 없지요."

"그렇습니다." 헌트가 대답했다.

콜드웰은 이를 승낙이라고 생각했다. "좋습니다." 그는 단호한 태도로 말했다. "지금까지 찰리에 대해 정말 잘해주셨습니다. 그래서 이쯤에서 균형을 잡는다고 생각하고 다른 측면으로 눈을 돌리는 것은 어떨까요. 다만…." 그는 어깨를 으쓱해 보이며 말을 이었다. "정보는 여기에 없습니다. 가니메데에 있죠. 6주 이내에 목성 5호는 가니메데로 향합니다. 거기에 동승하시는 것이 적절하다고 생각합니다만…."

헌트는 아직도 전부 이해가 되지 않는다는 듯이 미간을 좁히고 당연한 질문을 했다. "이곳에서의 일은 어쩌고요?"

"기본적으로 박사님은 각 방면에서 들어오는 정보를 정리,

통합하는 일을 하셨죠. 박사님이 휴스턴에 있든 목성 5호를 타고 있든, 정보는 계속 몰려올 것입니다. 그리고 당신 밑에는 그룹 L이 있잖습니까. 배경조사나 정보조회 등 기본적인 작업은 그들에게 맡기면 되죠. 가니메데에 가더라도 최신 정황을 파악할 수 있습니다. 어쨌든, 가끔 장소를 바꾸는 것도 나쁘지 않죠. 이곳에 온 지 1년 반이나 지났잖아요."

"하지만 간다면 몇 년 정도 걸리잖습니까?"

"아뇨, 그런 일은 없습니다. 목성 5호는 목성 4호보다 새롭게 설계되었기 때문이죠. 가니메데까지 6개월이면 됩니다. 게다가 제5차 목성 파견대와 같이 그쪽을 모항으로 하는 우주함대 편제 때문에 우주선의 왕래가 잦습니다. 예비대가 발족하면 이후 지구와 정기편이 생깁니다. 즉 그쪽에 가서 알아낼 만큼 알아내면 언제든지 돌아올 수 있다는 거죠."

헌트는 콜드웰이 있는 한 정상적인 상태로 오래 지내는 것은 불가능하다고 생각했다. 그는 이 새로운 지령을 거부할 이유가 없었다. 오히려 흥분되었다. 하지만 콜드웰의 설명에는 뭔가 빠진 것이 있는 듯했다. 이전에도 겉으로 드러나지 않은 동기가 있던 상황에서 비슷한 느낌을 받은 적이 있었다. 어쨌든 상관없는 일이었다. 콜드웰은 이미 결정을 한 상태이고, 헌트는 지금까지의 경험으로 콜드웰이 일단 결심하면 어떤 운명의 힘이 작용하는 것처럼 반드시 그것이 실현된다는 것을 알았다.

콜드웰은 헌트가 거부할지도 모른다는 생각에 잠시 대답

을 기다렸다가, 거부하지 않겠다는 판단이 서자 입을 열었다. "당신이 우리에게 합류했을 때 저는 UNSA에서 당신의 자리는 최전선이 될 것이라 말했죠. 거기엔 약속이란 의미도 들어 있었습니다. 저는 반드시 약속을 지키죠."

*

다음 두 주 동안 헌트는 눈코 뜰 새 없이 바빴다. 장기간 지구를 비우게 되면서 그룹 L의 조직도 바꿔야 했고 주변 정리도 끝내야 했다. 이를 해치우자 그는 갤버스턴에서 2주간을 보냈다.

21세기 초의 30년 사이에 달 여객선 좌석은 대부분의 여행사 대리점에서 구할 수 있게 되었다. UNSA의 정기편이 취항하고 있었고 UNSA 장교를 승무원으로 하는 전세기도 있었다. 여객우주선은 편안했고 달기지의 숙박시설도 안전하고 쾌적하여 달 여행은 많은 비즈니스맨에게 해외출장과 큰 차이가 없는 일상적인 것이 되었다. 또한 달 여행을 일생의 추억으로 삼으려는 관광객 수도 증가하고 있었다. 달 여행에 특별한 지식이나 훈련은 필요 없었다. 현재 이미 호텔 체인과 국제선을 가진 항공회사, 패키지 여행사, 건설사로 구성된 한 컨소시엄은 달에 리조트를 건설 중이며 이미 다음 시즌의 예약이 종료된 상태였다.

하지만 목성과 기타 행성은 아직 일반 여행객에게 개방되지 않았다. UNSA의 심우주 탐사 임무를 맡은 사람은 긴급사태 시 자신이 무엇을, 어떻게 행동해야 하는지 숙지하고 있어야 했다. 가니메데의 빙원이나 금성의 찜통더위는 여행객에게 적합하지 않았다.

갤버스턴에서 헌트는 UNSA 우주복과 그 부속장비에 대해 배우고 통신장비와 응급장비, 비상 생명유지장치, 수리키트 사용법을 익혔다. 점검 절차와 무선 방향 탐지 절차, 그리고 고장 발견 기술도 실습했다.

"이 작은 상자가 바로 생명줄입니다." 수강자들을 앞에 두고 한 교관이 말했다. "기계가 고장 나서 100킬로미터 근방에 수리할 사람이 여러분밖에 없는 경우가 발생할지도 모릅니다."

의사들은 우주의학의 기초에 대해서 강의했고 산소결핍, 압력저하, 발열, 체온저하 등이 일어났을 때 권장되는 응급처치를 지도했다. 생리학자들은 장기간에 걸친 체중감소가 뼈의 칼슘에 끼치는 영향을 설명했고 특별히 준비된 규정식과 약물을 통해 어떻게 체내 균형을 유지할 수 있는지도 말했다. UNSA의 장교들은 낯선 환경에서 목숨과 정신을 유지하는 유용한 힌트를 알려줬다. 그것은 위성 신호를 참고로 위험이 가득한 장소를 도보로 답파하는 방법부터 무중력 상태에서 얼굴을 씻는 것과 같이 다양한 범위에 걸쳐 있었다.

이렇게 콜드웰의 지령을 받고 4주가 지난 뒤, 헌트는 휴스턴 교외 32킬로미터의 제2터미널, 12번 발사대의 지하 1.5미터 격납고 벽면에서 뻗어 나온 탑승램프를 지나 은빛 베가 로켓의 선체를 향해 걸어갔다. 한 시간 뒤 탑승대의 유압장치가 천천히 로켓을 지상으로 밀어 올렸다. 몇 분 뒤에 어두워진 허공을 향해 떠오른 베가는 30분 후 예정보다 2초 늦게 지름 1.6킬로미터의 환승위성 케플러에 도킹했다.

케플러에서 헌트를 포함하여 달로 향하는 승객들은 볼품없는 카펠라 달 우주선으로 갈아탔다. 일행은 헌트 외에 중력드라이브를 사용한다고 알려진 가니메데인 우주선을 조사한다는 사실에 기대를 품고 있는 추진기구 전문가 세 명, 통신관계 기술자 네 명, 건축기사 두 명 그리고 단체커 일행으로, 모두 달에서 목성 5호에 탈 예정이었다. 달 우주선은 지구궤도에서 달까지 그들을 운반했다. 서른 시간의 평온한 비행이었다. 달 궤도에 도착한 지 20분 뒤에 강하 허가가 내려졌다는 안내가 스피커에서 흘러나왔다.

얼마 지나지 않아 객실 벽면 화면에 흐르던 평원이나 산맥, 절벽, 구릉 등이 멈추더니 곧 그 크기가 점점 커졌다. 헌트는 이 가운데 이중 원으로 둘러싸인 프톨레마이오스와 알바테그니우 스크레이터 평원과 그 중앙에 원추형으로 돌출된 산을 알아봤다. 알바테그니우스의 외륜산을 클라인 크레이터가 가로막고 있었다. 선체가 북쪽으로 방향을 틀자 경관이 더 커지면서 화면 밖으로 사라졌다. 화면은 프톨레마이오스와 히파르쿠스 평원 남쪽을 갈라놓는 산등성이가 무너진 흔적들로 고정되었다. 평탄하게 보였던 달 표면은 점차 절벽과 계곡들로 뒤범벅된 모습으로 변했고 중앙에는 거대한 기지의 철 구조물이 태양빛을 반사하고 있었다.

달에 건설된 기지 시설이 회색빛 배경 속에서 나타나더니 점차 윤곽이 선명해지며 화면을 가득 채웠다. 중앙의 노란 불빛이 커지면서 월면 지각 내에 건설된 달 우주선 정박 입구로 변했다. 접근층이 깊어 어둠에 삼켜지는 듯 층을 이루고 있는 것이 살짝 보였다. 우주선이 접근하자 거대한 서비스 갠트리가 해치를 열었다. 순간 아크등의 눈부신 빛이 스크린에 넘치며 제동 역분사의 연기가 화면을 가로막았다. 랜딩기어가 월면 바위에 접촉하면서 가벼운 충격을 느꼈다. 엔진이 꺼지자 우주선 안이 갑자기 조용해졌다. 납작한 선수 위에서 좌우로부터 무거운 강철 셔터가 닫히면서 별들이 사라졌다. 정박지에 공기가 채워지자 우주선 승객들은 소리의 세계가 돌아온 것을 느꼈다. 잠시 뒤 벽면에서부터 접근램프가 뻗어 나와 선체와 리셉션 베이를 연결했다.

30분 뒤 달 착륙 수속을 끝내고 헌트는 엘리베이터로 최상층의 프톨레마이오스 메인기지가 내려다보이는 전망 돔에 올라가 오랫동안 인류가 오아시스를 건설한 황량한 암석사막을 음울한 시선으로 바라보았다. 지구는 청색 무늬의 원판이 되어 지평선 위에 떠 있었다. 이를 보자 헌트는 갑자기 휴스턴이나 레딩, 케임브리지와 같은 장소에서 자신이 얼마나 떨어진 곳에 있는지 생각하게 되었다. 여기저기 돌아다니며 지내온 삶에서 그는 어느 한 장소를 자신의 고향이라고 의식한 적이 없었다. 그에겐 특별한 장소가 없었고 어디에 가더라도 그곳을 고향이라 생각하고 만족했다. 하지만 달에 서서 지구를 보는 순간 헌트는 처음으로 고향에서 멀리 떨어져 있다는 것을 강하게 의식했다.

헌트는 주변을 더 둘러보려고 몸을 돌렸다가, 자신이 혼자가 아니라는 것을 깨달았다. 돔 반대편에서 머리가 벗겨지기 시작한 깡마른 사내가 그처럼 사색에 잠긴 듯이 달의 사막을 바라보고 있었다. 헌트는 한참을 망설였으나, 마침내 결심하고 그 남자 곁으로 다가갔다. 그들 주변으로는 어지럽게 흩어진 각종 파이프와 대들보, 철탑, 안테나 등이 은회색 빛의 기하학적 문양을 그리고 있었다. 탑 위에는 레이더가 쉼 없이 돌았고 사마귀처럼 생긴 레이저 수신안테나는 깜박임 없이 하늘을 바라보며 기지 컴퓨터와 육안으로 볼 수 없는 20킬로미터 상공의 통신위성 사이에 끝없는 대화를 계속했다. 기지 시설 건너편에 프톨레마이오스의 웅장한 바위산이 요새처럼 서 있었다. 그 상공의 어둠 속에서 달 수송선이 기지를 향해 내려오고 있었다.

잠시 뒤 헌트는 말을 건넸다. "생각해보면 한 세대 전엔 이곳은 단지 사막에 불과했었죠." 말을 건다기보다, 혼잣말에 가까웠다.

단체커는 바로 대답을 하려 하지 않았다. 겨우 입을 열었을 때도 시선은 돔 밖을 향한 채였다. "하지만 인간은 꿈에 도전하죠." 그는 천천히 웅얼거리듯 말했다. "오늘 꿈에 도전하면 내일 실현할 수 있습니다."

다시 긴 침묵이 흘렀다. 헌트는 담배에 불을 붙였다. "그건 그렇고…." 유리를 향해 연기를 내뿜으며 그가 말을 꺼냈다. "목성까지는 긴 여행이 되겠죠. 내려가서 한잔하지 않겠습니까? 어쨌든 여기까지는 무사히 왔으니까요."

단체커는 잠시 그 제안을 곰곰이 생각하더니 마침내 돔 주변을 둘러보고 처음으로 헌트를 향해 몸을 돌렸다. "저는 사양하겠습니다. 헌트 박사님." 그는 조용하게 말했다.

헌트는 한숨을 쉬고는 걸음을 옮기려 했다.

"하지만…." 단체커의 목소리가 그를 붙잡았다. "만약 당신의 신진대사 능력이 익숙하지 않은 비알콜음료의 충격을 견뎌낼 수 있으시다면, 진한 커피는 대환영입니다."

농담이었다. 단체커가 농담을 날린 것이다!

"뭐든 한 번은 시도해보는 주의라서 말이죠." 엘리베이터를 향해 걷기 시작하면서 헌트가 말했다.

19

궤도에 있는 목성 5호 사령선에는 며칠 뒤에 탑승할 예정이었다. 단체커는 생물학자 일행과의 회의나 달에서 운반할 기자재 수배로 바빴으며 이와 관련이 없는 헌트는 빈 시간을 활용하여 달의 몇 군데를 둘러볼 계획이었다.

헌트는 우선 달 수송기로 티코에 가서 현재까지 계속되고 있는 월인 유적 발굴을 견학했고 그때까지 화상통화로만 이야기를 나누었던 여러 학자나 기술자들을 직접 만났다. 티코 근처에서 진행되고 있는 광산개발이나 시굴 현장도 방문했다. 기술진은 달의 핵까지 시추하려고 했다. 그들은 달의 핵은 철분이 많이 포함된 고품위 광석이 틀림없다고 믿었다. 만약 그런 광맥이 발견되면 몇십 년 안에 달은 거대한 우주선 공장이 될 것이다. 달의 가공 공장에서 반제품 형태를 갖춘 부품이 궤도상에서 조립될 것이다. 달의 자원을 사용하여 달 궤도에서 심우주용 우주선을 건조하는 것은 지구의 중력을 통과하여 운반할 필요가 없다는 것만으로도 경제적 이점이 매우 크기 때문이다.

계속해서 헌트는 달 뒷면의 지오다노 브루노에 있는 커다란 무선 광학관측소를 방문했다. 그곳은 지구의 방해전파를 항구적으로 완전히 차단한 환경에서 고감도 수신기가 작동 중이었다. 대구경 망원경도 대기와 자체 하중에 의한 상의 왜곡에서 해방되어 지구를 벗어나지 못했던 선행자의 한계를 크게 넘어 우주로 그 전선을 넓혔다. 헌트는 모니터 스크린이나 망원경의 시야에 잡힌 근처 항성의 위성을 외경심을 가지고 바라보았다. 목성보다 아홉 배나 큰 위성도 봤으며 이중성의 궤도를 8자 모양으로 도는 기괴한 위성도 관찰했다. 안드로메다 성운의 중심부와 겨우 인식할 수 있는 광점이 된 우주 끝자락의 별도 보았다. 관측기사나 학자들은 달에서 새롭게 발견되고 있는 우주론에 대해 열변을 토했고 선구적인 시공간구조론의 개념을 설명했다. 이런 생각을 통해 기존 최고 속도의 한계를 뛰어넘을 수 있도록 우주공간을 변형시키는 수단도 모색되고 있었다. 이것이 가능해지면 항성 간 여행도 더는 꿈이 아니었다. 관측소의 과학자 중 한 명은 향후 50년 이내에 인류가 은하를 가로지를 수 있다고 확신했다.

헌트의 마지막 예정지는 달 앞면 찰리가 발견된 장소 근처의 코페르니쿠스 기지였다. 코페르니쿠스의 과학자들은 찰리의 일지에서 볼 수 있는 묘사와 스케치한 지도를 토대로 그의 행적을 좇았다. 일지 내용은 이미 휴스턴에서 받았으며 이동시간, 거리, 추정속도로부터 찰리가 달 뒷면 특정 지점에서 출발하여 쥐라 산맥, 무지개 만, 비의 바다를 거쳐 코페르니쿠스에 이르렀을 것으로 추측했다. 그러나 여기에 반론도 있었다. 해결되지 못한 문제가 하나 남았던 것이다. 찰리의 일지에 나온 방위각은 무슨 이유에선지 달의 자전축과 부합하지 않았다. 찰리는 뒷면의 한 지점에서 비의 바다를 횡단했다고 볼 수밖에 없었으나 현재 달의 남북과 전혀 다른 방위를 상정해야 성립할 수 있는 견해였다.

고르다의 위치를 예측하려는 시도는 지금까지 모두 헛수고로 끝났다. 일지의 끝부분으로 판단했을 때, 고르다는 찰리가 발견된 장소에서 그다지 멀지 않은 곳으로 여겨졌다. 찰리가 발견된 장소에서 약 24킬로미터 남쪽에 여러 크레이터가 중복된 지점이 있었다. 크레이터는 모두 새로운 운석 낙하로 생긴 것으로 확인되어 대부분 연구자들은 그곳이 고르다가 있었던 장소이며, 운석 폭풍으로 인하여 흔적도 없이 사라졌다는 생각으로 기울었다.

코페르니쿠스를 떠나기 전에 헌트는 현지 과학자들의 권유에 따라 월면차로 찰리가 발견된 장소를 방문하기로 했다. 기지의 앨버트 교수와 UNSA 조사차량원이 동행했다.

*

월면차는 슬레이트와 같은 암벽 사이의 협곡에서 속도를 줄이다가 멈췄다. 무한궤도, 바퀴, 랜딩기어의 흔적과 발자국 등 과거 1년 반 동안의 왕성한 활동이 주변에 흔적을 남겨 놓고 있었다. 월면차 지붕의 관측 돔에서 헌트는 한눈에 그 장소를 알 수 있었다. 콜드웰의 사무실에서 처음 봤던 광경이었다. 협곡 벽면에 돌무더기가 있고 그 위에 가느다란 길이 갈라진 틈을 향해 있었다.

아래에서 목소리가 들렸다. 헌트는 우주복 때문에 답답하고 어색한 동작으로 일어서서 해치를 지나 짧은 사다리를 통해 제어실로 내려갔다. 운전사는 자리에 기대어 느긋하게 보온병의 뜨거운 커피를 즐기고 있었다. 그 뒤에서 월면차 지휘관이 스크린을 향해 무사히 목적지에 도착한 것을 통신위성을 경유하여 기지에 보고했다. 헌트와 앨버트를 수행하는 상병이 이미 준비를 마치고 앨버트가 헬멧을 쓰도록 도왔으며 헌트도 문 옆 수납장에서 헬멧을 꺼내 썼다. 세 명 모두 준비가 끝나자 상병이 최종적으로 생명유지장치와 통신장치를 점검하고 한 명씩 에어록을 통해 밖으로 내보냈다.

"마침내 왔군요, 헌트. 진짜 달 위에 있습니다." 귓가의 스피커에서 앨버트의 목소리가 들렸다. 헌트는 부츠 밑으로 스펀지처럼 부드러운 모래를 느끼고 몇 걸음 걸어봤다.

"브리튼 해변 같군요." 헌트가 말했다.

"모두 준비되셨습니까?" UNSA의 상병 목소리가 들렸다.

"준비되었습니다."

"그럼 출발하도록 하겠습니다."

각각 오렌지, 빨강, 녹색의 밝은 우주복을 입은 세 명은 돌무더기 가운데에 생긴 닳아버린 홈을 따라 걸었다. 그들은 정상에서 멈춰 이미 골짜기 아래로 장난감처럼 보이는 차량을 내려다봤다.

갈라진 틈으로 이동하여 굴곡부로 올라감에 따라 바위 절벽이 양옆에서 그들을 압박했다. 굴곡부 위에서부터 틈은 곧아졌다. 헌트가 멀리 올려다보자 돌무더기가 언덕 앞을 막고 있었다. 일지에 나온 산등성이일 것이다. 헌트는 오랜 세월이 지났음에도 두 명의 남자가 힘겹게 그곳을 오르내리며 동일한 장소를 바라보던 광경을 생생히 그릴 수 있었다. 그들의 머리 위에는 멸망의 조짐을 보이는 행성이 있었을 것이다.

헌트는 문득 걸음을 멈추고 고개를 갸우뚱했다. 그리고 다시 한 번 산등성이를 보고 몸을 돌려 오른쪽 어깨너머로 밝게 빛나는 지구를 바라봤다. 그는 몇 번이나 거듭 앞뒤로 시선을 옮겨 번갈아 보았다.

"뭐가 잘못되었나요?" 앨버트가 몇 걸음 앞서 가다 뒤돌아보며 말했다.

"글쎄요. 잠시 거기서 기다려주시겠습니까?" 헌트는 앨버트 쪽으로 가서 앞쪽의 산등성이를 가리켰다. "이 장소는 저보다 교수님이 잘 아시지요. 저 산등성이 말인데요. 1년 동안

한 번이라도 지구가 저 위로 올라온 적이 있었나요?"

앨버트는 헌트가 가리키는 쪽을 보고 지구를 힐끔 보더니 헬멧 속에서 고개를 저었다. "없습니다. 달에서 보는 지구의 위치는 언제나 같습니다. 칭동(秤動)이 있어서 좌우로 다소 변화는 있지만, 그 정도까지 움직이지는 않죠." 앨버트는 다시 한 번 산등성이를 바라봤다. "지구가 저쪽으로 오는 일은 없습니다. 이상한 질문이군요. 왜 물어보시는 거죠?"

"문득 생각나는 게 있어서요. 별일 아닙니다." 헌트는 시선을 아래로 향했다. 앞쪽 벽면 바닥 부위에 입구가 보였다. "저기군요. 계속 가봅시다."

동굴 입구는 여러 번 사진으로 보았던 모습 그대로였다. 오랜 세월이 흘렀음에도 인공적으로 만들어졌다는 것을 감출 수 없었다. 헌트는 경외감을 품고 입구로 가서 장갑 낀 손으로 벽을 만졌다. 확실히 드릴의 날 종류에 의한 흔적이었다.

"바로 여깁니다." 몇 미터 뒤에서 걸음을 멈추고 앨버트가 말했다. "우리는 '찰리의 동굴'이라 부릅니다. 찰리의 동료가 처음 여기에 섰을 때의 모습 그대로일 겁니다. 마치 피라미드의 현실(玄室)을 방문하는 느낌이죠."

"멋진 비유군요." 헌트는 허리를 굽히고 안을 둘러봤다. 급하게 어둠 속으로 들어가서인지 아무것도 보이지 않아 벨트에 있는 손전등을 찾았다.

시체를 뒤덮었던 토사는 제거되어 동굴 내부는 생각보다 넓었다. 시체가 있었던 위치를 보며 헌트는 말로 형용할 수 없는 감정이 북받치는 것을 느꼈다. 인류가 역사의 첫 장을 기록하기 몇천 년 전에 이 장소에서 한 남자가 쓰러져 떨리는 손으로 일지의 마지막 장을 기록했고, 바로 그것을 오늘날의 헌트가 40만 킬로미터 떨어진 휴스턴에서 읽었던 것이다. 헌트는 그때부터 현대까지 흘러온 긴 시간을 생각했다. 우주의 어딘가에서 발전하고 멸망한 국가를 생각했다. 재로 변한 여러 도시들, 한순간 빛을 발하고 과거로 사라져 간 생명들. 그 사이 이 바위에 감춰졌던 비밀은 빛을 보지 못한 채 침묵 속에 갇혀 있었다. 한참 지나서 헌트는 입구로 나와 눈부신 빛 속에서 허리를 폈다.

헌트는 다시 한 번 산등성이를 바라보았다. 의식 언저리에서 잡히지 않는 어떤 생각이 무의식의 그늘 아래 인식되기를 바라며 비명을 지르고 있는 듯했다. 그리고 그 생각은 사라졌다.

헌트는 손전등을 다시 허리에 꽂고 건너편의 바위 구조를 관찰하고 있는 앨버트 곁으로 돌아갔다.

20

목성 유인탐사를 위한 거대한 우주선은 1년도 넘게 달 궤도에서 건조되었다. 사령선 외에도 몇천 톤이나 하는 식량과 생활물자, 관측기기를 운반하는 수송선 다섯 척이 달의 머나먼 상공에서 모습을 갖춰갔다. 출발 예정 2개월 전부터 거대한 크리스마스트리 장식처럼 선체 주변을 부유하던 각종 기계, 부자재, 컨테이너, 소형우주선, 연료탱크, 상자들, 케이블, 드럼 및 기타 각종 장치와 부품이 우주선 안으로 흡수되었다. 우주선과 위성을 연결하는 베가 셔틀, 심우주 순양함 및 기타 다양한 목적을 위한 특수우주선도 몇 주 안에 각각의 모선 앞에 모였다. 마지막 주일에 수송선은 달 궤도를 떠나 목성으로 향했고 승객과 마지막 승무원이 달에서 왔을 때는 사령선 한 척만이 머물고 있었다. 출발시각을 목전에 두고 지금까지 사령선 주변에 모여 있던 잡용선이나 감시위성은 일제히 사라지고 경비정 한 무리가 몇 킬로미터의 간격을 두고 대기하고 있었다. TV 카메라는 월면 중계국을 통해 지구방송망에 출발 모습을 전했다.

출발시각이 몇 분 앞으로 다가오자 지구에 있는 몇백만의 TV 화면에서 별을 배경으로 약간 흔들리며 떠 있는, 전장 2킬로미터의 위용을 뽐내는 사령선이 나타났다. 거의 움직이지 않는 그 영상은 거대한 힘을 가진 자가 이제 막 해방되기를 기다리는 태풍 전야의 고요함 같았다. 정각이 되자 비행제어 컴퓨터는 카운트다운 단계에서의 점검을 마치고 지구 관제본부의 출발신호를 확인하여 열핵반응 추진기관이 불을 뿜도록 했다. 지구에서도 그 불꽃을 볼 수 있었다.

제5차 목성파견대의 임무가 시작되었다.

15분 동안 우주선은 궤도를 벗어나 가속해 나갔다. 달의 인력권을 가볍게 벗어난 사령선 목성 5호는 60만 킬로미터 앞서 산개한 수송선단을 통솔하기 위해 날아갔으며 경비정은 이를 확인하고 달로 돌아갔다. 지구의 TV에서는 궤도 위에 있는 망원경이 포착한 사령선이 하나의 광점이 되어 점점 멀어져가는 모습을 전했다. 곧 그 광점도 어둠 속으로 사라졌고 장거리 레이더와 레이저 통신만이 벌어지는 간격을 이어줬다.

사령선에서 헌트와 UNSA의 과학자들은 24호 식당의 벽면 스크린에서 멀어져가는 달을 보았다. 달은 이윽고 하나의 원이 되었고 그 옆 지구의 일부를 가렸다. 며칠 뒤 두 천체는 윤곽이 흐릿한 하나의 덩어리가 되었으며 끝없는 어두운 우주 속에서 출발한 방향을 말해주는 표지판 역할을 했다. 그러나 몇 주 지나자 이조차도 무수한 별 사이에서 빛을 잃었고 한 달 뒤에는 바늘구멍만큼 구분하기 힘든 미세한 광점으로 변했다.

헌트는 좁은 인공환경에서의 생활에 적응하는 데 시간이 필요하다는 사실을 깨달았다. 주변에는 무한한 우주공간이 펼쳐져 있었고, 익숙했던 세계는 매초 16킬로미터 이상의 속도로 멀어져갔다. 안전은 우주선을 설계하고 건조했던 사람들의 기술에 달렸다. 지구의 녹색 산하와 푸른 바다는 생존을 위해 필요한 요소가 아니었으며 다만 한때 현실이었던 흔적에 불과했다. 헌트는 현실이란 잠시 떠났다가 돌아갈 수 있는 절대적인 곳이 아닌 상대적인 것이라 생각했다. 지금 그에게 유일한 현실은 우주선이고, 일시적이지만 그가 남기고 온 것은 존재하지 않았다.

헌트는 선체 외부에 있는 전망 돔에서 시간을 보냈다. 그가 잘 아는 천체 중 유일하게 남은 태양을 바라보면서 점차 자신에게 새로운 차원이 더해져 가는 것을 느꼈다. 생명의 원천인 끊임없는 온기와 빛을 주는 항구적인 태양의 존재가 그에게 안도감을 주었다. 헌트는 고대의 항해자를 생각했다. 항해술이 발달하지 않았던 시절, 뱃사람은 결코 육지가 시야에서 사라지는 지점까지 가지 않았다. 그들도 역시 안도감이 필요했던 까닭이었다. 그러나 머지않아 인류는 심연을 향해 뱃머리를 돌리고 은하들 사이로 나아갈 것이다. 안도감을 주는 태양도, 별도 없다. 은하계는 무한한 공간 속 흐릿한 그림자와 같은 존재에 불과했다.

그 심연의 끝에는 어떤 미지의 대륙이 기다리고 있을까.

*

단체커는 우주선의 무중력 구역에서 비번인 승무원과 3차원 축구시합을 보며 시간을 보내고 있었다. 시합은 미식축구 규칙에 상하 움직임을 가미한 것으로 투명 플라스틱의 거대한 구형(球形) 코트에서 이루어졌다. 선수는 풍선 같은 코트 속을 상하좌우 모든 방향으로 다니며 서로 부딪히고 벽에 튕기면서 마주 보는 원형 골에 공을 넣으려 했다. 하지만 이 경기의 실제 목적은 기분을 전환하고 단조롭고 긴 항해로 무뎌진 근육을 움직이게 하는 것이었다.

승무원이 다가와서 단체커의 어깨를 두드리며 레크리에이션 데크 밖의 화상전화 부스에 호출이 왔다고 전했다. 단체커는 고개를 끄덕이고 벨트의 안전루프를 좌석에 있는 앵커핀에서 빼내어 손잡이에 걸었다. 한 번 살짝 잡아당기자 그의 몸이 떠올라 입구로 향했다. 화면에서 400미터 떨어진 곳에 있는 헌트가 인사하고 있었다.

“헌트 박사님이시군요.” 단체커가 인사하며 말했다. “좋은 아침입니다. 이 인공지옥에서는 정확히 지금 몇 시인지 알 수 없지만요.”

“안녕하십니까, 교수님.” 헌트가 대답했다. “실은 가니메데인에 대해 생각을 하고 있는데, 두세 가지 의견을 듣고 싶어서요. 30분쯤 뒤에, 가볍게 식사나 하면서 얘기하면 어떨까요?”

“좋습니다. 어디가 좋을까요?”

“저는 지금부터 E구역의 식당으로 가려고 합니다. 그곳에서 기다리죠.”

“알겠습니다. 바로 가도록 하겠습니다.” 단체커는 전화를 끊고 부스에서 나오자 바로 복도로 돌아가 우주선 중심을 향해 내려가는 횡단 샤프트의 입구로 향했다. 손잡이를 따라 중심으로 향하고 출구 앞에서 멈췄다. 환승록을 빠져나오자 그곳은 중심축이라 회전속도가 느려 인공중력이 낮은 구역이었다. 그는 다른 손잡이를 따라 몸을 날린 뒤 느린 가속을 느끼고 벽면에 착지했다. 이제 이곳이 바닥이었다. 정상자세로 돌아온 뒤 단체커는 표시에 따라 가장 가까운 튜브 접근 포인트까지 걸어가서 호출 단추를 눌렀다. 몇 초 뒤 그를 태운 캡슐은 튜브 속에서 E구역을 향해 미끄러지듯이 이동했다.

연중무휴의 셀프서비스 식당은 자리가 반 정도 차 있었다. 카운터 안 조리장에서 나이프와 포크가 접시에 부딪히는 익숙한 소리가 났다. UNSA의 요리사 세 명이 UNSA 특제 계란이나 콩, 닭다리, 스테이크를 접시에 내놓고 있었다. 목성 4호에서는 전자레인지로 각자 음식을 만들어 먹는 무인 주방을 채용했으나 승무원 사이에서 평판이 나빴기 때문에 목성 5호에서는 옛 방식이 부활한 것이다.

헌트와 단체커는 식사 중인 승무원이나 카드놀이를 하는 집단, 큰소리로 논쟁 중인 기술자들 사이를 지나 가장 안쪽의 빈 식탁으로 가, 쟁반을 내려놓고 자리에 앉았다.

"우리 가니메데인 친구를 생각하셨다고요?" 빵에 버터를 바르며 단체커가 말했다.

"가니메데인과 월인을 말이죠." 헌트는 대답했다. "우선 저는 가니메데인이 미네르바로 옮긴 지구생물에서 월인이 진화했다는 교수님의 생각이 흥미롭습니다. 지구에 그들의 흔적이 없는 이유를 말끔히 설명할 수 있는 것은 그것밖에 없으니까요. 그렇지 않다는 생각도 있지만 제가 보기엔 다 설득력이 없는 것 같습니다."

"박사님께서 그렇게 말씀하시니 참 기쁘군요." 단체커가 말했다. "다만 문제는 어떻게 이를 증명하는가 하는 거죠."

"아, 제가 생각했던 것이 바로 그 점입니다. 어쩌면 반드시 증명할 필요가 없을지도 모릅니다."

단체커는 고개를 들고 안경 너머로 이상하다는 듯 헌트를 바라보았다. 흥미가 생긴 것 같았다. "정말인가요? 어째서죠?"

"미네르바에서 발생한 일을 알아내는 것은 굉장히 어려운 일입니다. 지금 미네르바는 존재하지 않고 남아 있는 것은 태양계 안에 흩어진 몇백만 개의 바윗덩어리들뿐이니까요. 하지만 월인에게는 그런 문제가 없었죠. 그들 발밑에 미네르바가 존재했으니까요. 게다가 그들은 진보된 과학지식을 가지고 있었습니다. 그런 그들이 과학 연구를 통해 무엇을 알아냈을까요? 적어도 어떤 분야에서 말이죠." 헌트가 말했다.

단체커는 헌트가 말하려는 바를 깨닫고 눈이 빛났다. "아!" 그는 즉시 탄성을 질렀다. "알겠습니다. 만약 가니메데인의 문명이 미네르바에서 번영했다면 월인들은 당연히 그 문명에 대해 상당히 자세하게 연구했을 것이란 말이죠?" 그는 잠시 말을 멈추고 얼굴을 찡그렸다. "하지만, 그 점은 그다지 큰 기대를 할 수 없지 않을까요? 행성을 재현하는 것이 불가능한 것과 마찬가지로 월인의 과학자료도 우리가 손에 넣을 수 없으니까요."

"네. 맞습니다." 헌트가 긍정했다. "월인의 과학에 대한 자세한 기록은 없습니다. 하지만 우리에겐 그 마이크로도트 자료들이 있습니다. 그곳에 기록된 내용은 극히 일반적인 것이지만 만약 그들 이전에 아주 수준 높은, 진보한 인종이 있었다는 것을 발견했다면 큰 소동이 있었을 게 틀림없을 것이라 생각합니다. 누구 하나 모르는 사람이 없을 정도로 화제가 되었겠죠. 우리가 달에서 찰리를 발견했던 것처럼 말이죠. 그래서 아마 월인이 남긴 기록에도 그런 내용을 말하는 부분이 있을 것입니다. 우리가 그것을 해독해낼 능력이 있다면 말입니다." 헌트는 말을 멈추고 소시지를 입에 넣었다. "이런 생각에 저는 몇 주 동안 입수한 모든 자료를 읽어보고 그런 부분이 있는지 면밀히 살펴봤습니다. 물론, 구체적인 어떤 증거가 될 만한 것이 있다고는 생각하지 않았죠. 다만 지금 우리가 문제 삼고 있는 행성이 어떤 세계인지 좀 더 확신을 가지고 말할 수 있는 재료를 찾으려고 했죠."

"수확은 있었나요?" 단체커는 흥미 있어 보였다.

"몇 가지는 있었습니다." 헌트가 말했다. "우선 첫째로, 월인어로 된 문장에는 종종 '거인'이란 표현이 많이 등장한다는 점입니다. 예를 들어 '옛날 거인시대보다'라든가 '아주 옛날에'라는 뜻으로 '거인시대로 돌아가서' 등으로 말이죠. 또 다른 곳에서는 '한때 거인조차 이 세상에 없었던 시절'이란 표현도 있습니다. 이 외에도 이런 종류의 표현이 많이 나옵니다. 이런 점을 보면 역사적인 근거가 있는 것처럼 보이죠." 헌트는 말을 멈추고 단체커가 그 의미를 확실히 이해할 때까지 기다렸다. "이뿐만이 아닙니다. 이 '거인'이란 말은 거대한 힘이나 지식과 관련된 표현에도 사용됩니다. 예를 들면 '거인만큼 축복받은 두뇌의 소유자'같이 말이죠. 교수님도 이제 아시겠지만 이런 표현에서 월인들이 먼 과거에 어쩌면 기술적으로도 아주 발달했던 거대 인종이 있었다는 것을 알고 있었다고 볼 수 있습니다."

단체커는 잠시 아무 말 없이 음식을 뒤적였다. "지금 말씀만으로는 뭐라 할 수 없습니다만…." 잠시 뒤 그가 입을 열었다. "저는 그건 상상의 산물이 아닐까 하는 생각이 듭니다. 말하자면 우리의 전설상의 영웅과 마찬가지로 신화적인 상상의 산물이 아닐까요?"

"저도 그 점은 생각해 봤습니다." 헌트가 인정했다. "하지만 잘 생각해보면 그렇게 단언할 수 없다는 것을 알 수 있습니다. 월인의 세계는 말하자면 실용주의의 세상이었습니다. 그들이 공상에 잠길 여유 같은 것은 없었어요. 종교라든가 정신문화에 대해서는 불모에 가까웠던 인종이었죠. 그들이 놓인 상황을 생각하면 무리도 아니지만요. 그들은 자신밖에 의지할 수 없다는 것을 잘 알고 있었습니다. 마음의 여유 따위는 사치였던 것이죠. 신이나 영웅처럼 그들의 고민을 해결해 주는 산타클로스 같은 환상을 기대할 여유가 없었습니다." 헌트는 고개를 저었다. "저는 월인이 거인 전설을 만들어냈다고 생각하기 어렵습니다. 그들과 어울리지 않아요."

"그렇군요." 단체커가 다시 아무 말 없이 접시 쪽으로 고개를 숙였다. "월인들은 자신보다 앞서 가니메데인이 있었다는 것을 알았단 말이죠. 그건 그렇고 저를 만나고자 한 것은 그 외에도 하실 말씀이 있어서가 아닌가요?"

"그렇습니다." 헌트가 말했다. "자료를 읽다가 몇 가지 깨달은 점이 있는데 그게 교수님 분야라서 말이죠."

"말씀해보시죠."

"만약 가니메데인이 각종 동물을 미네르바로 이주시켰다면 나중에 월인 생물학자들은 연구대상에 대해 머리가 아프지 않았을까요? 그러니까, 그들이 연구하는 동물은 명확히 두 분류로 나뉘고, 둘 사이에는 전혀 관계가 없다는 거죠. 지구생물에 대해 우리와 달리 월인은 아무것도 몰랐으니까요."

"그뿐만이 아니죠." 단체커가 앞서 나가며 말했다. "미네르바의 생물에 대해서는 진화과정을 생명의 기원까지 거슬러 올라갈 수 있을 것입니다. 그러나 다른 곳에서 이식된 것은 2천5백만 년까지만 추적할 수 있습니다. 그 이전에 대해서는 전혀 연구재료가 없지요. 그 동물이 어디서 진화해 왔는지, 그 조상에 대해서도 알아낼 수 없었겠죠."

"바로 그 점을 여쭤보고 싶었습니다." 헌트는 몸을 숙여 팔꿈치를 식탁에 얹으며 말했다. "교수님이 월인 생물학자라면 이를 어떻게 해석하시겠습니까?"

단체커는 요리를 입에 넣은 채 씹는 것도 잊고 헌트 등 뒤의 먼 곳을 응시했다. 잠시 후 그가 천천히 고개를 흔들었다. "몹시 어려운 질문이군요. 그런 상황에서는 아마 가니메데인이 외계 종을 이식시켰다고 추측할 것입니다. 그러나 이는 화석을 조사하면 몇천만 년 전부터 기록이 연속되는 것이 당연한 지구인 생물학자의 견해겠죠. 그런 생각이 익숙하지 않은 월인은 어느 시기 이전의 기록이 사라진 것에 대해 이상하다고 느끼지 않을지도 모릅니다. 월인이 자란 세계에서 그런 점이 당연했다고 한다면…." 단체커는 애매하게 말을 멈추고 잠시 생각에 잠겼다. "제가 월인이라면," 그는 별안간 확신에 차서 말을 꺼냈다. "이런 식으로 설명할 것입니다. 생명은 먼 과거 미네르바에서 발생했다. 그리고 변이와 도태를 반복하며 진화하면서 여러 계통으로 분기했다. 2천5백만 년 전 비교적 단기간에 집중적으로 돌연변이가 발생했다. 그중 지금까지와는 전혀 다른 새로운 형태의 생물이 탄생했다. 이 새로운 계통은 그 이전 계통과 평행진화를 하여 여러 종으로 갈라졌다. 그리고 그 끝에 월인 자신이 출현했다. 저라면 이렇게 새로운 진화계열을 설명할 것입니다. 이것은 지구에서 곤충의 출현과 같습니다. 곤충은 다른 어느 계열과도 연관이 없죠." 그는 자신의 말을 검토해보더니 확신에 찬 듯 끄덕였다. "그렇습니다. 이런 해석에 비교하면 인위적인 행성 간 이주와 같은 설명은 말도 안 된다고 월인은 생각했겠죠."

"교수님이라면 그렇게 말씀하실 것으로 생각했습니다." 헌트는 만족한 듯이 말했다. "실제로 월인들도 그렇게 생각한 것 같습니다. 제가 읽은 것에서는 명확하게 그렇게 설명된 부분은 없지만, 여러 가지 단편적인 기술을 종합해보면 대체로 그렇습니다. 그런데 또 한 가지 이상한 부분이 있습니다."

"네?"

"어떤 단어가 나오는데, 영어에는 이에 딱 해당하는 말이 없습니다. 굳이 말하자면 '인간답다' 또한 '인간과 관련된'이라는 뜻입니다만, 이것이 여러 동물의 종류를 설명하는 데 사용되고 있습니다."

"다른 데서 이식된 동물이 자신들과 연관이 있는 것을 말하는 것이 아닐까요?" 단체커가 제안했다.

"그렇습니다. 하지만 같은 말이 전혀 다른 문맥에 나와서 말이죠. '육지로 올라갔다', '육지의'와 같이 건조한 지상의 것을 의미하는 말로도 사용되고 있습니다. 이렇게 다른 두 뜻에 대해 어떻게 같은 표현을 사용할까요?"

단체커는 얼굴을 찌푸렸다. "모르겠군요. 뭔가 중요한 일인가요?"

"저도 잘 모르겠습니다. 그러나 여기에 중요한 의미가 있다고 생각합니다. 이 점에 대해 저는 언어학팀과 연락을 취해서 충분히 확인했고 아주 재밌는 일을 알았습니다. '인간답다'와 '육지'가 미네르바에서 동의어로 사용된 것은 이 둘이 같은 것을 의미했기 때문입니다. 그래서 우리는 이를 표현하기 위해 '대지 위'란 뜻으로 테레스토이드(terrestoid)라는 말을 만들었습니다."

"모두가 그렇단 말이죠? 그럼 찰리 시대는 미네르바에서 기원한 생물은 하나도 남아 있지 않았다는 말씀인가요?" 단체커는 놀란 듯이 물었다.

"우리는 그렇게 생각하고 있습니다. 적어도 육상에는 말이죠. 가니메데인을 포함하여 아주 많은 종류의 화석이 그 시대까지는 남아 있었지만, 그 시점 이후엔 테레스토이드만 나오게 되었겠죠."

"바다는 어떻습니까?"

"바다는 사정이 다릅니다. 예로부터 있던 미네르바 계열의 생물은 그대로 계속되었습니다. 교수님의 물고기가 있잖습니까."

"이상하군요." 단체커는 감자구이를 꽂은 포크를 든 채 외쳤다. "그럼 미네르바의 고유 육상생물은 홀연히 사라졌다는 말입니까?"

"네. 아주 단기간에요. 저는 지금까지 가니메데인이 어떻게 되었는지 여러 가지 생각을 해봤습니다. 아무래도 이쯤에서 시야를 넓혀야 할 것 같습니다. 가니메데인과 관련 육상생물은 모두 어떻게 되었는지에 대해 말이죠."

21

몇 주 동안 두 과학자는 미네르바 기원의 육상생물이 홀연히 사라진 이유에 대해 논의했다. 물리적인 재해는 제외해도 될 듯했다. 만약 그런 원인으로 생물이 멸종했다면 테레스토이드도 멸망을 피할 수 없을 것이었기 때문이다. 기상변화에 대해서도 마찬가지였다.

이주 동물에 의한 미생물 때문에 일시적으로 전염병이 발생했을 가능성도 검토했다. 미네르바 고유의 생물은 그런 병에 대해 유전적으로 저항력을 갖고 있지 못했을 가능성도 있었기 때문이다. 하지만 두 가지 이유로 제외되었다. 우선 몇 백만이 넘었을 모든 생물 종을 멸망시킬 만큼 강력하고 보편적인 전염병이 존재하기란 현실적으로 불가능했다. 또 지금까지 가니메데로부터 나온 정보에 의하면, 가니메데인의 과학기술은 월인이나 현대 지구인보다 훨씬 진보했으며 그들이 동물과 함께 세균을 가지고 돌아오는 잘못을 저지를 리 없었다.

이 가설의 변형으로 세균전이 확대되어 수습할 수 없게 되었다는 가설도 나왔다. 전염병설을 기각시킨 두 근거도 이 생각에 대해 그다지 유효한 걸림돌로 작용하지 않았다. 결국 세균병기는 하나의 가능성으로 남게 되었다. 달리 생각해볼 가능성은 하나밖에 없었다. 즉 미네르바 대기의 화학구성에 변화가 생겨 테레스토이드는 이에 적응했으나 미네르바 기원 생물은 적응할 수 없었다는 생각이다. 하지만 그 변화란 어떤 것일까.

목성 5호에서 이 두 가능성에 대해 검토하고 있는 가운데 지구에서 레이저 통신을 통해 나바컴 내부에서 일어난 새로운 논쟁에 대한 자세한 내용이 알려졌다. 순수지구론자의 한 분파는 계산을 통해 월인은 미네르바에서 생존이 불가능하며 번영할 수 없었다고 주장했다. 태양과의 거리로 볼 때 너무 춥다는 것이다. 물이 액체 상태로 존재할 수 없었고, 이 사실로부터 찰리의 지도가 어디를 표시하는지 모르지만 결코 소행성대 부근은 아니었다는 것이다.

이에 대해 미네르바파들은 단결하여 독자적인 계산으로 반격했다. 그들의 계산에 따르면 대기 중 이산화탄소의 온실효과로 미네르바의 기온은 생각보다 높았다는 것이다. 또한 기온을 유지하기 위한 이산화탄소의 비율은 숀 교수가 찰리의 세포대사 분석과 호흡기 구조로 추정한 미네르바의 대기 구성에 부합한다고 역설했다. 찰리가 높은 농도의 이산화탄소에 생리적으로 적응했다는 숀 교수의 새로운 발표가 순수 지구론자의 발목을 잡았다.

미네르바의 대기 중 이산화탄소의 농도에 대해 갑자기 관심이 높아짐에 따라 헌트와 단체커도 독자적인 실험을 계획했다. 헌트의 수학자적인 지혜와 단체커의 분자생물학적인 지식을 통해 그들은 미네르바산 물고기로부터 얻은 데이터를 토대로 미네르바의 미세화학 행동습성 컴퓨터 모델을 만들었다. 완성하는 데는 3개월이 걸렸다. 그들은 대기의 화학적 구성을 달리했을 경우에 대한 연산자를 모델에 대입하여 그 효과를 알아보았다. 화면에 나타난 숫자를 보고 단체커는 명확하게 결론을 내렸다. "이 물고기와 같은 조상에서 진화하여 기본적으로 같은 미세화학적 구조로 폐호흡을 하는 생물은 모두 이산화탄소를 포함한 특정 독소에 대해서 민감하군요. 대부분의 지구생물에 비하면 전혀 저항력이 없다고 할 수 있습니다."

이번에야말로 안개가 걷힌 듯이 명확해진 것 같았다. 지금부터 약 2천5백만 년 전 미네르바 대기의 이산화탄소 농도가 급격히 높아진 것이다. 어떤 자연현상으로 암석의 화학 구성 중 가스가 방출되었거나 가니메데인의 활동이 그런 현상을 발생시켰을 것이다. 가니메데인이 외계 생물을 이주시킨 이유도 이로써 설명할 수 있다. 그 최대 목적은 이산화탄소를 흡수하여 산소를 생성하는 식물을 행성에 심고 대기의 균형을 회복시키는 것이리라. 동물은 생태적 균형을 유지하고 식물의 성장을 돕기 위해서 포함한 것이다. 그러나 이 시도는 실패했다. 행성 고유의 생물은 새로운 환경에 결국 적응하지 못했다. 그리고 저항력이 있는 외계 생물이 경쟁 상대가 사라진 신세계에서 크게 번식한 것이다. 이는 어디까지나 가설이며 실제로 미네르바에서 그런 일이 있었는지는 아무도 알 수 없었다. 앞으로도 영원히 알아낼 수 없을 것이다.

또한 가니메데인이 어떤 말로를 걸었는가에 대해서도 추론할 수 있는 재료가 없었다. 그들은 미네르바의 다른 생물들과 비슷한 시기에 함께 멸망했거나 대기정화 시도가 성공하지 못하자 미네르바를 포기하고 외계 생물을 남겨놓은 채 태양계를 탈출하여 신세계를 찾아 나섰을지도 모른다. 헌트는 그 가능성을 믿고 싶었다. 자신도 알 수 없는 이상한 이유로 헌트는 이 미스터리에 싸인 인종에 친근감을 가지게 되었다. 월인의 자료 중에는 '우주 저편, 지금은 구세계 거인들이 살고 있는 세계…'라고 시작하는 문장이 있었다. 헌트는 그것이 사실이기를 바랐다.

이렇게 해서 미네르바 고대사의 한 장이 아주 빠르게 마무리되었다. 이제 월인 문명이 지구가 아닌 미네르바에서 진보하고 번영했다는 사실에는 의심의 여지가 없었다. 숀이 한때 헌트의 달력에서 찰리의 수면시간을 통해 하루의 길이를 알아내려고 시도하다 실패했던 것도 이로써 설명할 수 있었다. 월인의 조상은 24시간 주기의 대사 리듬을 가진 채 지구에서 이 행성으로 옮겨간 것이다. 그 뒤 2천5백만 년이 지나며 그 후손의 일부 융통성 있는 생리기능은 미네르바의 하루 35시간에 잘 적응했지만, 변화하지 못한 부분도 있었던 것이다. 찰리 시대에 월인의 체내시계는 혼란스러운 상태였다. 숀의 계산이 의미가 없었던 것도 그 때문이었다. 하지만 찰리의 일지에 등장하는 숫자 중 모순되는 점은 여전히 해결하지 못하고 있었다.

*

콜드웰은 휴스턴에서 헌트와 단체커의 보고서를 보고 매우 만족했다. 전부터 그는 결과를 내기 위해서는 두 과학자가 개인적인 반목과 마찰을 피하고 능력을 합쳐 문제를 해결해야 한다고 생각했다. 공통된 과제의 크기가 개별 문제를 압도하는 상황으로 만들려면 어떻게 해야 하나? 그들은 무엇을 공유하고 있는가? 가장 단순하고 명쾌한 사실, 즉 그들은 모두 지구라는 행성에 속했다는 점이다. 이 기본적인 사실이 무엇보다 가장 큰 의미가 있는 장소는? 달의 황량한 평원이나 아니면 몇억 킬로미터 저편의 우주야말로 그런 장소가 아니겠는가. 모든 것은 그가 기대했던 것 이상으로 돌아가고 있는 듯했다.

"그러니까 제가 항상 말했잖아요." 헌트의 조수가 보고서 사본을 보여주자 린 갈런드가 수줍은 듯이 말했다. "콜드웰은 사람을 다루는 데 천재예요."

지구로부터 일곱 대의 우주선이 가니메데 궤도에 도착한 것은 제4차 목성파견대의 고참, 특히 이제 임무를 마치고 곧 귀환을 앞둔 자들에게는 의미 있는 순간이었다. 지금부터 몇 주에 걸쳐 우주선과 위성 간에 기자재 및 물자 운반의 복잡한 프로그램이 전개될 예정이었고 가니메데 상공은 출발 직전의 월면 상공에 뒤지지 않을 만큼 복잡해졌다. 두 대의 사령선은 16킬로미터의 공간을 두고 두 달 동안 머물 계획이었다. 그 뒤 목성 4호는 새로 도착한 두 대의 수송선과 함께 칼리스토 상공으로 이동하여 이미 위성상에 설치된 기지의 확장작업에 종사할 예정이었다. 목성 5호는 가니메데에 머물고 현재 달에서 마지막 초읽기에 들어간 토성 2호가 5개월 뒤에 도착하는 것을 기다리게 된다. 가니메데 상공에서 랑데부를 한 뒤 어느 한쪽(아직 정해지지 않았다)은 최대 거리, 최대 규모의 유인탐사 임무를 띠고 토성으로 향할 것이다.

장기간에 걸친 목성 4호의 임무는 마침내 끝을 고했다. 최신 설계의 우주선에 비해 속도가 느린 목성 4호는 불필요한 장치나 기계를 제거하여 칼리스토 주위를 도는 항구 궤도기지로 사용될 것이다. 그리고 몇 년 뒤에는 아쉽게도 해체되어 건설자재로 사용된다.

가니메데 상공의 복잡도는 정점에 달했고 UNSA의 과학자들이 위성으로 이동하는 것도 사흘 앞으로 다가왔다. 몇 개월 동안 우주선 내에서 지내면서 생활방식에 익숙해지고 승무원과도 친해진 헌트는 짐을 꾸리고 배 중앙부의 썰렁해진 도킹 베이에서 베가 착륙선 순서를 기다리자 향수가 밀려왔다. 이 거대한 합금도시의 내부도 이것이 마지막일 것이다. 지구로 돌아갈 때는 수송선으로 운반된 소형 고속 우주순양함을 탈 예정이었다.

한 시간 뒤 우주정비사들로 둘러싸인 목성 5호는 베가 선실의 화면에서 급격히 멀어져갔다. 이윽고 화면이 바뀌고 음산한 안개로 둘러싸인 가니메데의 표면이 다가왔다.

*

헌트는 가니메데 중앙기지 제3거주지역의 간소화 방에 들어가자 침대 옆에 앉아 자신의 짐을 알루미늄 사물함에 옮겼다. 문 위에 있는 배기 그릴은 시끄러운 소리를 내고 있었다. 벽 바닥 근처에 설치된 흡기구로부터 엔진오일의 냄새가 섞인 온풍이 흘러들어왔다. 어딘가 밑에서 전달되는 거대한 기계음으로 바닥의 동판이 진동했다. 반대편 침대의 베개에 기대면서 단체커는 크리스마스이브를 맞이한 어린 학생처럼 들떠 팩시밀리 자료나 컬러 사진을 뒤지면서 흥분상태로 말했다.

"생각해봐요. 헌트 박사. 드디어 내일 2천5백만 년 전 지구를 돌아다녔던 동물을 두 눈으로 볼 수 있단 말입니다. 생물학자로서 이런 경험을 위해서라면 한쪽 팔을 잃어도 아깝지 않아요." 그는 폴더를 집어 올렸다. "이것 봐요! 이렇게 완벽한 상태로 보존된 트릴로포돈을 보는 것은 처음이에요. 네 개의 엄니가 있는 4.5미터나 되는 마이오세의 매머드라니. 이보다 더 흥분되는 일이 있겠습니까?"

헌트는 벽 가득히 핀으로 붙인 사진들을 보며 얼굴을 찌푸렸다. UNSA의 전 방주인이 남기고 간 것이었다. "솔직히 말하면, 있죠." 그는 낮은 목소리로 말했다. "생생한 트릴로포돈과 몸차림은 다르지만."

"음? 뭐라고요?" 단체커는 안경을 쓴 두 눈을 무슨 말인지 모르겠다는 듯이 껌벅였다.

헌트는 담뱃갑을 향해 손을 뻗었다. "아무것도 아닙니다." 그는 한숨을 내쉬었다.

22

북쪽에 있는 갱구까지 비행은 두 시간도 걸리지 않았다. 지구에서 온 일행은 관제탑의 장교식당에서 커피를 마시며 제4차 파견대의 과학자들이 가니메데인의 최신 조사결과에 대해 설명하는 것을 들었다.

가니메데인의 우주선은 장거리 및 대규모 우주비행을 하는 도중이었으며 그 목적은 결코 정해진 범위의 탐사조사는 아니라고 추측했다. 우주선의 추락으로 몇백 명의 가니메데인이 목숨을 잃었다. 막대한 양의 식량, 기자재, 기계장치, 가축류 등으로 판단하면 가니메데인의 목적지가 어디든 간에 그들은 도착지에서 정주할 예정인 것 같았다.

우주선의 구조, 특히 장비와 제어시스템은 가니메데인의

과학지식이 얼마나 발달했는지를 보여줬다. 전자공학적 측면에서는 아직도 알아내지 못한 것이 대부분이었다. 특수 목적의 컴퓨터는 UNSA의 기술자들조차 그 기능을 상상할 수 없었다. 가니메데인의 컴퓨터는 거대 집적회로기술을 구사한 것으로, 컴포넌트를 여러 층으로 구성하여 하나의 실리콘 블록에 조립해서 소형화를 꾀한 것이었다. 내부 열은 회로와 함께 조립된 전자냉각 네트워크에 의해 방산하는 구조였다. 한 예로 항공관제시스템의 일부라 생각되는 컴포넌트가 있지만, 이 집적밀도는 거의 인간의 두뇌에 가까웠다. 한 명의 물리학자가 대형 사전 정도의 실리콘 블록을 들어서 일행에게 보여주었다. 연산능력으로 말하면 이 블록 하나는 나바컴 사령부에 있는 대, 소형 컴퓨터를 전부 다 합쳐도 발끝에도 미치지 못한다고 그 과학자는 단언했다.

우주선은 견고한 유선형 구조였다. 이를 통해 우주선은 대기 속을 비행하고 행성에 착륙했을 때 자체 하중으로 붕괴하지 않도록 설계된 것임을 알 수 있었다. 가니메데인의 우주선 기술은 현대 베가 로켓과 심우주 궤도 간 수송선의 기능을 하나의 선체로 병용하는 것이 가능한 수준이었다.

추진기구도 혁명적이었다. 분사 노즐은 어디에도 없으며 반사경도 없어서 우주선은 열역학 추력 종류나 광자의 반동력을 이용하지도 않는 것이 명백했다. 중앙연료탱크 시스템은 막대한 양의 전자력을 연속된 변환기와 발전기에 공급하도록 설계되었다. 이는 60제곱센티미터의 초전도 모선(母線)

과 주 추력엔진으로 보이는 상호 배치된 구불구불한 구리 막대에 공급되었다. 몇몇 이론이 나오고 있으나 어떻게 이것이 배를 움직이는지 정확히 아는 사람은 없었다.

이것이 정말 우주선인가? 가니메데인은 항성 간 엑소더스를 집단적으로 감행했을까? 태양계를 떠나기 위해 미네르바를 떠난 직후 이 배는 침몰한 것일까? 그 이외에도 수많은 질문이 대답을 기다리고 있었다. 그러나 한 가지는 확실했다. 만약 찰리의 발견이 나바컴에 2년간 할 일을 주었다면 이것은 전 세계의 과학자 절반이 10년은 매달리기에 충분한 정보를 제공하고 있었다. 한 세기를 넘기지 않는다면 말이다.

일행은 최근에 세워진 실험돔에서 몇몇 가니메데인의 해골과 스무 마리의 지상 동물들이 포함된 얼음 아래에서 발굴한 것들을 조사하며 몇 시간을 지냈다. 단체커는 헌트와 콜드웰에게 몇 개월 전 휴스턴에서 화면으로 보여줬던 유인원 종류가 그중에 포함되지 않아 실망했다. '키릴로스(Cyril)'라 명명된 그 유인원은 더 자세한 분석을 위해 목성 4호 지휘선의 실험실로 옮겨졌다. 키릴로스는 이 임무의 주임 과학자를 기리기 위해 UNSA의 생물학자가 붙인 이름이었다.

기지 내 구내식당에서 점심을 먹은 후 그들은 수갱머리를 덮고 있는 돔으로 걸어갔다. 15분 뒤 그들은 빙원 표면 아래 깊숙한 곳에 서서 경외감을 가지고 우주선을 바라보았다.

우주선은 흰빛으로 가득한 동굴 안에서 완전히 드러나 있었고 얼음이 지지대 역할을 하고 있었다. 얼음기둥과 철제 잭의 어지러운 숲이 천장을 떠받치는 가운데 선체가 드러나 있었고 측면으로 이어지는 램프와 발판 아래 외벽 역시 제거되어 내부 모습도 보였다. 이 층 전체가 기중기로 꺼낸 여러 기계들로 어지러웠다. 이 광경은 헌트가 볼랜 사장과 함께 시애틀 근교 보잉 공장을 방문하여 1017 스카이라이너를 조립하던 모습을 시찰했던 것을 상기시켰다. 그러나 여기에선 모든 것이 훨씬 더 규모가 컸다.

그들은 4.5제곱미터 넓이의 디스플레이 스크린이 있는 지휘갑판에서부터 통제실을 지나 거주구역과 병원, 화물칸, 그리고 동물을 실었던 우리가 늘어선 곳까지 선체 전체에 걸쳐 있는 사다리와 좁은 통로의 연결점을 돌아다녔다. 주 에너지 변환기와 발전기가 위치한 구역은 인상적이었으며 열핵발전소의 내부처럼 복잡했다. 이를 지나 칸막이를 통과하면서 거대한 두 구체 구조물 아래에서는 난쟁이가 된 듯했다. 기술자는 그들을 이끌면서 그 거대한 금속 표면을 가리켰다.

"저 벽의 외피 부분의 두께는 4.8미터나 됩니다." 그는 일행에게 설명했다. "텅스텐카바이트를 크림치즈 자르듯이 자를 수 있는 합금으로 되어 있습니다. 이 내부의 질량 비중은 경이적입니다. 저 거대한 도넛 형태의 통로 속에서 고도로 농축된 물질은 강력한 자장과 상호작용에 의해 환류하거나 공명진동을 일으켰을 거로 추측하고 있습니다. 아마 이로 인하여 생성된 중력 포텐셜의 커다란 변동을 어떤 형태로든 제어하여 우주선 주변의 공간을 자유롭게 왜곡시켜 추력을 얻었을 겁니다. 말하자면 우주선은 자신이 앞에다 만들어내는 구멍에 떨어짐으로써 전진하는 것이죠. 다시 말하면 4차원의 무한궤도라고 할 수 있습니다."

"즉, 우주선은 스스로 시공간의 거품에 갇히고 그 거품이 통상공간에 전파된다고 말입니까?" 일행 중 한 명이 질문했다.

"네. 그렇다고 할 수 있습니다." 기술자가 대답했다. "거품은 참 적절한 비유군요. 재미있는 사실은 만약 실제로 그런 비행을 한다면 우주선과 그 내부의 전 질량이 모두 동일한 가속을 받게 된다는 점입니다. 즉, 중력 가속도의 영향은 전혀 없습니다. 예를 들어 시속 100킬로미터에서 갑자기 정지해도 안에 있는 사람은 멈췄다는 사실조차 모르겠죠."

"최고 속도는 어떻게 됩니까?" 다른 누군가가 질문했다. "상대성이론에 의한 한계가 있지 않습니까?"

"모릅니다. 목성 4호의 연구실에서 자는 시간도 아껴가며 그 방면의 전문가들이 알아내려고 하고 있습니다. 우주선의 움직임에 대해서는 기존의 물리학이나 역학이 통용되지 않습니다. 이 시공간의 거품 내부 세계에서는 사실상 우주선이 정지하고 있기 때문이죠. 문제는 그 거품이 어떻게 해서 통상공간을 이동하는가 하는 점인데, 이는 전혀 다른 이야기입니다. 지금까지와는 다른 새로운 물리법칙이 적용되어야 할 것입니다. 제가 이미 말씀드린 바와 같이 이에 대해 우리는 전혀 아는 것이 없습니다. 하지만 한 가지 단언할 수 있겠군요. 현재 캘리포니아에서 개발되고 있는 광자우주선은 건조되기도 전에 구시대의 것이 될 겁니다. 우리가 이 우주선의 원리를 해명해낸다면 우리의 지식은 적어도 100년은 앞서가게 될 것이니까요."

*

하루가 지나가자 헌트의 마음은 혼란스러웠다. 소화하는 속도보다 더 빠르게 새로운 정보들이 들어왔다. 머릿속에 떠오르는 의문은 대답을 얻는 속도보다 몇천 배나 빠르게 증가했다. 가니메데인 우주선에 대한 비밀은 다른 어떤 새로운 지식보다 관심을 끄는 것이 틀림없었지만 언제나 아직 의문이 해결되지 않은 월인 문제가 남아 있었다. 마음속에서 뒤범벅된 이 정보들을 연관되는 것끼리 분류하고 순서를 매길 수 있도록 잠시 물러나 생각할 시간이 필요했다. 그래야 어떤 문제가 어디에 속하며 무엇부터 파고들어야 하는지 알아낼 수 있었다. 하지만 하나씩 검토하기도 전에 뒤엉킨 정보가 쌓여만 갔다.

저녁 식사 뒤의 담소는 곧 견디기 힘든 잡음처럼 느껴졌다. 헌트는 혼자 방에 돌아갔지만, 벽에 둘러싸여 앉아 있으면 폐소공포증과 비슷한 느낌이 들었다. 그는 한동안 돔이나 건물을 연결하는 인적 드문 통로를 걸어 다녔다. 질식할 것만 같았다. 철제관에 갇힌 생활이 너무 오래 계속되었다. 어느 날 헌트는 관제탑 돔에 서서 회색빛 벽처럼 빛나는 광경을 바라보았다. 가니메데의 메탄 암모니아 안개 속에서 기지의 조명이 빛나는 야경이었다. 잠시 뒤 헌트는 어둠 속에서 콘솔램프 빛에 비친 당직 관제관의 얼굴조차 방해로 느껴졌다. 계단 쪽으로 가다가 그는 콘솔 옆에서 걸음을 멈췄다.

"외출 허가를 받고 싶습니다."

당직 관제관은 그를 바라봤다. "밖에 나가신다고요?"

"바람 좀 쐴까 해요."

관제관은 화면을 켰다. "성함이 어떻게 되시죠?"

"헌트. 빅터 헌트예요."

"ID는 어떻게 됩니까?"

"730289 C/EX4."

관제관은 번호를 기록하고 시계를 본 뒤 시각도 기입했다. "오래 걸리신다면 한 시간 뒤에 무선으로 보고해주시기 바랍니다. 수신기 채널은 24.328메가헤르츠로 항상 열어두시기 바랍니다."

"그러죠." 헌트가 대답했다. "그럼."

"다녀오십시오. 박사님." 관제관은 승강구로 사라지는 헌트의 뒷모습을 보고 어깨를 으쓱하고 무의식적으로 콘솔에 비치는 화면을 주시했다. 오늘도 역시 조용한 밤이 될 듯했다.

*

헌트는 1층 준비실의 오른쪽 벽에 늘어선 사물함에서 우주복을 꺼냈다. 몇 분 뒤 그는 우주복과 헬멧을 쓰고 게이트 옆 단말기에 이름과 ID를 입력했다. 몇 초 만에 에어록의 안쪽 문이 미끄러지듯 열렸다.

소용돌이치는 은빛 안개 속으로 나가자 그는 관제탑의 검은 철제 외벽을 따라 오른쪽으로 돌았다. 희박한 증기 속 발 아래 얼음이 부서지면서 나는 소리가 멀리 희미하게 들렸다. 벽이 끝나자 그는 그대로 천천히 직진했다. 광장을 가로지르자 그 반대편은 기지의 끝자락이었다. 정적이 감도는 어둠 속에서 주변에 철제 구조의 기지 시설이 망령처럼 드러났다. 양쪽의 희미한 불빛이 등 뒤로 사라지자 앞의 어둠은 더욱 깊어갔다. 빙원은 오르막으로 변했다. 얼음을 뚫고 여기저기 암석이 드러나 있었다. 전진함에 따라 암석이 더 눈에 띄기 시작했다. 헌트는 귀신 들린 것처럼 계속 걸었다.

그의 눈앞에 먼 과거의 장면들이 떠올랐다. 런던 슬럼가의 2층 침실에 틀어박혀 책을 읽던 소년, 케임브리지의 좁은 거리를 매일 아침 자전거로 달리던 청년. 과거의 그 자신은 미래의 자신처럼 현실감이 없었다. 그는 멈추지 않고 앞만 보고 왔지만 언제나 현재는 과거의 모습에서 앞으로 될 모습으로 변하는 과정이었다. 새로운 세계로 가면 반드시 또 다른 세계가 그를 끌어들였다. 어디에 가도 주변에는 모르는 사람들뿐이었다. 모르는 사람은 마치 전방에 안개 속에서 나타나는 바위 그림자처럼 그의 옆을 지나 사라져 갔다. 바위처럼 사람들은 틀림없이 그곳에 있는 것처럼 보였지만 이윽고 환영처럼 어둠 속으로 사라졌다. 포시스-스콧 전무, 필릭스 볼랜 사장, 롭 그레이. 그들 모두 지금은 존재하지 않는다. 콜드웰도 단체커도 머지않아 다른 사람들처럼 눈앞에 모습을 감출 것인가. 미래의 베일에 가린 세계로부터 어떤 인물이 등장할 것인가.

정신을 차리자 놀랍게도 주변 안개가 또다시 밝아졌으며 더 멀리까지 볼 수 있었다. 그는 넓은 얼음 사면을 올라가고 있었다. 바위는 없고 평탄했다. 안개 그 자체가 발광하는 것처럼 으스스하게 빛을 발하고 있었다. 그는 더욱 높이 올라갔다. 걸음마다 지평선이 넓어지고 주변의 밝은 빛은 점점 강해지며 머리 위 하나의 광점으로 수렴했다. 그는 무봉(霧峰) 위로 나왔다. 안개는 기지가 건설된 분지 바닥에 깔려 있었다. 기지가 그곳에 건설된 것은 틀림없이 가니메데인 우주선으로 통하는 구멍을 최단거리로 내기 위해서였을 것이다. 경사는 그가 서 있는 곳에서 5미터도 안 되는 거리 위에 기다란 산등성이를 이루고 있었다. 그는 방향을 살짝 틀어 바로 산등성이 정상으로 향하는 가파른 길을 택했다. 희미한 마지막 한 줌의 안개도 사라졌다.

정상에 이르자 밤공기는 수정처럼 맑았다. 얼음의 경사면은 목화밭 같은 아래의 구름 호수로 사라졌다. 기지를 가로질러 운해 건너편에 얼음 절벽과 아치 모양의 바위가 있었다. 가니메데의 빙산은 희미하게 구름바다 속에서 솟아나 있었고 검은 하늘을 배경으로 빛나고 있었다.

태양은 어디에도 없었다.

위를 바라보고 헌트는 자신도 모르게 놀라서 숨이 막혔다. 그곳에는 둥그런 목성이 지구에서 본 달의 다섯 배 크기로 떠 있었다. 과거에 봤던 어떤 사진도, 디스플레이 스크린으로 봤던 영상도 이 장관에는 미치지 못했다. 목성은 그 광채로 하늘을 가득 채웠다. 무지개의 일곱 가지 빛의 띠는 물결치면서 적도 부근에서 층을 이루고 있었다. 외연으로 가면서 경계선이 모호해졌고 행성 전체가 흐릿하게 분홍빛을 발하고 있었다. 그 분홍빛은 보라색으로 변했으며 마침내 자주색으로 변하여 큰 원을 그리며 하늘과 명확히 경계를 이루고 있었다. 불변의, 부동의, 영원한… 신 중의 신, 주피터. 이를 경배하기 위해 먼지처럼 보잘것없는 인간이 80억 킬로미터의 순례 여행을 한 것이다.

몇 초에 불과했을지도 모른다. 아니면 몇 시간이었을까. 헌트는 알지 못했다. 영원의 한 단편을 맛보듯이 그는 꼼짝도 하지 않은 채 무언의 얼음과 바위탑 사이에 서 있었다. 찰리도 마찬가지로 황폐한 땅에서 여러 색의 빛의 고리를 올려다보았을 것이다. 하지만 그것은 죽음의 빛이었다.

바로 그때 헌트에게 찰리가 목격했던 광경이 그보다 더 선명할 수 없도록 생생하게 떠올랐다. 그는 16킬로미터 상공에서 작렬하는 불꽃에 대도시가 휩싸여 타들어 가는 것을 보았다. 땅이 갈라지고, 바다였던 곳이 검은 재로 뒤덮이고, 산들이 있던 곳이 불바다로 변하는 것을 보았다. 거세게 지각을 뚫고 나오는 불길에 대륙은 엿가락처럼 휘어졌다. 마치 눈앞에서 지금 그런 일이 벌어지는 것처럼, 그는 머리 위에 있는 거대한 구체가 팽창하고 산산이 조각나는 광경을 보았다. 먼 거리를 통해서 바라보는 그 대이변은 기괴하고 느리게 진행되었다. 그 뒤 며칠 동안 사방팔방으로 행성의 파편이 퍼져갔으며 그 힘이 다할 동안 끊임없이 달을 삼켜갔다. 그러고는….

헌트는 정신을 차렸다.

그동안 찾았던 대답은 눈앞에 있었다. 불현듯 떠오른 것이다. 그는 자신의 사고과정을 추적하여 그 대답이 나온 근거를 찾으려고 했다. 그러나 그 노력은 허사였다. 의식의 심층부로부터 한순간 표면으로 나왔던 오솔길은 다시 막혔다. 환영은 노출되었고 모순은 해소되었다. 지금까지 누구도 사실을 밝혀내지 못했던 것도 이해가 되었다. 자명한 이치를, 그것도 인류 역사 이전부터 있었던 진실을 누가 의심하려고 했을까.

"관제탑에서 헌트 박사에게. 헌트 박사님, 응답 바랍니다." 헬멧의 스피커에서 나오는 호출 소리에 헌트는 깜짝 놀랐다. 그는 가슴 언저리의 컨트롤패널 단추를 눌렀다.

"여기는 헌트. 잘 들립니다." 헌트가 대답했다.

"정시 점호입니다. 보고시간보다 5분이 지났습니다. 이상 없으십니까?"

"아, 미안합니다. 시간 가는 줄 몰랐어요. 아무 문제 없습니다. 곧 돌아가죠."

"감사합니다." 딸각 소리가 나면서 관제관의 목소리가 끊겼다.

그렇게 시간이 지났던 것인가. 그는 한기를 느꼈다. 가니메데의 얼음처럼 차가운 밤기운은 우주복 안까지 스며들었다. 그는 난방 컨트롤을 강한 쪽으로 돌리고 양팔을 구부렸다 폈다. 돌아가는 도중 그는 다시 한 번 거대한 행성을 돌아보았다. 기분 탓인지 목성이 그를 향해 미소를 짓는 듯했다.

"고맙네, 친구." 그는 중얼거리며 윙크를 지어 보였다. "언젠가 이 은혜를 갚도록 하지."

그는 산등성이를 내려가기 시작했다. 곧 구름바다 속으로 그의 모습이 사라졌다.

6부

23

과학자, 기술자, UNSA의 간부 등 30명 정도의 사람들이 나바컴 사령부 대회의실에 모였다. 이중문을 지나자 극장처럼 계단식 좌석이 있었고 정면에 스크린이 마련되어 있었다. 콜드웰은 단상의 스크린 앞에 서서 사람들이 각각 자리를 정해 앉는 것을 바라봤다. 모두 자리에 앉자 진행 요원이 복도에 이제 아무도 없다고 알려왔다. 콜드웰은 고개를 끄덕이고 한 손을 들어 주목해주기를 부탁하며 마이크 앞으로 향했다.

“여러분, 조용히 해주시기 바랍니다.” 장내의 벽 곳곳에 설치된 스피커로부터 바리톤의 목소리가 울려 퍼졌다. 웅성거리던 소리가 잠잠해졌다.

“급하게 연락을 드렸는데도 이렇게 모여 주셔서 감사드립니다.” 그는 격식을 차려 말했다. “여기에 모인 여러분은 전부터 각각 여러 형태로 월인 문제 해명을 위해 노력해 오신 분들입니다. 말할 것도 없이 그 문제가 생긴 이후 논쟁이 계속되었고 의견 차이도 적지 않았으며, 진실을 알아내는 데 얼마나 걸릴지 알 수 없는 상황이었습니다. 그렇지만, 전체적으로 봤을 때 우리들의 노력은 절대 헛되지 않았습니다. 단편적인 정보에서부터 출발하여 이제는 하나의 세계를 재구축하는 데 이르렀습니다. 그렇지만 아직도 여러 문제가 해결되지 않은 채 남아 있습니다. 이미 이런 사실은 모두 잘 아시니 말씀드릴 필요는 없겠죠.” 그는 잠시 뜸을 들였다. “하지만 이제 아무래도 그 미해결로 남은 문제에 대한 답을 찾은 것 같습니다. 새로운 진전이 있었고, 제가 바로 몇 시간 전에 알게 된 이 정보를 알려드리고자 이렇게 여러분을 모이도록 한 것입니다.” 그는 다시 말을 멈추고 적절한 서론을 거쳐 본론으로 들어갈 분위기를 기다렸다.

“아시는 바와 같이 몇 개월 전 우리와 함께 이 문제를 다뤘던 과학자 집단이 제5차 목성파견대에 동승하여 가니메데의 발견물 조사를 목적으로 지구를 출발했습니다. 헌트도 그 일행입니다. 오늘 아침 헌트 박사로부터 최신 현지조사 보고가 들어왔습니다. 지금부터 여러분에게 그 보고를 재생해드리도록 하겠습니다. 틀림없이 여러분의 관심을 끌 만한 것이라고 생각합니다.”

콜드웰은 회의장 뒤 영사실 창을 향해 손을 들었다. 장내가 어두워졌다. 콜드웰은 단상에서 내려와 가장 앞줄 자리에 앉았다. 장내가 완전히 어두워지자 정면 스크린에 UNSA의 정규 필름임을 보여주는 마크가 나타났다 사라지고 화면은 카메라를 향해 책상에 앉은 헌트의 얼굴로 변했다.

"나바컴. 가니메데 특별조사단, V. 헌트의 보고. 지구 표준력 2029년 11월 20일." 헌트가 보고하기 시작했다. "발신 제목: 월인 기원에 관한 가설. 이하 진술은 현시점에서는 아직 엄밀히 증명된 이론은 아닙니다. 보고 목적은 하나의 가능성으로 처음으로 월인 기원을 충분히 설명할 수 있고 현재 우리가 파악한 사실과 모순되지 않는 일련의 사상(事象)을 제시하는 것입니다." 헌트는 말을 멈추고 책상에 펼친 초고를 바라봤다. 회의장은 물을 끼얹은 듯 기침 소리조차 들리지 않았다.

헌트는 카메라를 향해 얼굴을 들었다. "지금까지 저는 현재 논의되고 있는 가설 중 어디에도 속하지 않았습니다. 그것은 어느 설을 선택하더라도 모든 것을 해명할 수 없었기 때문입니다. 하지만 지금은 다릅니다. 저는 우리 앞에 있는 사실을 설명할 수 있는 단 한 가지의 해석이 성립한다고 믿게 되었습니다. 이제 그것을 설명해드리겠습니다.

태양계에는 본래 열 개의 행성이 있었습니다. 현재 우리가 알고 있는 아홉 행성과 미네르바입니다. 내행성에 가깝고 화성 다음에 위치한 미네르바는 여러 면에서 지구와 아주 닮은 행성이었습니다. 크기, 밀도, 물질 구성 모두 지구와 거의 같았습니다. 행성이 식자 바다와 육지가 생겼습니다." 헌트는 잠시 쉬고 계속 읽었다. "여기에 지금까지 설명하기 곤란했던 문제가 있습니다. 태양에서 아주 먼 이 행성의 표면 조건은 우리가 생각하기로는 생명을 유지하는 데 부적절하기 때문입니다. 그러나 지난 몇 달간 진행된 런던 대학 풀러 교수의 연구를 통해 이 가혹한 조건에서도 생명이 탄생할 수 있었다는 것이 밝혀졌습니다." 스크린 아래쪽에 풀러 교수의 논문표제와 검색코드가 자막으로 나타났다.

"대략 말하자면 풀러 교수는 지금까지 알려진 데이터를 토대로 대기 중 각종 가스와 화산활동으로 생긴 수증기의 균형상태 모델을 만들었습니다. 이 모델에 따르면 대기 중 이산화탄소와 수증기가 일정한 비율을 유지하고 대량의 물이 액체로 존재하기 위해서는 적어도 초기 단계에서 아주 활발한 화산활동이 있어야 합니다. 미네르바의 지각은 그 면적에 비해 아주 얇고 구조적으로 불안정했기 때문에 이 모델을 만족시킬 만큼 왕성한 화산활동이 있었다고 상상할 수 있습니다. 이는 나중에 자세히 설명할 예정입니다만 아주 중요한 사실입니다. 풀러의 모델은 최근 소행성 탐사결과와도 부합합니다. 미네르바의 지각이 얇은 것은 태양으로부터의 거리가 멀어 비교적 급속하게 표면이 식었기 때문이며, 내부는 용해상태가 꽤 오랫동안 지속되었습니다. 소행성 원정대 보고에서는 방사성 발열 물질을 많이 함유한 암석 표본이 다수 발견되었습니다.

이러한 이유로 미네르바의 표면은 지구보다 어느 정도 낮은 온도로 식었으나 일반적으로 생각하는 만큼 낮은 온도는 아니었습니다. 점차 복잡한 분자가 형성되고 마침내 생명이 탄생했습니다. 생명은 다양한 변화를 거처 그 중 경쟁이 생기고 도태가 일어났습니다. 즉 진화한 것이죠. 몇백만 년 뒤 진화는 드디어 정점에 달하여 지적인 생물을 배출하고 행성을 지배하게 되었습니다. 그것이 우리가 가니메데인이라 명명한 인류입니다.

이 가니메데인은 더욱 진보하여 고도의 기술 문명을 이룩했습니다. 지금부터 약 2천5백만 년 전 그들은 현대의 우리보다 100년은 앞선다고 생각되는 수준까지 이르렀습니다. 이 추정은 이곳 현지에서 조사하고 있는 가니메데인 우주선의 구조 및 선내에서 발견된 장치류, 추진기구를 통해 계산한 것입니다.

하지만 마침 이 시기에 미네르바에 중대한 위기가 찾아옵니다. 지각 암석 안에 있던 이산화탄소와 대기의 미묘한 균형이 무너져서 대기 중 이산화탄소의 양이 증가한 것입니다. 그 원인은 여러 가지를 생각해 볼 수 있으나 한 가지 가능성으로, 어떤 계기 때문에 미네르바의 지각 구조가 처음부터 내포했던 격렬한 화산활동이 일어났다고 상상할 수 있습니다. 자연현상 때문인지, 가니메데인의 행위가 그런 사태를 불러왔는지는 아직 단언할 수 없습니다. 또 하나의 가능성은 가니메데인이 대담하게도 기후를 제어하려고 계획했다가 크게 실패했을지도 모른다는 것입니다. 우리는 가니메데인에 대한 연구를 이제 막 시작했으니까요. 우주선 조사조차 아직도 몇 년이 더 걸릴 것이라 예상하고 있습니다. 이 가니메데의 얼음 아래에는 미지의 영역이 산처럼 남아 있을 것입니다.

그건 그렇고 당면한 문제는, 적어도 이 시기에 큰 변화가 일어났다는 것입니다. 단체커 교수는….” 스크린 아래쪽에 다른 검색코드가 나왔다. “미네르바 고유의 생물 중 폐호흡을 하는 고등동물은 모두 이산화탄소 농도 상승에 대해 전혀 저항력이 없었다는 것을 증명하였습니다. 이는 초기 조상으로부터 물려받은 기초적인 미시화학구조에 기인하는 것입니다. 말할 필요도 없이 이 미네르바 표면의 환경변화는 가니메데인을 포함하여 행성 대부분의 육상생물에게 생명의 위기를 뜻합니다. 이 상황을 사실로 인정한다면 가니메데인이 기사회생의 방법으로 지구로부터 각종 동식물을 이주시켰다고 생각해도 무리는 없습니다. 위치로 볼 때 미네르바는 기후가 온화한 지구보다 동식물의 종류가 수적으로 적었으리라 추측합니다.

결과적으로 이 의도는 실패했습니다. 이주한 생물들은 새로운 환경에 충분히 적응해서 번식했으나 기대했던 움직임은 없었습니다. 단편적으로 지금까지 알려진 정보로부터 추측해보면, 가니메데인은 자신들의 실패를 자인하여 모든 것을 포기하고 태양계 밖으로 새로운 신천지를 찾아 탈출했다고 해도 틀림없을 것입니다. 그들이 성공했는지는 모르겠습니다. 우주선에 대한 조사가 진행되면 이 문제에 대한 단서가 나올지도 모르죠.”

헌트는 말을 멈추고 책상에서 담배를 꺼내 천천히 불을 붙였다. 지금까지 한 말을 청중이 충분히 이해할 수 있도록 이쯤에서 잠시 휴식을 취하는 것 같았다. 회의장에는 갑작스럽게 웅성거리는 소리가 커졌다. 화면의 헌트를 따라 여기저기에 라이터 불이 켜졌다. 헌트는 말을 이어갔다.

“행성에 남겨진 미네르바산 육상생물은 곧 멸종했습니다. 그러나 지구로부터 이주한 동물들은 적응성을 발휘하여 살아남았습니다. 그뿐 아니라 선주자와의 경쟁이 사라져서 지구의 동물은 미네르바 전역을 자신의 영역으로 삼았던 것입니다. 이렇게 새로운 이주생물은 몇백만 년 전 지구의 바다에서 시작한 진화를 한시도 중단 없이 계속하는 결과가 되었습니다. 또한 말할 필요도 없이 지구에서도 같은 진화의 과정이 계속되었습니다. 공통된 조상에서 같은 유전형질을 물려받고 같은 진화 잠재력을 가진 두 동물 집단이 두 행성에서 각각 독자적인 진화를 하게 된 것입니다.

여기서 아직 잘 모르시는 분을 위해 키릴로스를 소개해드리겠습니다.” 헌트의 모습이 사라지고 화면에는 가니메데인 우주선에서 회수된 유인원의 모습이 나타났다.

화면을 두고 헌트의 설명이 이어졌다. “단체커의 생물학팀은 목성 4호의 연구실에서 이 동물을 자세히 조사했습니다. 교수의 보고를 여기에 인용하겠습니다. ‘이 동물은 지금까지 알려진 어떤 종류의 유인원보다 현재 인간의 직계조상에 가깝다고 생각된다. 고등 유인원에서 인간으로 진화하는 과정을 보여주는 각종 화석이 지구상에서 발견되고 있지만 모두 지류에 속하는 것이며 원숭이와 호모 사피엔스를 직접적으로 연결하는 동물은 결국 잃어버린 고리로 남은 채 오늘날에 이르렀다. 하지만 지금 우리는 그 잃어버린 고리를 손에 넣었다.'" 화면은 다시 헌트의 모습으로 바뀌었다.

"이렇게 미네르바로 옮겨진 지구의 동물 중 진화단계에서 모행성인 지구의 어떤 종류와 비교해도 뒤지지 않은 수준에 이른 영장류도 적지 않았다고 확신합니다. 미네르바에서의 진화과정은 지구보다 훨씬 빨리 반복되었고 이는 가혹한 환경과 기후 때문이라 생각합니다. 그렇게 수백만 년이 지나는 사이 지구에서는 인간에 가까운 각종 유인원이 나타났다가 사라졌습니다. 진보한 것도 있는가 하면 퇴보한 것도 있었습니다. 그리고 빙하기가 최고조에 달한 지금부터 약 5만 년 전, 지구에는 동굴에서 살면서 사냥으로 식물을 얻고 돌을 부수어 도구나 무기를 만들던 원시인이 진화의 정점에 서 있었습니다. 그러나 미네르바에서는 이미 새로운 기술 문명이 자라고 있었습니다. 즉 우리 인류와 같은 조상에서 진화하며 미네르바에 이주한 동물의 자손이며, 해부학적으로 인간과 거의 차이가 없는 월인 문명입니다.

월인 문명이 어떤 상황에서 발전했는지에 대해서는 이미 잘 아시기 때문에 생략하겠습니다. 월인의 역사는 멸망해가는 행성에서 탈출하는 것을 목표로 종족이 서로 대립하는, 항시 전쟁상태인 궁핍한 역사였습니다. 만성적인 자원 부족은 월인의 어려움을 더욱 가중시켰습니다. 본래 행성 자체에 자원이 부족했을지도 모르지만 가니메데인이 자원을 모조리 채굴했기 때문일지도 모릅니다. 아무튼 미네르바의 주민은 이합집산을 반복한 끝에 드디어 양대 세력의 대립을 맞이하게 되었습니다. 행성을 양분하는 진영 간 분쟁이 있었고 결국 전쟁으로 자멸했을 뿐 아니라 행성 그 자체도 파괴해버렸습니다."

헌트는 다시 말을 멈추고 청중이 생각을 정리할 시간을 주었다. 그러나 이번에는 모두 조용했다. 헌트의 말에 새로운 내용은 없었다. 다만 그는 나바컴에서 논쟁을 거친 여러 가설을 선택하여 하나의 이론으로 만든 것이었다. 회의장에 있는 사람들은 진짜 새로운 소식은 아직 나오지 않았다는 것을 알고 있었다.

"다음으로 넘어가기 전에 지금 말씀드린 것이 현재 우리가 알고 있는 사실과 얼마나 잘 부합하는지 확인해보도록 하겠습니다. 첫째, 찰리가 어째서 인간과 똑같은 모습을 하고 있고 이것이 무엇을 의미하느냐는 의문. 이것은 충분히 설명되었습니다. 찰리는 인간입니다. 우리와 같은 조상을 가진 인간이며 평행진화 등과 같은 생각은 찰리를 설명하는 데 필요 없습니다. 두 번째로 지구에 월인 문명의 흔적이 없는 것은 어째서인가. 이것도 자명합니다. 월인은 지구에 흔적을 남긴

적이 없으니까요. 세 번째로 찰리의 지도상의 모습과 지구를 맞춰보려 했던 노력은 필요 없었다는 것. 왜냐하면 두 세계는 전혀 다른 행성이었기 때문입니다.

여기까지는 모두 좋습니다. 그러나 이것만으로는 모든 것을 다 설명했다고 할 수 없습니다. 아직 고려해야 할 사실들이 남아 있습니다. 이를 정리하면 다음과 같이 요약할 수 있습니다.

첫째, 찰리가 미네르바에서 달까지 이틀 만에 도착한 사실을 어떻게 설명할 것인가?

둘째, 병기의 성능에 대한 의문. 월인 문명의 기술 수준을 고려했을 때 달과 미네르바와의 거리를 어떤 시스템을 통해 정확히 조준할 수 있었는가?

셋째, 발사 뒤 명중 확인까지의 시간차가 거리에서 산출된 최저 소요시간 26분에 크게 미치지 않는 점은 어떻게 설명할 것인가?

넷째, 달에서 찰리는 어떻게 미네르바의 상황을 상세히 알아볼 수 있었는가?"

헌트는 스크린 속에서 청중을 바라보며 그들이 이 의문을 음미하는 것을 기다렸다. 그는 담배를 끄고 카메라를 향해 몸을 기울이며 데스크에 양팔을 얹었다.

"제 생각에는 이 현실과 너무나 동떨어진 요건을 모두 만족시킬 수 있는 설명은 한 가지밖에 없습니다. 그것을 지금부터 설명하겠습니다. 우주 여명의 시기부터 이 일이 벌어진

5만 년 전까지 미네르바 주변 궤도를 돌았던 위성과 현재 지구의 밤을 비추는 달은 완전히 동일한 달이었기 때문입니다."

3초간 아무 일도 일어나지 않았다.

그 뒤 어둠 속 여기저기서 자신이 들었던 내용을 의심하는 탄식들이 들렸다. 사람들은 옆 사람에게 손을 흔들어 보이거나 뒤돌아보며 논평해주기를 기대했다. 회의장이 갑자기 시끄러워졌다.

"말도 안 돼!"

"맙소사! 그의 말이 맞아!"

"그래, 맞아."

"어떻게 해서…."

"일고할 가치도 없군!"

스크린에서는 헌트가 마치 그 모습을 직접 보고 있기라도 하듯이 무표정하게 정면을 바라보고 있었다. 회의장의 반응을 헌트는 정확하게 예상하고 있었다. 웅성거림이 수그러들 즈음 헌트가 적절하게 이야기를 계속했다.

"찰리가 서 있던 곳은 지구의 달입니다. 찰리는 달에서 발견되었으며 그의 일지에서 볼 수 있는 묘사가 구체적으로 달의 어디를 말하는지 알 수 있었습니다. 달에 많은 월인이 존재했다는 증거도 우리는 충분히 가지고 있습니다. 달이 초융합 폭탄이나 핵폭탄이 사용된 격전지였던 사실은 이미 증명되었습니다.

그리고 그 달은 미네르바의 위성이기도 했던 것입니다. 그 달은 행성에서 불과 이틀 만에 도달할 수 있는 거리에 있었습니다.

이것은 찰리의 일지에 나옵니다. 그리고 우리는 찰리가 사용한 시간 단위를 정확히 알고 있습니다. 달에 있던 병기는 미네르바의 어디든 목표로 할 수 있었습니다. 명중 여부는 바로 확인할 수 있었습니다. 그뿐만 아니라 미네르바의 표면 상태를 손바닥을 들여다보듯이 확실히 볼 수 있었습니다. 이 사실은 그 장소가 미네르바에서 약 80만 킬로미터 이내의 거리라야 가능합니다.

논리적으로 생각할 때, 두 개의 달은 실제로는 같은 것이라고밖에 설명할 길이 없습니다. 우리는 오랫동안 월인 문명이 지구에서 진보했는지 아니면 미네르바에서 진보했는지 답을 구했습니다. 그러나 지금 제가 말씀드린 사실로부터 그것은 미네르바였다는 것이 명확해졌습니다. 우리는 완전히 상호 모순되는 두 가지 정보군이 있으며 한쪽을 취하면 월인의 문명은 지구에서 진보한 것이 되고 다른 쪽에 의하면 그것이 부정된다고 생각했습니다. 이것은 정보해석의 오류였습니다. 이들 정보는 지구에 대해 말하는 것이 아니며 미네르바에 대한 것도 아니었습니다. 그것은 지구의, 또는 미네르바의 '달'에 관한 정보였던 것입니다. 일부 사실은 지구의 달에 대해 설명하고 또 다른 사실은 미네르바의 달을 가리키고 있었습니다. 우리가 두 달은 다른 곳이라는 생각에 집착하는 한 이 병립하는 사실의 모순은 결코 해소할 수 없습니다. 그러나 엄밀한 논리로부터 우리가 두 달은 동일한 것이라는 생각을 도입하면 모든 모순은 바로 안개 걷히듯 사라집니다."

사람들은 충격을 받은 듯했다. 앞에서는 누군가가 "그래, 그렇군." 하며 반은 자신에게, 반은 다른 사람이 듣도록 중얼거렸다.

"이렇게 되면 남은 일은 이 가설을 현재 우리가 관찰한 사실과 비교하여 검증하는 것뿐입니다. 여기서 가능한 설명은 한 가지뿐입니다. 미네르바는 파괴되어 소행성대가 되었습니다. 미네르바를 형성했던 물질의 상당 부분은 태양계 외연부로 날아가서 명왕성이 되었다고 생각해도 틀림없을 것입니다. 미네르바의 달은 큰 영향을 받으면서도 파괴를 면했습니다. 모행성이 파괴될 때 생긴 중력의 큰 변화로 태양을 도는 궤도의 운동량이 줄어들어 달은 태양계 중심을 향해 떨어지기 시작했습니다."

"미아가 된 달이 얼마 동안 태양을 향해 이동을 계속했는지는 알지 못합니다. 몇 개월 혹은 몇 년이 걸렸을지도 모릅니다. 자연계에서 간혹 발생하는 만 분의 1의 확률에 가까운 우연이 발생했습니다. 태양을 향해 이동하는 궤도가 지구 옆을 지난 것입니다. 지구는 처음 생성될 때부터 계속 고독하게 태양 주위를 돌고 있었습니다."

헌트는 잠시 말을 멈췄다.

"그렇습니다. 반복해서 말씀드립니다만 지구는 그때까지 고독했던 것입니다. 제가 유일하게 설명 가능하다고 믿는 것을 여러분이 받아들인다면 우리는 또한 그 결론도 받아들여야 합니다. 그때까지, 지금으로부터 약 5만 년 전까지 지구에 달은 없었습니다. 두 천체는 서로의 중력장이 겹친 곳에서 줄다리기를 했습니다. 그리고 새로운 공통의 궤도로 안정된 이후 오늘날까지 지구는 우주의 고아였던 달을 자신의 위성으로 입양한 것입니다.

이 해석을 받아들인다면 지금까지 의문으로 남았던 여러 문제가 해결됩니다. 예를 들어 달의 뒷면을 덮고 있는 암석층이 비교적 새롭게 형성된 것이라는 점, 또한 뒷면의 모든 크레이터 및 앞면의 일부 크레이터가 거의 같은 연대, 즉 우리가 다루고 있는 5만 년 전에 생성된 점을 명쾌하게 설명할 수 있습니다. 미네르바가 파괴되었을 때 현재 지구의 달이 된 이 위성은 쏟아지는 암석을 그대로 뒤집어쓰는 위치에 있었습니다. 이것이 지금껏 설명할 수 없었던 운석 폭풍의 정체입니다. 그리고 그 암석 낙하로 달에 남아 있던 월인의 흔적은 사실상 모두 사라졌습니다. 향후 달 뒷면의 발굴조사가 진행되면 저층부에서 월인기지 유적, 차량, 장치, 기자재 등이 무수하게 발견될 것이라 생각합니다. 그 섬멸병기 포대도 달 뒷면에 있었을 것입니다. 즉 지금 지구에서 보기에 뒷면에 해당하는 부분이 미네르바에서는 앞면이었던 것입니다. 그렇기 때문에 낙하한 암석 대부분이 뒷면에 쌓였던 것이죠.

찰리의 기록에는 현재 우리가 달에서 정하고 있는 방위와 다른 방위를 사용하고 있습니다. 달의 남북축이 현재와 달랐던 것입니다만, 이 점에 관해서도 설명이 가능해졌습니다. 일부에서 만약 달에 운석 폭풍이 있었다면 그 시기에 지구에도 그 흔적이 있어야 하는데도 그런 흔적을 찾아볼 수 없는 것은 어째서인가 하는 의문이 제기되었습니다만 이것도 지금 생각해보면 전혀 이상한 일이 아닙니다. 미네르바가 파괴되었을 때 달은 바로 근처에 있었지만 지구는 멀리 떨어져 있었으니까요. 또 하나 달 물리학상의 문제에 대해 말씀드리면, 우리는 반세기 동안 달을 형성한 물질은 지구의 암석과 달리 휘발성이 없고 내화성이 높은 원소를 많이 함유하고 있다는 것을 알아냈습니다. 그래서 과학자들은 이전부터 달이 태양계 내의 지구와 다른 장소에서 형성된 것이 아닌가 하는 생각을 했습니다만 저의 추론대로라면 그 생각이 맞게 됩니다.

이미 일부에서는 월인이 다른 행성에 진출하기 위한 교두보를 달에 만들었을 것이라는 생각이 있었습니다. 이것은 실제로 그들이 달에 흔적을 남겼다는 것과 그들이 미네르바에서 진화했다는 가설을 연결 짓는 데 편한 반면, 새로운 설명을 덧붙여야 하는 문제가 있었습니다. 이미 미네르바에서 달까지 온 월인이 왜 행성 간 항법을 완성하기 위해 혈안이 되었던가 하는 점입니다. 제 가설을 취한다면 이 문제도 사라집니다. 월인은 미네르바의 달까지는 갈 수 있었습니다. 하지만 지구처럼 먼 행성까지 대규모로 이동하기에는 아직 기술적으로 해결해야 할 문제가 많았던 것입니다. 사족입니다만 월인 식민지설도 이걸로 폐기되어야 하겠죠. 다른 점은 제

쳐놓더라도 행성 간 항법 문제를 설명하지 않으면 가설도 성립이 안 되니까요.

마지막으로 해양학상 의문에 대해서도 제 가설로 깔끔하게 설명할 수 있게 됩니다. 조석에 관한 연구 성과를 보면, 이 시기 지구는 행성 규모의 대변화가 있었다고 합니다. 이 변화를 계기로 지구의 하루는 급격하게 길어지고 조석의 마찰로 더 연장되었습니다. 즉 미네르바의 달이 접근함으로써 중력장과 조석 현상에 큰 변화가 생긴 것입니다. 현 단계에서 그 변화 과정을 정확히 알아낼 순 없습니다만 미네르바의 달이 태양을 향해 가면서 생긴 운동에너지가 지구의 자전에너지의 일부와 상쇄되어 그만큼 지구의 하루가 길어진 것이라 생각합니다. 당연히 그 뒤 조석의 마찰도 커졌습니다. 달이 등장하기 전까지 지구에는 태양의 인력작용에 의한 조석밖에 없었습니다만 이 시기에 달이 생김으로써 현재와 같아진 것입니다."

헌트는 더는 덧붙일 설명이 없다는 표정으로 양손을 벌리고 앞으로 기울였던 몸을 바로 했다. 책상의 서류를 정리하고 그는 설명을 마무리했다.

"이상입니다. 앞서 말씀했습니다만 현시점에서 이것은 모든 사실을 설명할 수 있는 한 가설에 불과합니다. 지금부터 우리는 검증작업을 해야 합니다만 이미 그 방법은 어느 정도 구체적으로 나왔습니다.

첫째, 달 뒷면에 막대한 미네르바의 파편이 축적되어 있습니다. 표층을 뒤덮은 물질은 본래 달을 형성했던 물질과 별 차이가 없었기 때문에 오랫동안 그것이 비교적 최근에 쌓인 것을 몰랐습니다. 두 층이 동일하기 때문에 달과 운석이 같은 장소에서 생성되었다고 생각합니다. 저는 달 뒷면의 물질과 소행성대 암석의 분석 데이터를 엄밀하게 비교 검토할 것을 제안합니다. 두 성분이 같아 생성장소도 동일하다고 밝혀지면 제 가설은 전면적으로 입증됩니다.

또 하나, 우리가 해야 할 작업은 지구와 달이 서로의 인력권에 들어가 현재 위치로 안정된 과정의 수학 모형을 만드는 일입니다. 그 이전 상태를 추정할 수 있는 자료는 풍부합니다. 그리고 물론, 현재 상태에 대해서는 더욱 자세한 데이터가 있습니다. 모형을 통해 물리학 법칙을 저해하지 않고 하나의 상태에서 다른 상태로 이행할 수 있는 해를 구할 수 있다면, 적어도 이런 견해가 불가능하지 않다는 것이 증명될 것입니다.

마지막으로, 가니메데인의 우주선을 잊어서는 안 됩니다. 이것이 새로운 지식, 정보의 보고라는 점은 의문의 여지가 없습니다. 지금까지 우리가 누적한 지식을 뛰어넘는 자료가 우주선에 있을 것입니다. 저는 이 우주선 어딘가에 가니메데인 시대의 태양계에 관한 천문학적 데이터가 있을 것이라 기대하고 있습니다. 예를 들어 만약 태양계 제3행성의 위성 존재 여부를 알 수 있다면, 또한 가니메데인의 달이, 그들에겐 앞면에 해당하는 쪽의 형상을 조사해서, 지구의 달과 같다고 할 수 있는 충분한 재료를 얻을 수 있다면 지금까지 제가 말씀드린 이론은 반 이상 증명된 것이나 마찬가지일 것입니다. 이로써 보고를 마치도록 하겠습니다. 그리고 그렉 콜드웰에게 개인적으로 한마디….”

헌트의 모습이 사라지고 화면은 황량한 얼음과 바위 풍경으로 변했다.

“여기가 당신이 우리를 보낸 곳입니다. 이곳 우편 사정은 좋지 않아 엽서 한 장 마음대로 보낼 수가 없군요. 외부에는 공기도 없고, 기온이 현재 섭씨 영하 100도보다 낮습니다. 대기라기엔 너무 유독한 가스밖에 없군요. 지구에 돌아가기 위해서는 베가 로켓밖에 없지만 가장 가까운 베가는 여기에서 천백 킬로미터 떨어진 곳에 있습니다. 당신과 같이 이곳에서 즐거움을 함께 나눌 수 있다면 참 좋겠다고 생각합니다. 정말로 그렇게 생각해요.

이상 보고 끝. 가니메데 갱구기지로부터 V. 헌트.”

24

월인이 어디서 어떻게 달에 왔는가에 대한 해답이 오랜 기다림 끝에 나오자 과학계는 흥분에 휩싸였고 언론은 새로운 취재전쟁으로 활발해졌다. 헌트의 설명은 완벽하고 일관되었다. 반론도 거의 없었다. 헌트의 설명은 반론의 여지가 없었다.

헌트는 완벽하게 책임을 완수한 것이다. 향후 장기간에 걸쳐 전 세계 학계에서 더욱 엄밀한 연구조사가 계속될 것이다. 그러나 UNSA의 입장은 이미 고비를 넘겼다고 할 수 있었다. 프로젝트 찰리는 일단락된 것이다. 이어서 프로젝트 가니메데가 시동이 되려 하고 있었다. 아직 지구로부터 정식 연락은 없었지만, 활동의 초점이 월인에서 가니메데인으로 옮겨지는 지금, 헌트가 현재 가니메데 체재 중인 절호의 기회를 콜드웰이 가만둘 리 없었다. 따라서 헌트가 지구행 우주순양함을 타는 것은 좀 더 나중 일이 될 듯했다.

UNSA의 보고가 공표된 몇 주 지나자, 가니메데에 머무는 나바컴의 과학자들은 임무가 잘 마무리된 것을 축하하기 위해 수갱기지 장교식당에서 축하 만찬회를 가졌다. 코스의 마지막 요리까지 치워지고 나자 담배와 술로 모두가 즐거운 분위기를 즐겼다. 연구자들은 테이블이나 바에 앉아 담소를 나누고 맥주나 브랜디, 빈티지 와인을 마셨다. 헌트는 바의 옆에 모인 물리학자들과 가니메데인 우주선의 중력추진기구에 관한 최신 조사결과에 관해 얘기하고 있었다. 그들 뒤에서는 20년 뒤를 목표로 하는 세계정부수립에 관한 의견을 나누고 있었다. 단체커는 웬일인지 처음부터 입을 다물고 있었다.

"생각해보면 말이죠, 헌트. 이 녀석은 행성 간 전쟁에서 궁극적인 무기가 될 수도 있어요." 학자 중 한 명이 말했다. "원리는 우주선의 추력과 같지만 좀 더 강력하고 국소적으로만 효과를 낼 수 있으니까 말이죠. 발생시킨 블랙홀은 발생기 그 자체도 빨아들이고 그대로 그 자리에 남게 됩니다. 무섭지 않아요? 인공블랙홀이에요. 적당한 미사일에 발생장치를 탑재하고 상대 행성을 향해 발사하면 끝이죠. 명중하면 그대로 행성을 빨아들일 겁니다. 이걸 막는 건 불가능해요."

헌트는 흥미를 보였다. "그런 것이 가능해요?"

"이론상 가능하죠."

"흠. 그럼 행성 하나 집어삼키는 데 얼마나 걸리죠?"

"그건 잘 모르겠군요. 지금 계산하는 중이에요. 아니 그보다도 이 방법을 사용하면 항성조차 없앨 수 있겠군요. 그럼 엄청난 무기가 되겠죠. 블랙홀 폭탄 한 개로 태양계를 단번에 파괴할 수 있으니 말이에요. 이에 비하면 초융합 폭탄은 어린애 장난감에 불과합니다."

헌트가 뭔가 말하려고 했을 때 방 중앙에서 웅성거리는 소리가 들렸다. 그 자리에 초대된 기지의 사령관이었다.

"여러분, 잠시 주목해주십시오." 사령관이 말했다. "제가 이 자리를 빌려 한 말씀 드리고 싶습니다."

사람들은 말을 멈추고 주목했다. 사령관은 자신에게 주의가 집중되는 것이 만족스러운 듯 실내를 둘러봤다. "저는 지금 여러분의 초대로 아마도 역사상 처음이라고 해도 과언이 아닐, 가장 어렵고 경탄할 만하며 보람된 일이 유종의 미를 거둔 것을 축하하는 자리에 있게 되었습니다. 그동안 고생도 많았을 것입니다. 모순점에 고민하고, 의견대립도 심각했을 것입니다. 하지만 이제는 모두 과거의 일이 되었습니다. 여러분은 훌륭하게 일을 해내셨습니다. 진심으로 축하합니다." 사령관은 바의 시계를 바라봤다. "지금 막 자정을 지났습니다. 현재 어느 장소에 있는지 불문하고 이 계기를 만들어준 존재를 위해 건배하기에 알맞은 시간이라고 생각합니다." 그는 높이 잔을 들었다. "찰리를 위하여!"

"찰리를 위하여!" 모두 입을 모아 함께 외쳤다.

"안 돼!"

방 한쪽에서 누군가가 외쳤다. 결의에 찬 목소리였다. 모두가 단체커를 놀란 눈으로 바라봤다.

"아직 안 됩니다!" 단체커가 다시 말했다. "아직 건배하기엔 이릅니다."

전혀 망설임이나 미안해하는 기색이 없었다. 그의 행동은 분명히 이유가 있으며 계산된 행동이 틀림없었다.

"무슨 말을 하고 싶은 거죠?" 헌트는 바를 떠나 단체커 쪽을 향하면서 물었다.

"아직 문제는 해결되지 않았어요."

"무슨 뜻이죠?"

"찰리 문제 말이죠. 이것이 끝이 아니란 말입니다. 나는 지금까지 발언을 삼갔어요. 증거가 없었기 때문이죠. 하지만 밝혀진 사실로도 설명 안 된 부분이 있습니다. 지난 몇 주 동안 밝혀진 사실보다 더 받아들이기 힘든 일이지만."

축제 분위기는 한순간에 사라졌다. 모두 연구자의 심각한 표정으로 돌아갔다. 단체커는 천천히 방 중앙으로 가서 의자 등에 양손을 올리고 서서 잠시 테이블을 바라보다 깊은숨을 쉬고 고개를 들었다.

"여기서 다시 한 번 기본적인 진화법칙을 검토해봅시다." 단체커가 말했다. "동물의 종류는 어떻게 만들어질까요? 아시는 것처럼, 여러 가지 이유로 특정 종에 변이가 생겨 변종이 나타납니다. 이는 유전학의 초보적인 상식입니다만, 교배가 자유로운 집단에서는 새로 출현한 형질은 희석되는 경향이 있고 비교적 단기간에 소멸합니다. 그러나….” 단체커는 점차 열의를 가지고 말하기 시작했다. “어느 집단이 생식적으로 격리된 경우…, 예를 들어 분포의 차이, 행동능력의 차이, 교배기의 차이 등으로 격리되면 교잡에 의한 희석은 없어집니다. 격리된 집단 중 새로운 형질이 출현하면 그 집단에서 교정되고 강화됩니다. 그리고 세대가 지나면서 그 집단은 다른 집단에서 갈라지게 됩니다. 아종(亞種)의 차이가 벌어지고 결국 다른 종이 되는 것이죠. 즉 새로운 종이 생기게 됩니다. 이것이 진화의 근본적인 법칙입니다. 격리가 새로운 종을 만드는 것입니다. 지구상 모든 종에 대한 기원을 추적하면 과거 어느 시기에 어떤 형태로든 격리가 일어나 종과 변종이 분기되었다는 것을 알 수 있습니다. 호주나 남미에 있는 고유 동물은 아주 잠깐의 격리가 얼마나 급속하게 분화를 만드는지 잘 보여주고 있습니다.

하지만 우리는 2천5백만 년에 걸쳐 지구생물 두 집단이 한쪽은 지구에서, 한쪽은 미네르바에서 완전히 격리된 상태에서 진화했다고 생각하고 있습니다. 아까 말씀드린 진화의 근본적인 원리를 전면적으로 긍정하는 학자의 한 명으로서, 저는 이 두 집단 사이에 큰 형질상의 차이가 발생했을 거라는데 아무 주저함이 없습니다. 물론 이는 양 행성의 영장류에 대해서도 마찬가지입니다.”

그는 말을 멈추고 동료 연구자들을 차례차례 바라보며 반응을 기다렸다. 방 한쪽에서 누군가 말했다.

"아, 무슨 말씀을 하시려는지 알겠군요. 그러나 그건 너무 깊이 생각한 것이 아닐까요? 차이가 생기는 게 틀림없다고 해봤자 소용없지 않을까요? 현실은 차이가 없으니까요."

단체커는 기다렸다는 듯이 미소를 지었다. "무슨 근거로 차이가 없다고 하는 거죠?" 그가 반문했다.

단체커의 도전을 받고 그 남자는 양손을 흔들었다. "무슨 근거라니… 제가 본 것이 그렇다는 거죠. 양자 간에 차이가 없잖습니까?"

"무엇을 보셨다는 거죠?"

"인간과 월인이죠. 이 둘은 같습니다. 그러니까 종은 분화되지 않았어요."

"그럴까요?" 단체커는 공기를 가르는 채찍처럼 날카롭게 말했다. "아니면 당신은 다른 사람과 마찬가지로 무의식적으로 그렇게 정하고 있는 건가요? 다시 한 번 객관적인 사실을 생각해봅시다. 관찰된 사실만 열거하겠습니다. 우리가 알고 있다고 생각하는 것이 사실과 맞는가에 대한 해석을 빼고 말이죠.

첫째, 두 집단은 격리되었다. 이는 사실이죠.

둘째, 2천5백만 년 뒤, 현재 우리는 두 인종을 관찰하고 있다. 우리 자신과 월인이다. 이것도 사실.

그런데 격리 때문에 종이 분화된다는 진화의 법칙을 받아들인다면 이상과 같은 사실에서 어떤 결론이 나올까요? 가슴에 손을 얹고 생각해보죠. 이 사실 외에 다른 요소가 없다고 하면 적어도 과학자로서 어떻게 이를 이해해야 하는가에 대해 말이죠."

단체커는 입을 다물고 몸을 앞뒤로 흔들며 사람들을 바라보았다. 실내는 침묵에 싸였다. 잠시 뒤 단체커는 주변을 무시하듯이 휘파람을 불기 시작했다.

"그렇구나!" 헌트가 자기도 모르게 소리쳤다. 그는 놀란 사실을 숨기려고 하지도 않고 입을 벌린 채로 단체커를 바라봤다. "두 인종은 격리되지 않았던 거야!" 그는 겨우 목소리를 짜낸 듯이 말했다. "양쪽 모두 같다…." 그는 말을 중단했다.

단체커는 만족한 듯이 끄덕였다. "헌트 박사는 내가 무슨 말을 하려는지 안 것 같군요." 그는 다시 사람들을 바라봤다. "그렇잖습니까? 지금 내가 말한 사실에서 얻을 수 있는 유일한 논리적 결론은 이것입니다. 현재 두 집단이 같다고 한다면 그 두 집단은 다른 것이 아니라 본래 한 집단에 속했어야 한다. 다시 말해, 두 계열이 분기했다 해도 그 두 인종은 같은 분기점에 속해 있어야 한다는 점입니다."

"어떻게 그렇게 말할 수 있는 거죠?" 누군가가 여전히 이해할 수 없다는 듯한 표정으로 말했다. "두 인종이 다른 분기점에서 진화한 것은 이미 알려진 사실 아닙니까?"

"우리는 무엇을 알고 있죠?" 단체커는 목소리를 낮추며 반문했다.

"그러니까 월인은 미네르바에 격리된 분기에서 진화했다…."

"맞습니다."

"…인간은 지구에 격리된 분기에서 진화했다."

"어떻게 해서?" 단체커가 즉각적으로 말했다.

"그러니까 그것은 그…." 상대는 양손을 벌리고 어깨를 으쓱거렸다.

"어떻게라니, 우리는 다 알고 있잖소!"

"역시!" 단체커는 또다시 미소를 지었다. "머릿속에서 먼저 결론을 내리고 있군요. 모두 그렇게 생각하고 있어요. 관습적으로 말이죠. 인류는 역사를 통해 일관적으로 그렇게 생각해왔죠. 무리도 아닙니다. 인간이 지구에서 자랐다는 것을 의심할 이유 같은 것은 어디에도 없었으니까요." 단체커는 상체를 꼿꼿이 세우고 눈도 깜박이지 않고 일행을 바라봤다. "여기까지 설명하면 이미 아시겠죠? 저는 지금까지 검토한 증거로부터 인류는 지구상에서 진화한 것이 아니라고 말하고 있는 것입니다. 인류는 미네르바에서 진화한 것입니다."

"단체커, 도대체 무슨 말을…."

"농담도 정도껏 하시게."

단체커는 개의치 않고 계속 말했다. "왜냐하면 격리가 분화를 일으킨다는 것을 인정한다면, 분화되지 않은 인간과 월인은 같은 장소에서 진화했다고 보아야 하기 때문입니다. 게다가 우리는 그 월인이 미네르바에서 진화했다는 것을 알고 있습니다."

경탄과 불신이 섞인, 흥분된 웅성거림이 방 안에 퍼져갔다.

"즉, 찰리는 우리의 친척이 아니라 조상입니다."

단체커는 다른 사람에게 발언의 기회를 주지 않고 확신에 찬 어조로 계속 말했다. "저는 이 생각에 대해 모순도 없고, 완벽하게 뒷받침할 수 있는 논리에 따라 인류의 기원을 설명할 수 있는 자신이 있습니다." 갑작스럽게 방 안이 침묵에 싸였다. 단체커는 연구자들을 둘러보며 침착한 어조로 말을 이었다. "찰리가 죽기 전에 기록한 일지를 보면, 전투가 끝난 뒤 달에는 소수지만 생존자가 있었다는 것을 알 수 있습니다. 찰리도 그중 한 사람이었죠. 찰리는 곧 사망했지만 일지에 적힌 대로 달에는 절망적인 상황에서 살아남으려 했던 집단이 있었다고 추측할 수 있습니다. 뒷면에 떨어진 운석 폭풍으로 대부분 사망했지만 말이죠. 하지만 찰리의 집단처럼 미네르바가 파괴되었을 때 마침 앞면에 있어서 운석의 피해를 면한 자도 있었을 것입니다. 그리고 더 오랜 시간이 흘러 달이 결국 지구 궤도에 이르렀을 때까지도 생존자가 남아 있었을 것입니다. 그들은 머리 위에 빛나는 신세계를 바라봤습니다. 아마 우주선 중 한두 기는, 혹은 여러 기일지도 모르지만, 아직 비행 가능한 것도 남아 있었을 것입니다. 고향 행성은 이제는 존재하지 않고 살아남을 방법은 한 가지. 그들은 눈앞에 열린 유일한 마지막 가능성을 믿고 지구로 향했던 것입니다. 이미 돌아갈 곳은 없었습니다.

결론부터 말하면 그들의 시도는 성공했다고밖에 볼 수 없습니다. 빙하기의 가혹한 세계에 내려온 그들이 그 뒤 어떤 체험을 했는지는 알 수 없겠지만 이후 몇 세대 동안 그들이 멸망의 위기 속에서 살아남았다는 것은 충분히 상상할 수 있습니다. 점차 그들은 원시인 생활로 돌아갔을 것입니다. 4만 년 동안 그들은 생존경쟁을 계속했습니다. 그리고 살아남았습니다. 살아남기만 한 것이 아닙니다. 그들은 지구에 뿌리를 내리고, 자손을 늘리고, 넓은 지역에 정착해서 번영하게 되었습니다. 현재 그들의 자손은 그들이 미네르바를 지배했던 것처럼 이 지구를 지배하고 있습니다. 여러분이나 저, 다른 모든 인류가 말입니다."

긴 침묵이 이어졌다. 누군가 엄숙한 어조로 말했다.

"교수님의 말이 모두 사실이라고 해도 한 가지 걸리는 점이 있습니다. 만약 우리 인간과 월인이 미네르바 계열의 진화계통을 밟았다면 또 하나의 계통은 어떻게 되었을까요? 지구의 진화계통은 어디로 간 것입니까?"

"좋은 질문이군요." 단체커는 만족스럽게 대답했다. "지구의 화석 기록을 보면 가니메데인이 지구를 방문한 뒤, 인간이 출현하는 방향으로 진화했던 것을 알 수 있습니다. 화석 기록을 통해 그 진화의 흔적은 문제의 시기, 즉 지금으로부터 5만 년 전까지는 명확합니다. 그때 지구상에서 가장 발전했던 것은 네안데르탈인이었습니다. 하지만 이 네안데르탈인은 예전부터 고민거리였죠. 네안데르탈인은 육체적으로 강인하고 생활력도 있었습니다. 지능도 그들 이전 또는 동시대의 어떤 종보다 뛰어났습니다. 네안데르탈인은 환경에 적응하고 빙하시대의 생존경쟁에서도 살아남아 다음 시대에 지배적인 지위를 얻는 것이 당연한 일 같았습니다. 하지만 이상하게도 네안데르탈인은 5만 년 전에서 4만 년 전 사이에 갑자기 사라지듯이 멸망했습니다. 아무래도 신참자인 훨씬 진보된 종에게 이길 수 없었나 봅니다. 이 새 인종이 하늘에서 내려온 듯 갑작스럽게 출현한 것도 과학자들의 고민거리였습니다. 그 새 인종이 바로 호모 사피엔스, 우리였죠."

단체커는 연구자들의 표정을 보며 그들의 머릿속에 떠오르는 생각을 알고 천천히 끄덕였다.

"네, 이제 와서 새삼스럽게 말할 필요도 없이 모든 비밀이 풀렸습니다. 말 그대로 인간은 하늘에서 내려온 것입니다. 지구의 어디를 뒤져도 호모 사피엔스와 그 이전의 유인원을 연결하는 고리가 없는 것도 이것으로 설명할 수 있습니다. 인간은 지구에서 진화한 것이 아닙니다. 나중에 출현한 인간이 네안데르탈인을 어떻게 그렇게 완벽하게 몰아냈을지도 지금 와서 보면 명백합니다. 미네르바의 전쟁으로 단련되고 훨씬 진보한 경쟁 상대를 네안데르탈인은 당해낼 수 없었을 테니까요."

단체커는 천천히 음미하듯이 실내를 바라봤다. 모두가 정신적인 충격을 받은 듯했다.

"아까 말씀드린 바와 같이 이것은 모두 순수한 논리의 연쇄 과정으로 나온 결론이며 구체적인 증거는 없습니다. 하지만 증거는 반드시 있을 것이라 확신합니다. 지구 어딘가에 달에서 마지막 여정으로 사용한 우주선의 잔해가 있을 것입니다. 바다 밑이나 사막에 파묻혀 우리의 발견을 기다리고 있겠죠. 월인 문명의 흔적이라 할 만한 한 줌의 생존자가 가지고 온 도구류나 공예품의 파편도 지구 어딘가에 있을 것입니다. 어딘지는 알 수 없지만 말이죠. 제 개인적인 생각으론 중동이나 지중해 동부, 또는 북아프리카 동부 부근이 가장 유력하다고 생각합니다. 앞으로 지금 제가 말한 사실을 뒷받침할 만한 증거가 반드시 발견될 것입니다. 저는 절대적으로 자신있게 단언할 수 있습니다."

단체커는 테이블로 다가가서 유리잔에 콜라를 따랐다. 정적은 점차 낮은 웅성거림으로 변했다. 조각처럼 굳어서 단체커의 말을 듣던 연구자들이 한 명씩 숨을 돌렸다. 단체커는 음료를 마신 뒤 잠시 잔을 보다가 다시 사람들을 바라봤다.

"지금까지 당연시해서 놓쳤던 여러 가지 일들이 갑자기 확실한 윤곽으로 보이기 시작했습니다." 실내의 시선은 다시 그에게 집중되었다. "인간이 지구상의 다른 동물들과 어째서 이렇게 차이가 나는지 여러분은 한 번이라도 생각해본 적이 있나요? 뇌가 크다든가 손이 발달했다는 정도는 모두가 알고 있습니다. 제가 말하고 싶은 것은 좀 더 다른 차원의 이야기죠. 대부분 동물은 절망적인 상황이 되면 쉽게 포기하고 운명에 맡김으로써 멸망했습니다. 하지만 인간은 절대 포기하지 않았습니다. 인간은 있는 힘을 다 짜내서 지구상의 어떤 동물도 흉내 낼 수 없을 만큼 저항을 하고 생명의 위협에 대해 맞서 싸웁니다. 지구에서 인간만큼 공격적인 성질을 가진 동물이 있었나요? 이 공격성 때문에 인간은 자신보다 앞선 존재를 축출하고 만물의 영장이 되었던 것입니다. 인간은 풍력이나 강의 흐름, 파도의 움직임을 제어했습니다. 지금은 태양의 힘조차 손에 넣으려 합니다. 인간은 불굴의 의지를 갖추고 바다와 하늘을 정복했고 우주에 도전하고 있습니다. 때로는 그 공격성과 강한 의지 때문에 역사를 피로 물들이는 오점을 남기기도 했습니다. 하지만 이런 강인함이 없었다면 인간은 광야에 풀어놓은 가축처럼 무력한 존재에 불과했을 것입니다."

단체커는 도전하듯이 사람들을 바라봤다. "그럼 이 강인함은 어디서 왔을까요? 지구의 온화하고 완만한 진화 형태와 비교하면 인간의 강인함은 황당무계할 정도죠. 그것도 이제는 충분히 이해할 수 있습니다. 즉, 미네르바에 격리된 유인원이 진화과정에서 하나의 변이로 얻은 성질이었던 것이죠. 이것이 종 전체의 성질이 되었습니다. 생존경쟁에서 이 강인함은 파괴적인 무기가 되었습니다. 그 때문에 사실상 경쟁 상대가 없는 것과 마찬가지였죠. 또한 이 강인함이 진보를 추진하는 원동력이 되었을 때, 월인은 동시대의 지구인이 아직 돌멩이를 가지고 놀고 있을 때 이미 우주선을 발사했습니다.

이와 같은 추진력은 현대인에게도 있습니다. 인류는 우주라도 도전에 대해 절대 물러서지 않았습니다. 어쩌면 이 강인함도 미네르바에서 처음 얻었던 것에 비하면 다소 누그러진 것일지도 모르죠. 인류도 월인처럼 자멸의 길로 갈 뻔했지만, 그 전철을 밟지 않고 위기를 회피했으니까요. 월인은 앞뒤를 보지 않고 그 벼랑에 몸을 던졌지만 말이죠. 보기에 따라서는 월인이 평화로운 해결을 선택하지 않은 것도 그 성질 때문일지도 모르지요. 본래의 폭력성 때문에, 외부 위협에 대해 대립하던 자들과 손을 잡고 일치단결하며 맞선다는 생각은 죽었다 깨어나도 하지 못했던 것일지도 모릅니다.

어쨌든 진화의 구조를 나타내는 전형적인 예가 여기에 있다고 말할 수 있겠군요. 자연도태는 새로운 변이를 준비하는 힘으로 작용합니다. 그리고 새롭게 태어난 변종에 대해 종 전체를 보존하는 데 가장 크게 공헌하는 자를 선택합니다. 이런 변이로 출현한 월인은 극단적인 흉포성 때문에 자멸했습니다. 이 성질을 완화함으로써 종이 개량되어 정신적으로 훨씬 안정된 인종이 생겼습니다. 그래서 우리 인류는 멸망에서 겨우 벗어날 수 있었던 것이죠."

단체커는 말을 멈추고 잔을 비웠다. 모두가 꼼짝도 하지 않았다.

"정말 굉장한 인종이 틀림없습니다. 그 중에도 인류의 조상이 되는 한 줌의 월인을 생각해봅시다. 그들은 상상할 수 없는 홀로코스트의 지옥을 살아남았습니다. 자신들에게 친숙한 모든 것이, 그들의 행성이 하늘에서 산산이 조각나는 것을 목격했습니다. 그 뒤 물도 공기도 생명의 흔적도 없는 방사능으로 오염된 사막을 희망도 없이 떠돌아다녔습니다. 그리고 미네르바의 파편이 몇십억 톤이라는 암석이 되어 우박처럼 쏟아져 많은 동료가 깔려 죽었습니다. 운석 폭풍은 희망을 무참히 분쇄하고 그때까지 쌓아 올린 것을 다 빼앗아갔습니다.

암석의 폭풍이 그치고 구사일생으로 살아남은 몇 명이 달 앞면에 모습을 보였습니다. 식량과 생명유지장치의 산소가 바닥 날 때까지가 수명이었습니다. 가야 할 장소도 없고 세울 수 있는 계획도 없었습니다. 그러나 그들은 포기하지 않았습니다. 그들은 포기라는 것 자체를 몰랐습니다. 그리고 몇 개월 뒤에야, 운명의 장난으로 희박한 희망이 있다는 것을 알아냈습니다.

달 표면의 황량한 사막에 서서 머리 위에 빛나는 신세계를 바라보던 월인의 마지막 생존자가 어떤 심정이었을지 여러분은 상상할 수 있습니까? 주변에 생물은 아무것도 없습니다. 그들이 아는 한, 그 시점에서 우주에서 살아 있는 것은 그들밖에 없었던 것입니다. 미지의 세계로 편도여행을 감행한 각오는 어떤 것이었을까요. 우리는 상상하려 해보지만, 결코 알 수 없을 것입니다. 용단이었든 무모한 시도였든, 그들은 갈대라도 잡은 심정으로 지구로 향했던 것입니다.

하지만 그것은 시작에 불과했겠죠. 우주선에서 미지의 행성에 내려섰을 때 지구는 생존경쟁이 가장 치열한 시기였습니다. 자연의 위협은 컸고 야수가 활보했습니다. 달의 접근으로 중력장이 혼란스러웠기 때문에 기후는 종잡을 수 없었습니다. 월인은 아마 처음 겪는 병으로 그 수가 줄었을 겁니다. 그들은 지구에 대해 아무런 대비도 하지 못했습니다. 정말 살기 힘든 환경이었겠죠. 그런데도 포기하지 않고 이 신세계에서 사는 법을 배웠습니다. 야수의 뒤를 쫓거나 덫을 놓아 허기를 달래는 법을 배웠습니다. 창이나 곤봉으로 싸우는 법도 익혔죠. 자연의 위협에서 몸을 지키는 것도 알아냈습니다. 야성의 목소리를 듣고 이를 이해할 수 있게 되었습니다. 그리고 이 새로운 생활기술을 완전히 습득하자 행동범위를 넓혀갔습니다. 그들이 가져온 작은 불씨, 그리고 멸망의 위기에서도 그들을 지탱했던 그 작은 불씨는 다시 불타올랐습니다. 결국, 미네르바를 불태웠던 크기만큼 타올랐습니다. 그들은 지구의 역사를 통틀어 유례가 없는 강력한 생존경쟁의 투사가 된 것입니다. 네안데르탈인은 그들의 적수가 못 되었습니다. 월인이 지구에 발을 내디뎠던 순간부터 이미 네안데르탈인은 멸종할 운명이었던 것이죠.

그 결과가 우리가 지금 보고 있는 세계입니다. 우리 인류는 지금 태양계의 지배자로서 5만 년 전의 월인처럼 항성 간 항해를 떠나려 하고 있습니다."

단체커는 잔을 테이블에 놓고 천천히 방 가운데로 걸어갔다. 그는 뚫어지게 연구원 한 명 한 명을 바라봤다. 그는 이야기를 마무리했다.

"그러므로 여러분! 우주는 우리 조상으로부터 받아야 할 유산입니다. 그렇다면 그곳에 가서 우리의 정당한 유산을 요구합시다. 우리의 전통에 패배란 없습니다. 오늘은 항성을, 내일은 은하계 밖 성운을, 우주의 어떤 힘도 우리를 멈추게 할 수 없습니다."

에필로그

제네바 대학 고생물학과의 한스 야코프 제이블레만 교수는 일지작성을 마치자 콧소리를 내며 일지를 침대 옆 철제상자에 도로 넣었다. 교수는 90킬로그램의 몸을 힘겹게 일으키고 가슴주머니에서 파이프를 꺼냈다. 그리고 텐트 출입구의 철 지지대에 재를 털고 새 담뱃잎을 채우면서 수단 북부의 건조한 풍경을 바라봤다.

태양은 깊은 상처처럼 지평선 위에서 시야에 들어오는 초목과 바위에 피처럼 붉은 잔광을 비추고 있었다. 텐트는 다른 두 동과 함께 좁은 모래지대의 단구에 설치되었다. 그곳은 급경사로 바위가 드러난 계곡 바닥에서 가깝고 강을 따라 군데군데 볼품없는 사막 관목이 있었지만, 반대쪽까지 이어지지는 않았다. 사면을 하나 내려간 약간 넓은 단구에는 현장 노동자들의 천막이 여러 개 서 있었다. 그리고 그 건너편에서부터 멀리 나일 강으로 향하는 물 흐르는 소리가 들렸다.

자갈을 밟는 부츠 소리가 다가왔다. 몇 초 뒤에 제이블레만의 조수인 요르그 후트하우어가 땀과 진흙 범벅이 되어 나타났다.

"휴!" 조수는 발을 멈추고 한때는 손수건이었을 더러운 천 조각으로 이마를 훔쳤다. "완전히 녹초가 되었어요. 맥주, 목욕, 밥. 오늘 밤은 이것만 하겠습니다."

제이블레만이 미소 지었다. "바쁜 하루였는가?"

"쉴 틈이 없었습니다. 제5구역 아래 단구까지 확장했습니다. 그곳의 심토도 나쁘지 않아요. 꽤 진도가 많이 나갔습니다."

"새로운 것은 있었나?"

"이것만 가지고 왔습니다. 교수님이 흥미로워 하실 것 같아서요. 더 파면 많이 나오겠지만요. 내일 교수님이 현장에 오실 때까지 아무도 건드리지 않을 겁니다." 후트하우어는 발굴품이 올려진 상자를 교수에게 건네고 텐트 속으로 들어가 테이블 밑에 있는 상자에서 맥주를 꺼냈다.

"흠…." 제이블레만은 뼈를 돌려보았다. "인간의 대퇴골이군. 무거워." 그는 특이한 곡선을 관찰하며 비율을 계산했다. "네안데르탈인이거나… 그와 비슷한 인종이군."

"저도 그렇게 생각합니다."

교수는 화석을 상자에 돌려놓고 천을 덮어 텐트 입구에 있는 함에 넣었다. 이어서 그는 사람 손 크기의 부싯돌 날을 들어 올렸다. 단순한 모양이면서도 가늘고 얇은 돌을 잘 다듬은 석기였다.

"자넨 이것을 뭐라 생각하나?" 교수가 질문했다.

후트하우너는 아주 맛있게 맥주를 마시면서 어두운 텐트 안쪽에서 입구 쪽으로 나왔다. "글쎄요. 지층은 홍적세니까 후기 구석기시대의 것이라 생각합니다. 만드는 방식도 그 시기죠. 아마 동물 가죽을 벗기는 데 사용한 스크래퍼일 겁니다. 손잡이와 칼날 끝에 세부 가공한 흔적이 있습니다. 장소로 보아 카프사 문화에 속한 것으로 생각합니다." 그는 맥주 캔을 내려놓고 제이블레만의 얼굴색을 살폈다.

"나쁘진 않군." 교수가 긍정하면서 말했다. 그는 석기를 다시 상자에 내려놓고 후트하우어가 기재한 식별표식을 그 옆에 놓았다. "내일 밝은 곳에서 더 자세하게 살펴보도록 하지."

후트하우어는 교수 옆에 서서 텐트 밖을 내다보았다. 경사 밑 현지인 텐트에서 외치는 소리가 들렸다. 또 뭔가 사소한 일로 싸움이 일어난 듯했다.

"차 드시고 싶으신 분은 오세요." 옆 텐트에서 목소리가 들렸다.

제이블레만은 눈썹을 올리며 입술을 적셨다. "그거 좋은 생각이군." 그가 말했다. "같이 가지."

둘은 급조한 취사장으로 향했다. 루디 마겐도르프가 바위에 걸터앉아 커다란 주전자의 끓는 물에 홍차 잎을 떠 넣고 있었다.

"안녕하세요, 교수님. 아, 요르그도 왔군." 두 사람이 오자 마겐도르프가 인사했다. "금방 될 겁니다."

제이블레만은 셔츠로 손을 닦았다. "마침 차를 마시고 싶었다네." 그는 주변을 둘러보고 마겐도르프의 텐트 옆에 놓인 천을 씌운 상자를 바라봤다.

"자네도 바쁜 하루였겠군." 교수가 말했다. "무엇을 가져왔는가?"

마겐도르프도 교수가 바라보는 것을 봤다.

"요마토가 30분쯤 전에 가져온 겁니다. 위 단구의 제2구역 동쪽 끝에서 나온 것이죠. 한번 보시죠."

제이블레만은 테이블로 걸어가서 상자의 천을 걷어내자 신음소리를 내며 가지런히 놓인 출토품을 바라봤다.

"이쪽도 스크래퍼군. 이건 손도끼가 틀림없겠어. 인간의 턱뼈 조각들. 보기엔 잘 들어맞을 것 같군. 두개골, 뼈로 만든 창끝. 음…." 그는 두 번째 상자의 천을 들추고 안을 훑어보다가 무언가에 시선이 고정되어 몸이 경직되었다. 그리고 마치 눈을 의심하는 것처럼 얼굴을 찌푸렸다.

"이건 대체 뭔가?" 교수가 외쳤다. 그는 마치 더러운 것을 집듯이 손으로 그 정체 모를 출토품을 들고 스토브 쪽으로 돌아왔다.

마겐도르프는 미간을 좁히고 어깨를 으쓱했다. "그걸 보여드리고 싶었어요." 그가 말했다. "요마토가 다른 것들과 같이 나왔다고 하더군요.”

“요마토가 뭐라고 했다고?” 제이블레만은 목소리를 높이고 분노에 찬 눈으로 마겐도르프를 보면서 그 물체를 돌려줬다. “정말 불쾌하군. 좀 더 진지하게 일하라고 하게. 이건 신성한 학술적 발굴이란 말일세.” 교수는 그 물체를 바라보며 분노로 코끝을 떨었다. “분명 누군가가 장난친 것이 틀림없어.”

그것은 기다란 담뱃갑 정도의 크기로 손목에 달기 위한 띠가 달려 있었다. 겉면엔 소형 디스플레이 장치라 생각되는 네 개의 창이 있었다. 크로노미터나 카운터, 어쩌면 양 기능이 다 되는 장치처럼 보였다. 뒷면과 안의 부속품은 없어졌고 남은 것은 찌그러진 금속틀 뿐이었다. 하지만 이상하게도 부식된 흔적이 없었다.

“띠에 뭔가 문자가 파여 있습니다.” 마겐도르프는 코를 문지르며 자신 없는 목소리로 말했다. “하지만 처음 보는 글자라서….”

제이블레만은 콧소리를 내며 그 문자를 자세히 봤다. “흥, 러시아어나 뭐 그런 거겠지.” 그는 수단의 태양에 그을린 뺨을 더 붉히고 있었다. “귀중한 시간을 이런 고물로 허비하다니!” 그는 팔을 뒤로 들어 그 손목장치를 강을 향해 높이 던졌다. 그것은 한순간 저녁 햇빛을 받아 반짝이다가 강가 진흙에 떨어졌다. 교수는 잠시 날아간 자리를 바라보다가 마겐도르프 쪽으로 몸을 돌렸다. 호흡이 어느 정도 진정된 상태였다.

마겐도르프는 뜨거운 홍차가 담긴 머그잔을 건넸다.

"아, 훌륭하군." 제이블레만은 바로 상냥한 목소리로 말했다. "바로 이거야." 그는 캔버스로 된 접이식 의자에 앉아 기쁜 듯이 잔을 받았다. "저 가운데 재밌는 것이 있군, 루디." 교수는 테이블 쪽을 턱으로 가리켰다. "첫 번째 상자에 있던 두개골 파편 말일세. 정리번호 19번이었나? 자넨 눈썹부위의 형태를 알아봤나? 이는 어쩌면…."

*

강가 진흙에 떨어져 미묘한 균형을 이루던 손목장치는 물 흐름에 따라 앞뒤로 흔들리자, 그 균형이 깨졌다. 곧 이를 지탱하던 모래가 씻겨버리자 손목장치는 진흙탕 물이 소용돌이치는 강에 휩싸였다. 날이 완전히 저물었을 때 그것은 반쯤 강바닥 침니에 파묻혔다. 다음 날 아침 손목장치가 떨어졌던 흔적도 사라졌다. 물결치는 수면 아래의 모래 바닥에 묻힌 띠 일부가 솟아 나와 있을 뿐이었다. 띠에 새겨진 글자는 번역하면 다음과 같이 읽을 수 있었다. '코리엘.'

작품 해설

SF의 주인공, 과학의 귀환

제임스 P. 호건은 국내에서 아직 많이 알려지진 않았지만, 이웃 일본에서는 일본 SF 컨벤션 참가자들의 투표로 뽑는 일본판 휴고상이라 할 수 있는 성운상(星雲賞)을 세 번 수상할 만큼 인기를 얻은 작가이다. 1981년에 본서 《별의 계승자》를 시작하여 1982년에 《The Genesis Machine》 그리고 1994년에 《Entoverse》로 해외장편 부문에서 수상했는데, 이 중 《별의 계승자》와 《Entoverse》는 모두 'Giants' 시리즈에 속한 작품으로 이 시리즈의 인기를 짐작할 수 있을 것이다. 호건은 1986년 제25회 SF 대회(DAICON5)가 개최되었을 때는 해외 게스트로 초청되기도 했다.

이런 인기는 다른 매체에서도 그 흔적을 쉽게 발견할 수

있다. 단적으로 SF 애호가인 안노 히데아키 감독의 〈이상한 바다의 나디아〉 마지막 제목이나 2005년 개봉된 극장판 애니메이션 〈기동전사 Z건담〉의 부제목은 모두 이 책의 일본어판 제목인 '별을 계승하는 자(星を繼ぐ者)를 사용하고 있다.

호시노 유키노부가 4부작으로 만화화하기도 했으며, 만화판도 2013년 성운상 코믹부문 수상을 했다.

과학소설의 흐름은 스페이스 오페라 등으로 활기가 넘쳤던 1950년대를 지나 뉴웨이브가 등장한 1960년대로 이어졌다. 이는 외우주가 아닌 인간 내부의 세계인 내우주를 다루면서 통속화된 과학소설 장르의 한계를 벗어나고자 하는 움직임이었다. 이를 통해 과학소설 장르의 범위가 더욱 풍부해진 반면 판타지나 순문학과의 경계가 모호해졌고, 이 과정에서 과학과 기술은 과학소설의 중심 자리에서 물러나야 했다.

1970년대가 되자 역시 과학소설의 주인공은 과학이어야 한다는 독자들의 갈망이 생겼고 이에 호응하는 작품과 작가들이 나오기 시작했다. 제임스 P. 호건의 《별의 계승자》도 바로 그런 작품 중 하나였다.

달에서 약 5만 년 전의 것으로 밝혀진 인간의 시체가 발견되면서 시작되는 이 소설은 상호 모순되는 사실들과 의문점이 발견되자 과학자 집단들이 모여 그 해답을 풀어나간다는 내용이다.

이런 아이디어를 소재로 삼는 것은 《2001년 스페이스 오디세이》 등 이미 여러 다른 작품에서도 볼 수 있다. 하지만 다른 작품들이 그런 발견을 계기로 인류가 외행성으로 진출하게 된다거나 새로운 진화단계로 넘어가는 등 다른 주제로 옮겨가는 경우가 많지만, 이 소설은 오로지 처음부터 끝까지 그 미스터리를 풀어가는 것에 집중하고 있다. 갈등관계와 그 해소라는 스토리텔링이 아닌, 증거와 논쟁점을 여러 개 나열하고 그걸 짜 맞춰가며 도출되는 단일한 결론과 그 전개 과정에서의 논란 같은 과학적인 아이디어를 정면으로 내세우고 있다. 마치 과학소설의 주인공은 바로 과학이라고 선언하는 듯 말이다.

그러므로 인류의 기원이나 전쟁, 외계인 등 상당히 스케일이 큰 이야기가 전개되고 있음에도 불구하고 무대는 그 비밀을 풀려는 과학자들의 논쟁이 벌어지는 연구소에서 벗어나지 않는다. 잠시 가니메데와 가니메데행 우주선으로 무대가 옮겨지기도 하지만 기본적인 주 무대는 크게 변하지 않는다.

이럴 경우, 자칫 명확한 클라이맥스가 없고 제시된 증거들도 도출되는 결론이 쉽게 예상되는 등 지루한 소설이 되기 쉽지만, 이 책은 한번 시작하면 끝까지 읽게 할 만큼 굉장히 흥미진진하다. 모든 문제가 해결되었다고 안도했을 때 마지막 반전을 숨기고 있어서 '과학'이 주는 경이감이라는 장르 특유의 카타르시스도 맛볼 수 있을 것이다.

또한, 이 책에서 미스터리를 풀어가는 과정은 한 편의 훌륭한 추리소설이라 할 만하다. 여러 정보를 제시하고 퍼즐을 맞추며 비밀을 밝혀 가는 추리소설 특유의 지적인 유희를 충분히 만끽할 수 있다. 특히 마지막에 모든 사람을 모아놓고 태양계에 걸친 트릭이 밝혀지는 부분에서는 추리소설의 독자들도 전율을 느낄 수 있을 것이다.

놀라운 점은 이 소설이 출간된 지 40년이 되었음에도 그다지 낡은 느낌을 주지 않는다는 점이다. 물론, 비행기 안에서 제트기를 예약하는 과정이라든가 DNA 검사로 단번에 해결할 수 있는 찰리의 인종 문제와 같이 현재의 과학기술과 다소 어긋나는 부분이 보이긴 하지만 전반적으로 빛바랜 느낌이 거의 없다. 이는 앞서 말한 것처럼 소설이 과학자들의 논쟁을 주로 따르고 있고, 그런 학자들의 세계는 그때나 지금이나 변함이 없기 때문일지도 모른다. 어느 지인은 이를 두고 '학회 SF'라는, 소설업계에선 존재해선 안 되는 장르를 제대로 개척했다는 말을 하기도 했다(물론 칭찬이다). 이렇게 소설의 단점이 될 수도 있는 부분을 활용하여 오히려 장점으로 만들고 있는 점은 저자의 뛰어난 재능일 것이다.

이렇게만 이야기하면 마치 이 소설이 굉장히 무미건조한 사실들의 나열로만 되어 있다는 느낌을 줄 수도 있겠다. 하지만 주인공 헌트가 목성의 위성 가니메데에서 모든 사실을 깨닫는 장면에 대한 묘사 등을 보면 굉장히 시적이며 정서적인 감흥까지도 충분히 주고 있다.

한편 인물이 너무 정형화되어 있고 스토리의 나열에 그치는 느낌을 주는 서술방식 등 소설로써 결점과 한계도 뚜렷하다. 하지만 그런 흠에도 불구하고 읽는 독자를 빠져들게 만드는 힘과 매력이 그런 단점을 충분히 극복하고 있다.

호건은 이 작품으로 세계적인 명성을 얻었다. 과학이 주는 경이감을 다시 맛볼 수 있는 과학소설의 재생을 이룩했다는 평가를 받았다. 본편의 성공에 힘입어 후속작으로《The Gentle Giants of Ganymede》와《Giants' Star》를 통해 본서에 잠시 언급된 미네르바인이 그 후 어떻게 되었는지, 월인의 전쟁은 어떻게 벌어지게 되었는지를 그렸다. 또 이렇게 3부작으로 이야기를 완결 지은 이후에도《Entoverse》(1991),《Mission to Minerva》(2005)를 발표하였다.

제임스 P. 호건은 1941년 런던에서 아일랜드인 아버지와 독일인 어머니 사이에서 태어났다.

그의 어머니는 19세에 현재 폴란드의 일부가 된 실레지아(Silesia)에 주둔했던 영국인 병사를 찾기 위해 도보로 유럽을 거쳐 영국까지 가서 결국 그를 만나 결혼했다. 세 명의 자녀를 뒀지만 그 영국인 병사는 전쟁 후유증으로 30세에 사망했으며 그의 어머니는 후에 현재의 아버지와 재혼했다. 저자는 언젠가 이 이야기도 책으로 낼 생각이라고 했으나 결국 이루지는 못했다.

그는 영국 서부 포토벨로 로드 지구에서 자랐다. 다리에 장애가 있었으나 나중에 수술을 통해 일상생활이 가능하게 되었고, 이때부터 독서에 흥미를 가지게 되었다고 한다.

학업에 별 관심이 없어서 16세에 학교를 그만두고 여러 직업을 전전했으나 어머니의 설득으로 왕립항공연구소 공업전문학교에 입학하여 전기, 전자공학을 전공하고 이론과 실무를 익혔다.

20세에 첫 결혼하여 쌍둥이의 아빠가 되고 설계기술자로 일했고 이후 컴퓨터 판매원으로 업종을 바꾸었으며, 1970년 미국으로 이주해 DEC에서 영업 교육 컨설턴트와 미니컴퓨터 어플리케이션 개발 및 과학연구 활동을 했다.

1977년에, 직장을 다니며 틈틈이 썼던《별의 계승자》를 발표하여 작가로 데뷔했다. 1979년 전업 작가가 되었으며 미국과 아일랜드를 오가며 활동했다.

과학적인 사고와 반권위주의적 성향이 강한 그였으나 말년에는 AIDS 바이러스가 없다는 AIDS 부정주의나 지구온난화 부정주의, 심지어 홀로코스트 부정주의와 같은 유사과학에 기운 주장을 하기도 했다.

《별의 계승자》첫 외국어판인 일본어 번역판을 출간한 도쿄소겐샤(東京創元社) 창간 50주년 축하 메시지(2009년)에서 그는 "인류는 스스로 원하기만 한다면, 더욱 좋은 미래를 전향적으로 만들어낼 수 있는 지식과 능력이 있습니다. 그리고 최근 단기적인 불안과 어려움을 보이는 이 시대에, SF는 틀림없이 그 사실을 상기시키는 중요한 역할을 할 수 있을 것입니다."라는 말로 SF의 의의를 역설했다.

2010년 7월 12일, 향년 69세로 아일랜드 자택에서 사망하였다.

이동진

주요 장편소설

별의 계승자 – 1977 (Giants 시리즈 첫 권)
The Genesis Machine – 1978
The Gentle Giants of Ganymede – 1978 (Giants 시리즈)
The Two Faces of Tomorrow – 1979
Thrice Upon a Time – 1980
Giants' Star – 1981 (Giants 시리즈)
Voyage from Yesteryear – 1982
The Minervan Experiment – 1982 (Giants 3부작 통합권)
Code of the Lifemaker – 1983
The Proteus Operation – 1985
Endgame Enigma – 1987
The Mirror Maze – 1989
The Infinity Gambit – 1991
Entoverse – October 1991 (Giants 시리즈 네 번째 권)
The Multiplex Man – 1992
Out of Time – 1993
The Immortality Option – 1995 (Lifemaker 시리즈)
Realtime Interrupt – 1995
Paths to Otherwhere – 1996

Bug Park – 1997
Star Child – 1998
Outward Bound – 1999
Cradle of Saturn – 1999
The Legend that was Earth – 2000
Martian Knightlife – 2001
The Anguished Dawn – 2003 (Cradle of Saturn 시리즈)
Mission to Minerva – 2005 (Giants 시리즈 다섯 번째 권)
Echoes of an Alien Sky – 2007
Moon Flower – 2008
Migration – 2010

옮긴이 **이동진**

연세대학교 경제학과와 같은 학과 대학원을 졸업했다. 하이텔 과학소설 동호회에서 활동했으며, 옮긴 책으로 고마츠 사쿄의 《끝없는 시간의 흐름 끝에서》가 있다.

별의 계승자

초판 1쇄 발행 2016년 7월 25일
초판 10쇄 발행 2023년 1월 5일

지은이 제임스 P. 호건
옮긴이 이동진
펴낸이 박은주
편집 강연희
디자인 김선예
마케팅 박동준

발행처 (주)아작
등록 2015년 9월 9일(제2021-000132호)
주소 04050 서울특별시 마포구 양화로 156 LG팰리스빌딩 1428호
전화 02.324.3945-6 **팩스** 02.324.3947
이메일 arzaklivres@gmail.com
홈페이지 www.arzak.co.kr

ISBN 979-11-87206-20-0 04840
979-11-87206-66-8 04840 (세트)

책 값은 표지 뒤쪽에 있습니다.
잘못 만들어진 책은 구입하신 서점에서 교환해 드립니다.